Joe Daniels

Extraordinaires

© 2023. ©Joe Daniels, Editions Encre de Lune.

Tous droits réservés.

Impression : BoD - Books on Demand, In de Tarpen 42, Norderstedt (Allemagne)

Impression à la demande

Le Code de la propriété intellectuelle interdit les copies ou reproductions destinées à une utilisation collective. Toute représentation ou reproduction intégrale ou partielle faite par quelques procédés que ce soit, sans le consentement de l'auteur ou de ses ayants droit, est illicite et constitue une contrefaçon, aux termes des articles L.335-2 et suivants du Code de la propriété intellectuelle.

Crédit photo : ©adobestock

ISBN : **9782494619289**

Editions Encre de Lune, 21, rue Gimbert, 35580 Guignen

Courriel : editionsencredelune@gmail.com

Site Internet : www.https://editionsencredelun.wixsite.com/website-1

Cet ouvrage est une fiction. Toute ressemblance avec des personnes ou des institutions existantes ou ayant existé serait totalement fortuite.

Prologue

J'avais mal aux mains, mes yeux me brûlaient et je n'arrivais pas à respirer correctement. J'étais la seule responsable de mon mal être et pourtant, je ne pouvais pas arrêter. Je m'infligeais volontairement ces douleurs, j'avais besoin de sentir physiquement ce qu'il se passait dans ma tête et dans mon cœur. Je frappais cet arbre qui lui aussi souffrait sous mes coups, alors qu'il n'était qu'une victime, comme moi.

— Arrête Rosabeth ! Stop !

Il m'avait vu quitter le lycée et m'enfuir à toutes jambes, mais j'étais plus rapide que lui. Il me ceintura et m'éloigna de ma cible, trébucha en m'emportant avec lui. Nous heurtâmes si violemment le sol que j'aurais pu hurler. Une douleur de plus à ajouter à ma longue liste.

— Arrête, murmura-t-il contre mon oreille. Parle-moi.

J'en étais incapable. Le souffle court, je n'arrivais pas à sortir un seul son.

— Respire avec moi, doucement.

Léo posa une main à plat contre mon dos. Je savais ce que je devais faire, il avait souvent recours à cette méthode pour m'aider, trop souvent.

— On fait comme d'habitude, tu inspires en même temps que je monte et tu expires quand je redescends.

J'acquiesçai et fis ce qu'il me dit de manière automatique. Une fois calmée, il m'attira à lui et me serra dans ses bras.

— Explique-moi, murmura-t-il.

Je fis non de la tête. Je n'avais pas envie de répéter ses mots.

— C'est encore ce sale con c'est ça ? Je vais me le faire putain !

Léo se leva et allait repartir en direction du lycée.

— J'ai besoin de toi !

Ces quelques mots l'immobilisèrent. Il fit volte-face et s'allongea auprès de moi dans l'herbe, où nous fixâmes le ciel en silence.

Je n'avais pas envie de lui dire qu'on m'avait de nouveau insultée, qu'il m'avait traitée de tous les noms sous les rires de ses amis. Tous semblaient d'accord avec ses propos. Moi, je ne comprenais pas pourquoi personne ne s'interposait. Personne, mis à part Léo. J'étais son amie, son double m'avait-il assuré une fois. Il écarta les bras et je vins m'y nicher.

— Ce sont des crétins, ils ne voient pas à quel point tu es géniale et ils s'en mordront les doigts.

— Si tu le dis.

Nous restâmes là jusqu'à ce que la nuit tombe.

— Tu devrais y aller, ils vont s'inquiéter.

— Tu parles, ils n'en ont rien à faire de moi.

— Ne dis pas ça.

— Je ne compte pas, je suis…

— Tu es ma priorité.

Mes yeux s'embuèrent.

— On se voit demain.

Jodie et Adam m'attendaient dans le salon.

— Tu rentres tard ! Tout va bien ? s'enquit-elle.

— Ouais, je monte dans ma chambre.

— On va dîner ! lança mon tuteur.

— Pas faim.

Je me déshabillai et me glissai sous la couette, m'endormant totalement épuisée et me réveillant en retard. Je descendis les escaliers en trombes. Nous étions samedi et c'était notre rituel. Pour bien commencer le week-end, il fallait absolument qu'on prenne notre petit-déjeuner ensemble et qu'on liste tout ce qu'on voulait faire. J'attrapai ma veste et m'apprêtai à sortir quand je fus arrêtée.

— Où tu vas de si bonne heure ?

— Ben rejoindre Léo, pour notre petit-déj du samedi.

Adam et Jodie se regardèrent sans comprendre.

— Mais qui est Léo ? demandèrent-ils d'une même voix.

Tout le monde se demandait ce que je pouvais bien avoir, personne ne comprenait. Ils semblaient tous les avoir oubliés, lui et sa famille, comme s'ils n'avaient jamais existé, comme si nous n'avions jamais partagé sept années. Pendant des mois, des années, j'ai remué ciel et terre et puis j'ai découvert ce monde auquel il appartenait et pas moi. Ces capacités qu'il avait et pas moi. J'étais humaine, mais pas lui. Dès lors, je l'ai juré, j'y passerais ma vie s'il le fallait, mais je le retrouverais, pour que je puisse à nouveau respirer. J'avais tellement fureté que j'étais devenue une spécialiste et c'est tout naturellement que j'en avais fait mon métier.

Détective depuis maintenant huit ans, je venais de changer d'agence. Je cherchais à approcher une boîte qui s'occupait d'affaires surnaturelles, mais le milieu était très fermé, encore plus pour une humaine, et y accéder relevait d'un tour de force. J'y étais enfin arrivée, on m'avait fait passer des tests que j'avais réussis haut la main, je m'entraînais physiquement, et mentalement depuis des années. Le plus dur n'avait pas été le corps à corps, ni d'apprendre les procédures, mais bel et bien d'avoir à subir les assauts répétés de cette télépathe qui avait tenté de me briser psychiquement et de s'introduire dans mon esprit. Je savais que c'était décisif, ils ne m'auraient pas prise si je n'avais pas pu lui résister un tant soit peu et je n'étais pas peu fière d'avoir tenu le choc. Ils m'avaient appelée dès le lendemain pour m'offrir une place. Il n'était pas question de grosses affaires pour le moment, juste de l'assistance sur des faits mineurs pour commencer et c'était normal, je devais faire mes preuves sur le terrain maintenant.

— Hey Rosabeth ! T'as pas peur de ton coéquipier ? m'avait raillée Andrew dès mon premier jour.

— C'est plutôt lui qui devrait se méfier, lui avais-je répliqué avec un regard complice.

L'agence était sympa, le directeur avait pensé à tout. Il y avait une cuisine, des espaces détente, du café à volonté et même un coin nuit pour ceux qui restaient tard. Les collègues n'avaient pas vu mon arrivée d'un bon œil, ça avait beaucoup étonné qu'une femme ait été recrutée, et encore plus une humaine, je cumulais ! Le scepticisme avait cependant très vite cédé la place à l'observation. Je me savais surveillée, ils me regardaient éplucher les dossiers, prendre des notes, écoutaient mes coups de fil, mais ça ne me dérangeait pas. Du moins, pour le moment. Ils avaient besoin de se faire une opinion et de savoir comment je bossais. Plus encore, ils devaient être sûrs de moi. La confiance est primordiale dans notre métier, il arrive que notre vie dépende uniquement de notre partenaire.

Mon coéquipier était adorable avec moi. Patient, il prenait le temps de me parler des différents extraordinaires que nous croisions au fil des dossiers qui nous étaient confiés. J'en apprenais beaucoup à ses côtés.

Andrew s'était tenu en embuscade pour assister à notre première rencontre, je l'avais vu du coin de l'œil, mais n'avais rien dit. Encore aujourd'hui, il n'en savait rien. Il pensait que Greg m'effrayerait, mais il se trompait. D'une part, il m'en fallait beaucoup avant d'être impressionnée et d'autre part, bien qu'il aurait fait fuir bon nombre de personnes, mon nouveau coéquipier avait pris beaucoup de précautions pour se présenter à moi. Nous nous étions tout de suite bien entendus, il était drôle et le boulot ne lui faisait pas peur. Il semblait résider dans l'agence. D'habitude il travaillait seul et n'était pas mécontent d'avoir de la compagnie m'avait-il dit un soir où nous étions restés tard. Au fil du temps, j'appris que mon partenaire était un solitaire, il fuyait les autres autant que les autres le fuyaient. Il n'y avait jamais eu de malaise entre nous, pourtant il était devenu distant depuis quelques jours.

— Rosabeth ! entendis-je aboyer.

Le chef me demandait. Il avait l'air de mauvaise humeur, mais après tout, rien d'inhabituel. Je me dépêchai d'aller à sa rencontre.

— Oui patron ?

— Il n'y a que toi qui m'appelles comme ça ici, tu sais ?

— Qu'importe, c'est ce que vous êtes non ? dis-je levant les épaules et tirant la chaise pour m'asseoir.

— Comment te sens-tu parmi nous ?

— Très bien, répondis-je étonnée par la question.

— Les collègues se comportent bien avec toi ?

— Bien sûr, et s'ils ne le faisaient pas ils comprendraient qu'il ne faut pas se frotter à moi.

— Humph. Il y a certains gars de qui tu devrais te méfier, tu sais. Il y a en a parmi nous, qui ont été recrutés parce qu'ils n'ont pas froid aux yeux et que la sale besogne n'effraie pas. Leur sens moral n'est pas aussi aiguisé qu'il le devrait.

— Ne vous inquiétez pas pour moi, je suis une grande fille, je saurais me faire respecter.

— Tant mieux.

— Autre chose ?

— Envisages-tu d'évoluer ?

— Comment ça ?

Il me prenait au dépourvu, je ne comprenais pas sa question.

— Tu comptes examiner des dossiers toute ta vie ?

— Bien sûr que non ! J'aimerais aller sur le terrain dès que possible, j'attends votre feu vert, voilà tout.

— Il est vert.

— Pardon ?

— Ça fait quatre mois que tu es parmi nous, ton travail est irréprochable, Greg est tout à fait d'accord pour dire que tu n'as pas ta place aux archives et que tu as besoin d'action.

Il me jeta un dossier que j'attrapai au vol. Voilà pourquoi il était si peu présent dernièrement. *« Stevens »*, lis-je.

— Il s'agit d'un passe-muraille, il est accusé de vols divers. Il jure qu'il n'y est pour rien et nous a engagés pour enquêter.

— OK, je potasse tout ça et je prends contact avec lui.

Il opina du chef et me fit signe que je pouvais disposer. Je me levai emportant le document, le cœur battant, et impatiente de montrer ce dont j'étais capable.

— Au fait, un nouvel équipier t'a été assigné.

Mon cœur se serra. Je m'en doutais, Greg ne voulait pas venir sur le terrain, il m'avait dit à plusieurs reprises que cette époque était révolue pour lui. Pourtant, j'avais espéré qu'il change d'avis, qu'il veuille reprendre du service à mes côtés. J'avais été bien présomptueuse d'espérer une telle chose.

— Qui ? demandai-je.

— Tu le sauras quand il arrivera. Un bureau a été installé pour toi à l'étage réservé aux enquêteurs.

Je m'en allai et descendis au sous-sol récupérer mon sac et les quelques affaires personnelles que j'avais entreposées provisoirement sur celui que Greg m'avait galamment cédé. Il n'en avait pas l'utilité s'était-il empressé de m'expliquer. L'air se rafraîchit d'un coup. Il était dans les parages et ne tarderait pas à arriver.

— Salut, souffla-t-il.

— Salut, lui répondis-je serrant mon dossier contre moi.

— Alors ça y est, c'est le moment.

— Oui, je…

Je ne finis pas ma phrase, j'étais à la fois triste de le laisser et excitée par ce nouveau challenge. Je baissai les yeux.

— C'est bien ! lança-t-il pour briser ce silence gênant. Tu ne pouvais pas croupir ici avec moi jusqu'à la fin de tes jours n'est-ce pas ! Allez vas-y, récupère tes biens et monte, ils t'attendent.

— Je repasserai te voir régulièrement.

— Bien sûr ! Je n'en doute pas une seconde.

Je lui adressai un sourire timide, attrapai un carton et y entreposai à la va-vite le peu d'affaires qui m'appartenaient. Un pot à stylo, mes lunettes soigneusement rangées dans leur étui, que je n'avais bien entendu encore jamais mises, et une veste que j'avais emportée dès mon deuxième jour. Quand Greg travaillait avec moi, elle était plus que nécessaire. Je pris mon paquet et me retournai voulant promettre une fois de plus que je passerai très bientôt, mais il n'était déjà plus là. Je sortis non sans laisser mon regard traîner sur ce bureau qui aura été mon premier ici, et me dirigeai vers l'ascenseur. J'appuyai sur le numéro 6 et patientai. Il s'arrêta au troisième étage. Andrew entra.

Les portes se refermèrent tandis qu'il s'adossait à la paroi la plus éloignée de moi.

— Salut miss, dit-il portant une main au chapeau qu'il ne quittait jamais.

— Bonjour, répondis-je poliment. Nous n'avions guère eu de conversation depuis mon arrivée, il s'était contenté de me taquiner, de m'observer. Il ne m'intéressait pas, je le trouvais trop arrogant. Ce n'était pas le genre de personne que j'aimais côtoyer, mais il le faudrait pourtant puisque j'allais dorénavant passer mon temps au même étage que lui. Un silence s'installa. Andrew fredonna une mélodie que je ne connaissais pas, mais qui me mit mal à l'aise. Je n'étais pas une grande bavarde, j'avais appris à me taire, écouter, observer. Il me semblait que le silence était préférable à parler pour ne rien dire, aussi ne me dérangeait-il pas. Contrairement à lui visiblement. Il était plutôt grand, les cheveux bruns, assez longs pour être plaqués. Toujours en jean et baskets, plutôt bel homme, mais ses yeux le trahissaient. Quiconque s'y plongeait voyait qu'il était nerveux, impatient et que son attitude désinvolte cachait quelque chose.

— C'est un dossier d'enquête que tu tiens là ?
— Oui.
— Tu le montes à quelqu'un ? Je peux y jeter un œil ?
— Non.

La rudesse de ma réponse le surprit. Il ricana pour masquer la gêne que mon refus lui avait causé.

— Tu as peur de mal te faire voir ?

— Pas du tout, c'est juste que ce dossier ne regarde que moi pour l'instant.

Il remarqua alors le carton que j'avais posé à mes pieds.

— Tu changes de bureau ?

— Oui, il semblerait que je sois enfin prête, dis-je ramassant mes affaires.

Je le laissai dans l'ascenseur tandis que les portes s'ouvraient devant moi. Un rapide coup d'œil dans la pièce m'apprit qu'il n'y en avait qu'un seul de libre, je m'y dirigeai. Meïssa, unique autre femme enquêtrice de la boîte, vint vers moi avec un grand sourire.

— Ravie que tu nous rejoignes enfin, me glissa-t-elle.

— C'est un plaisir partagé, lui répondis-je sincère.

— Réunion, et que ça saute !

Le patron réclamait qu'on se regroupe. Comme un seul homme, nous gagnâmes tous la petite salle au fond de la pièce qui tenait lieu de salle de réunion. Tandis que nous nous installions, il leva la main, nous intimant l'ordre silencieux de nous taire et de rester debout.

— Je serai bref, je suis juste monté vous annoncer de manière officielle que mademoiselle Marks rejoignait l'équipe des inspecteurs. Le fait qu'elle soit humaine ne doit absolument pas interférer dans vos rapports. C'est une des nôtres point barre. Des questions ?

Je me levai.

— Qu'en est-il de mon coéquipier ? m'enquis-je.

À ma grande surprise, c'est Andrew qui se manifesta.

Mon estomac se noua instantanément, cet enfoiré s'était joué de moi dans l'ascenseur. Les collègues se dispersèrent, retournant chacun à leurs occupations, non sans un sourire pour l'un, des félicitations pour d'autres ou une totale indifférence. Andrew, lui, n'avait pas bougé et moi non plus.

— Tu me le montres ce dossier maintenant ?

— Je ne l'ai pas encore parcouru, répondis-je, je n'en sais que ce que le patron m'en a dit.

Je le lui tendis et guettai sa réaction.

— Banal, je te laisse gérer ça toute seule, j'ai d'autres choses en cours. Rien de bien compliqué, tu devrais y arriver sans moi, dit-il en le jetant sur la table.

Abasourdie, je le pris sans rien ajouter et m'en allai pour m'installer derrière mon bureau. L'après-midi était déjà bien avancé. Je devais finir dans une demi-heure, aussi décidai-je que je serai bien mieux chez moi pour l'étudier. Je sortis les affaires de mon carton et entrepris de m'installer avant de rentrer.

— Contente que tu fasses partie des nôtres.

Je levai les yeux et rencontrai un regard vert, perçant, mais empli de sympathie.

— Je m'appelle Elie.

Tout en se présentant, il agita ses doigts et façonna une rose de glace.

— Tiens, cadeau de bienvenue.

— Elle est superbe ! m'exclamai-je. Merci.

— De rien.

— Tu es…

J'hésitai à poser la question.

— Un extraordinaire ? Oui, sourit-il.

— Depuis combien de temps ?

— Je l'ai su très tôt en fait, mes capacités se sont manifestées rapidement. Tout petit, je m'amusais à refroidir les verres de mes copains l'été. Quand mes parents l'ont su, nous avons quitté notre région pour en découvrir une nouvelle. Ils avaient peur qu'on nous traite autrement si ça venait à se savoir.

— Je comprends, enfin pas que je sache ce que ça fait d'avoir des dons hors du commun, mais…

Il m'interrompit.

— Je vais bien, rit-il. Je ne l'ai pas mal vécu, tu sais, beaucoup de gens déménagent, qu'importe les causes. Nouvelle école, nouveaux amis, rien de bien méchant.

J'avais tendance à oublier que c'était moi qui avais mal encaissé le « *déménagement* » de Léo.

— Oui, tu as raison, m'obligeai-je à sourire.

— Si tu as besoin de quelque chose n'hésite pas, la plupart des gars sont top ici, dit-il fixant Andrew.

— Je risque de te prendre au mot, tu sais.

— Avec grand plaisir. Je dois y aller, on m'attend. À lundi !

— J'y vais aussi. Encore merci pour la rose. Est-ce qu'elle va fondre ? l'interrogeai-je tout en caressant l'objet glacé du bout des doigts.

— Non, elle est éternelle. Mais prends garde à ne pas la faire tomber, elle se briserait.

J'ôtai immédiatement ma main, provoquant à nouveau le rire d'Elie.

— Je t'en ferais une nouvelle si jamais tu la cassais, dit-il en s'éloignant.

Je le suivis des yeux avant de reporter mon attention sur la fleur de glace qui se trouvait sur mon bureau. De quoi pouvait bien être capable Léo ? Cette question revenait sans cesse me hanter. Beaucoup d'extraordinaires vivaient parmi les humains, leurs capacités se dissimulaient facilement. Elie avait déménagé, mais ne vivait pas caché des autres, il faisait comme la plupart d'entre eux, attention à ne pas dévoiler son don. Je me levai, pris mon sac et y glissai mon dossier. Il était temps pour moi de montrer à Mitch qu'il n'avait pas eu tort de miser sur moi.

Je chevauchai ma moto roulant à vive allure. Qu'il était grisant de sentir l'air fouetter mon visage. J'avais choisi de ne pas habiter en ville pour fuir le bruit incessant qui y régnait. J'aspirais au calme pour me concentrer et réfléchir. Il ne me fallut pas longtemps pour rentrer à la maison. Elle était située dans un endroit assez reculé, sans voisins à proximité.

Je coupai le contact et montai les marches qui me menaient au premier étage. Cela faisait deux mois que nous avions emménagé. N'ayant plus aucune piste pour retrouver Léo, j'avais décidé de postuler dans la plus grosse agence paranormale du pays pour avoir plus de moyens. Avisant une lumière au rez-de-chaussée, j'en déduisis que Poly était déjà là.

Nous nous connaissions depuis quelques années, elle et moi, je l'avais rencontrée lors d'une enquête. Elle s'était fait agresser et s'était tournée vers la boîte dans laquelle je travaillais pour coincer le salopard qui l'avait laissée en fauteuil roulant durant des mois. À l'époque nous avions tout ce qu'il fallait pour lui mettre la main dessus rapidement, ce que nous fîmes sans nous faire prier. C'était toujours une grande satisfaction de rendre justice. Il fut traduit devant les tribunaux, et condamné pour son acte. Je l'avais ensuite souvent croisée. J'avais été malmenée lors d'un entraînement de boxe et j'avais dû faire de la rééducation. Or, nous avions choisi le même kiné. De fil en aiguille, nous en étions arrivées à aller boire un verre de temps en temps après nos séances et une amitié sincère était née entre nous.

Poly était une fille géniale, le cœur sur la main, mais surtout prévenante envers autrui, bien trop selon moi.

Je jetai mes clefs sur le meuble qui se trouvait à côté de l'entrée et posai mon sac sur le bureau avant de filer sous la douche. Il ne me restait que vingt minutes. J'adorais traîner un peu sous l'eau chaude pour me détendre, mais ce soir, je n'en avais pas le temps. Je m'habillais à la hâte quand on frappa à la porte. J'attrapai mon sac de sport et ouvris pour découvrir mon amie qui m'attendait sur le seuil.

— Prête ?

— On peut y aller, répondis-je.

Nous descendîmes les marches à son allure. De son agression, Poly avait gardé quelques séquelles, fini la superbe démarche de mannequin, désormais, elle boitait. J'admirais la force avec laquelle

elle s'était reconstruite. Elle s'était battue pour continuer à exercer, mais avait lâché prise en voyant ses cachets fondre comme neige au soleil. Elle avait alors repris ses études et s'était reconvertie en décoratrice d'intérieur. Elle adorait tout ce qui tournait autour de la déco. Elle mariait à la perfection les couleurs, les matériaux, alliant tel meuble avec tel tapis ou telle tapisserie avec telle peinture.

— Tu viens avec moi ? s'enquit mon amie.

— Je t'accompagne oui, j'irai me défouler après.

— Je serai de retour dans une semaine, pas un jour de plus je te le promets.

— Ne t'inquiète pas pour moi.

— Ne me demande pas l'impossible.

Poly était toujours anxieuse. Elle avait très peur que mon travail ne m'attire des ennuis. J'avais d'ores et déjà passé sous silence que ma boîte travaillait pour un public particulier, j'allais maintenant cacher qu'on m'envoyait enfin sur le terrain. Il valait mieux qu'elle parte l'esprit tranquille me pensant aux archives, je lui parlerai de tout ça à son retour.

— Ton train est à quelle heure ?

— Dans une demi-heure. On a juste le temps d'y aller, dit-elle en regardant sa montre.

Mon amie me jeta ses clefs de voiture et grimpa côté passager tandis que je m'installai derrière le volant. J'avais beau être grande, je n'avais pas d'aussi longues jambes que ma colocataire et dus ajuster le siège avant de démarrer. Nous ne parlions plus de sa famille depuis un moment. Elle partait aujourd'hui rejoindre ses sœurs et son unique frère pour fêter l'anniversaire de leur aînée, mais leur père les attendait tous impatiemment. Il avait quelque chose à leur annoncer dont il voulait leur parler de vive voix. Elle me l'avait toujours décrit comme quelqu'un de brusque et d'impatient, pourtant sa voix était chargée de douceur quand elle l'évoquait.

Je me garai au sous-sol et sortis de la voiture pour aller chercher ses affaires dans le coffre. Je n'étais plus surprise de la trouver si légère. J'avais abordé la question avec elle une fois, elle m'avait répondu que ses vêtements d'ado lui allaient encore. Je n'avais pas pu m'empêcher de la traiter de crâneuse et nous avions fini en fou rire.

— C'est bientôt l'heure, il faut que je me dépêche, dit-elle me prenant la valise des mains. Fais bien attention à toi.

— Promis !

— Tu sais que ça ne capte pas chez moi alors…

— Ne t'inquiète pas tant, je sais me défendre, tu as oublié ?

— Hum, ne fais rien d'inconsidéré Rosy, je suis sérieuse.

— Vas-y, tu vas rater ton train.

Poly partit sans un mot de plus. Du haut de mes trente ans, jamais je n'avais trahi une promesse, et pour y arriver la recette était plutôt simple : ne rien promettre qu'on ne peut tenir. Je fis demi-tour et regagnai la voiture. Il était l'heure de filer au club, savoir se défendre n'était pas inné et demandait du travail.

À mon arrivée, je sentis l'odeur familière du cuir et de la sueur.

Enfant terrible, sans parents, j'avais grandi dans une famille d'accueil qui bien qu'aimante avait vite été dépassée par mes accès de rage. Adam avait proposé que je voie un psychologue, mais je n'étais pas prête à me livrer et j'avais rejeté cette idée en bloc. Mon tuteur avait fini par se dire qu'il fallait que j'arrive à exprimer tout ça autrement.

Un vendredi soir après l'école, il était venu me chercher. J'avais été étonnée, car la corvée revenait d'habitude à Jodie, sa femme. Sur le siège passager, à l'avant, se trouvait un sac que je n'avais jamais vu. Moitié toile moitié cuir, il était bleu marine et rouge. Nous ne prîmes pas la route qui menait à la maison.

Je me rappelle avoir tremblé à l'idée qu'il m'amène dans un foyer en disant que sa femme et lui ne voulaient plus de moi sous leur toit. J'avais alors serré les dents en pensant que si tel était le cas, j'avais bien fait de leur mener une vie impossible, que je ne pleurerais pas et que je ne me retournerais pas en partant. Il s'était arrêté une quinzaine de minutes plus tard devant une grande bâtisse grise.

Adam était descendu de véhicule sans un mot, avait saisi le sac avant de venir m'ouvrir la portière. J'avais hésité à le suivre, mais il n'avait pas bougé et avait attendu. Je m'étais extrait de la voiture en lui jetant mon regard le plus noir. Pas plus perturbé, mon tuteur m'avait fait signe de me diriger vers la porte d'entrée et avait frappé trois coups. Nous avions attendu que quelqu'un vienne. Un homme qui me paraissait gigantesque nous avait ouvert et nous avait regardés avant de s'effacer pour nous laisser passer. Là j'avais découvert un autre monde. Des gens étaient regroupés autour de rings. J'étais ahurie en découvrant qu'il m'avait traînée dans un club de boxe. Adam m'avait alors tendu le sac en me disant d'aller me changer, puis était allé s'asseoir au fond de la salle.

L'homme qui nous avait ouvert m'attendait à la sortie du vestiaire, et m'avait demandé de le suivre jusqu'au ring qui se trouvait face au banc où Adam s'était installé. Il m'avait fait monter en écartant les cordes, m'avait équipée de gants, d'un casque et d'un protège-dents. L'espace d'une seconde, je m'étais dit que venir ici n'avait pour seul but que de me donner une correction. Mais non, ça avait été mon premier cours de boxe. Avec patience mon instructeur m'avait expliqué comment me placer, puis m'avait demandé de frapper. Comme d'habitude, j'avais crâné et tapé pensant lui faire mal, je ne voulais pas qu'on pense que je n'étais qu'une gamine, ce que j'étais pourtant. J'avais fini le derrière sur le ring à maintes reprises, alors qu'il n'avait pas riposté une seule fois, se contentant d'esquiver.

Nous étions ensuite rentrés sans un mot, c'est Jodie qui m'avait accueillie avec un grand sourire, comme à son habitude, pour savoir si ça m'avait plu. Jouant les rebelles, je balançai que c'était encore une idée de merde, mais au fond de moi, un verrou avait sauté.

J'avais attendu fébrile la semaine suivante et m'étais contenue à grande peine en voyant que c'était à nouveau Adam qui m'attendait devant le portail. Le sac se trouvait dans la voiture et nous avions pris la même direction. J'arborais un air blasé sur tout le trajet, mais n'avais pu me retenir de sauter de joie à l'abri des regards dans le vestiaire. Chaque vendredi Adam venait, puis me conduisait auprès de Tony.

Chaque vendredi je m'ouvrais un peu plus. Mon tuteur n'était pas un grand bavard, mais il était perspicace. Durant mon enfance, il avait toujours su de quoi j'avais besoin, avant même que je ne le sache moi-même.

La boxe n'était pas qu'un simple exutoire, j'y apprenais à me contrôler, à gérer mes émotions et à réfléchir. J'étais plus calme à la maison, à l'école également. Ce sport m'avait ouvert les yeux et pansé le cœur. Je ne faisais plus payer à Adam et Jodie mon abandon, mais les remerciais de m'avoir offert un foyer et une vraie place dans leur famille.

Ils n'avaient jamais eu d'enfants à eux et m'avaient expliqué qu'ils avaient décidé ensemble de recueillir les jeunes sans racines pour leur donner une chance. Je m'en étais voulu d'avoir été aussi dure avec eux, j'avais su des années après qu'ils avaient refusé de prendre d'autres orphelins de peur que je ne me sente à nouveau délaissée.

Jodie nous avait quittés après s'être vaillamment battue contre un cancer, Adam n'avait pas survécu à l'amour de sa vie et l'avait rejoint un an plus tard, me laissant orpheline pour la deuxième fois.

— Salut Rosy, en forme ?

Jason me tira de mes pensées.

— Plutôt, oui et toi ?

— Ça roule. Tu veux un partenaire ou tu préfères faire du sac ?

— Pour ce soir, le sac suffira, je te remercie.

Je me dirigeai vers les vestiaires, me débarrassai de mes converses, de mon éternel jean noir et de mon tee-shirt de la même couleur, puis enfilai un short et un débardeur avant d'attacher mes cheveux, encore plus court que d'habitude. Je bandai mes mains et commençai à frapper dans le sac avec des enchaînements simples. Ce soir je m'étais fixé comme objectif de travailler ma vitesse. Au bout d'une heure sans pause, ruisselante de transpiration, je décidai que cela était suffisant. Je filai sous la douche, laissant l'eau chaude couler le long de mes muscles endoloris pendant un moment, puis me rhabillai.

Je sortis en saluant tout le monde quand je remarquai quelque chose bouger quelques mètres derrière moi. Faisant mine de ne rien voir, je me dirigeai vers la voiture et m'y enfermai avant de démarrer. Roulant normalement, je compris qu'on me suivait. Qui et pourquoi, je n'en avais aucune idée, mais ça ne durerait pas. Il était hors de question de le mener jusque chez nous, aussi pris-je la direction de la ville et me garai devant un bar que Poly et moi fréquentions de temps en temps. Je m'installai et tapotai impatiemment sur le comptoir quand Marie me remarqua. Elle finit de servir un client et se dirigea vers moi. Elle attrapa un verre, me prépara un virgin mojito qu'elle vint poser devant moi.

— C'est quoi cette tenue ?

Je jetai un œil à mes vêtements avant de répondre.

— Mon uniforme, répondis-je avec un clin d'œil.

— Tu t'habilles comme ça pour bosser ?

— Toujours, tu sais avec mon boulot, c'est passe-partout.

Habillée en baskets, jean et tee-shirt noir tous les jours, il était évident que je finissais par ne plus attirer les regards. Il n'y a que quand je sortais que je me permettais un peu de couleur.

— OK, mais là, tu bosses ?

— Non, je sors de l'entraînement, j'avais juste envie de boire un coup avant de rentrer.

— Ha ! Poly te rejoint ? demanda-t-elle l'œil pétillant.

Nous avions remarqué que Marie s'intéressait bien plus aux jolies femmes qu'aux hommes qui arpentaient son bar, ça ne dérangeait pas mon amie qui s'était plutôt sentie flattée.

— Non, elle est dans sa famille pour quelques jours, je suis seule !

— Si tu faisais quelques efforts, tu ne le resterais pas ! me balança-t-elle.

— J'attends le grand amour, contrai-je sarcastique.

Non pas que je n'avais personne dans ma vie, mais moins ça se savait et mieux nous nous portions. Poly était au courant bien entendu, mais personne d'autre.

Je jetai un coup d'œil autour de moi et me rendis compte que j'étais toujours suivie. Je n'aurais pas su dire de quoi il s'agissait. Je distinguais une masse floue qui se déplaçait et me suivait, mais rien d'identifiable, ce qui me frustra au plus haut point. Ce qui était encore plus remarquable, c'est qu'il semblait qu'il n'y avait que moi qui la voyais.

Je décidai de prendre mon mal en patience et bu une gorgée du cocktail préparé par la barmaid. C'était une vraie pro, l'équilibre entre l'acidité et le sucre était parfait, pile comme j'aimais.

Coincée ici jusqu'à ce que ce qui me suive lâche l'affaire, j'observai les clients. Certains, ivres, parlaient et riaient fort. D'autres que j'identifiai comme des groupes d'amis s'amusaient et discutaient dans des coins plus reculés. Quelques personnes seules, installées au bar, sirotaient tout comme moi une boisson, mais ne restaient pas. Une fois terminé, ils laissaient de quoi payer et s'en allaient, contrairement à moi qui ce soir faisais office de pilier de bar.

Patiente, j'attendis plus d'une heure que la chose se lasse, mais elle n'avait pas bougé. Pire, j'avais l'impression qu'elle s'était installée confortablement au bout d'une banquette occupée par un petit groupe qui jouait aux cartes.

Le bar de Marie n'était pas un simple établissement où l'on venait boire, elle l'avait pensé joyeux et convivial et y avait développé un espace dédié aux jeux où les clients pouvaient emprunter des cartes ou des jeux de société. Une grande arrière-salle accueillait ceux qui souhaitaient se mettre au calme pour faire leur partie.

J'en avais assez, je ne comptais pas passer ma soirée ici à observer les faits et gestes de tout le monde. J'attirai l'attention de Marie pour l'informer que je m'en allais et laissai de quoi régler ma consommation. Elle me fit signe qu'elle m'invitait, mais je ne repris pas ce que j'avais posé sur le bar. Elle me salua sans me regarder. Je pris les clefs de la voiture et sortis mine de rien.

Je pris garde à m'arrêter au centre d'une lumière produite par un réverbère et me tournai. La masse floue s'arrêta brusquement.

— Qu'es-tu et que me veux-tu ?

J'aurais été plus à l'aise si j'avais été armée, mais je n'avais rien avec moi ce soir. Je savais que mon flingue rendait Poly nerveuse et j'avais envie qu'elle se sente le mieux possible avant de prendre son train. Comme j'allais ensuite au club, je n'avais pas pensé nécessaire de le prendre.

Je me jurai de ne plus sortir sans, quand brusquement, la masse fit volte-face et s'éloigna rapidement. Sans réfléchir, je lui courus après, essayant de la rattraper. Arrivant à son niveau, je tendis la main pour l'agripper, mais ne saisis rien. Incrédule, j'observai mes doigts qui venaient de traverser cette chose et la laissai fuir sans réagir.

Je regagnai la voiture et démarrai, réfléchissant à ce qui venait de se passer. Qui pouvait vouloir me suivre et pourquoi ? Le chef m'avait confié une affaire le matin même, enquête dans laquelle je n'avais pas encore fourré le nez, il était donc probable que ça n'ait rien à voir. À moins que tout le monde se trompe et qu'il s'agisse de quelque chose de bien plus important qu'un vol minime perpétré par un passe-muraille.

Installée derrière mon volant, je laissai retomber la pression. Les mains légèrement tremblantes sur le volant, j'hésitai à rentrer immédiatement.

J'avais besoin de savoir ce qui m'avait suivi. Je n'avais aucun moyen de joindre Greg et je grimaçai à l'idée d'en informer mon petit ami. Ma décision prise, je tirai mon téléphone de ma poche et lui envoyai un SMS. Nous ne devions pas nous voir ce soir, puisqu'il était à un repas de famille, mais s'il avait un moment à m'accorder, ça valait le coup de demander.

Chapitre 3

Je mis une demi-heure à rentrer chez moi, soit dix minutes de plus que d'habitude. Mes mains tremblantes en étaient la raison, mais je n'arrivais pas à déterminer si c'était l'énervement de ne pas savoir pourquoi on m'avait suivie, ou que ma main soit passée à travers la « *chose* ».

Je garai la voiture de Poly dans son abri que je verrouillai, puis entrai chez elle pour y laisser les clefs. Nous louions une maison que nous nous étions partagée en deux. Elle occupait le rez-de-chaussée et moi l'étage. Nous avions chacune une chambre, une salle de bain, un petit salon et une cuisine. Quand nous avions visité, nous nous étions dit que cette maison avait été pensée pour des amis et qu'elle était parfaite pour nous. À l'intérieur se trouvait un escalier qui permettait de relier les deux habitations, ce qui était très pratique.

Je montai et allai me changer. Abriel ne m'avait pas répondu, il devait être occupé ou peut-être avait-il coupé la sonnerie de son téléphone. J'allai enfiler un grand tee-shirt quand j'entendis un bruit venant de la porte. Étouffant un juron, je me précipitai pour attraper mon arme et me collai contre un mur.

— Rosy ? Tu es là ?

— Oui ! J'arrive.

J'avais reconnu sa voix et m'étais précipitée sur la porte sans réfléchir. Abriel me toisait de la tête aux pieds.

— Tu ouvres souvent dans cette tenue ?

L'adrénaline m'avait fait oublier que j'étais en sous-vêtements.

— Uniquement à toi, feintai-je.

— Terriblement sexy.

Il m'attrapa par la taille et m'attira à lui. Nos deux corps collés l'un contre l'autre, je fus submergée par la chaleur qui se dégageait de lui. Il m'embrassa, et comme à chaque fois, mon corps s'embrasa. Il me souleva sans rompre notre étreinte, referma la porte du pied et se dirigea vers la chambre. Il m'installa délicatement sur le lit, et glissa une main dans mes cheveux. Je l'arrêtai sachant ce qu'il voulait faire.

— S'il te plaît, murmura-t-il entre deux baisers. Je t'aiderai.

Hésitant quelques secondes je lâchai mon emprise tandis qu'il défaisait le lacet qui me servait à les attacher. Ils se répandirent le long de mon dos et sur le lit. Abriel laissa ses mains remonter sur mon corps et détacha mon soutien-gorge qu'il déposa à ses pieds. Sa bouche vint explorer ma poitrine qui s'élevait de plus en plus rapidement. Il savait exactement comment me faire perdre pied et c'en était déroutant. Caressant mes cuisses, il me fit basculer en arrière. C'était un amant doux et attentionné, je n'avais jamais connu d'hommes comme lui auparavant.

— Tu n'es pas blessée.

— Non, arrivai-je péniblement à murmurer.

— Ce n'était pas une question, mais un constat. Je préfère vérifier par moi-même maintenant, la dernière fois tu m'as menti.

Il venait de briser la magie du moment. Je l'arrêtai et me redressai.

— Et tu sais très bien pourquoi.

— Je suis guérisseur bon sang, on va encore se disputer à ce sujet ?

— Non, j'ai dit tout ce que j'avais à dire.

Je me levai, attrapai le tee-shirt extra large que j'avais laissé tomber par terre avant de lui ouvrir et le passai. Il fit la moue.

— Je n'en reviens toujours pas.

— De quoi ? demandai-je ne comprenant pas.

— De ne pas avoir remarqué que tes cheveux étaient si longs.

— Je fais en sorte que ça passe inaperçu, c'est normal.

— Ils t'arrivent aux genoux et je ne l'ai découvert que la semaine dernière, ça fait trois mois qu'on est ensemble ! Je suis pourtant observateur d'ordinaire.

— C'est ce que tu crois, le taquinai-je lui tendant une brosse.

Docilement, il commença à les démêler.

— Explique-moi ton SMS. Tu as été suivie par qui ?

— Je ne sais pas s'il faut dire qui ou quoi, commençai-je.

— C'est-à-dire ?

— Eh bien il s'agissait d'une sorte de masse floue, qui me suivait, elle flottait dans les airs. Au début j'ai juste vu quelque chose bouger. C'est ce qui a attiré mon regard, et puis ça s'est matérialisé. Ce qui est bizarre c'est qu'il me semble qu'il n'y avait que moi qui la voyais.

Abriel avait cessé de brosser mes cheveux. Je me retournai pour le voir. Quelque chose clochait.

— Parle ! le pressai-je.

— Disons que ce qui est vraiment « *bizarre* », pour reprendre tes mots, c'est que toi, tu l'aies vu.

— Pourquoi ? Qu'est-ce que c'était ?

— Ça s'appelle un œil, ce n'est pas une personne ni un objet, c'est ce qui se rapprocherait le plus d'un mouchard en termes de technologie. Ils sont produits pour suivre et récolter des données qui sont emmagasinées puis ingérées par ceux qui souhaitent avoir ces infos.

— Comment ça ingérées ?

— Elles pénètrent l'esprit du commanditaire qui a alors accès à tout ce qui a été enregistré.

— OK, qui produit ces yeux ?

— Ça dépend, avant il n'y avait que certains extraordinaires qui le pouvaient, maintenant, on arrive à en produire d'une autre façon…

— C'est-à-dire ?

— Là, tu m'en demandes trop.

— OK, donc si j'ai bien compris, ça pourrait être n'importe qui.

— C'est ça. Tu l'as vu à la gare ?

— Non, en sortant du club.

— Tu as accompagné Poly à la gare, tu es allée à ton entraînement et tu as vu l'œil c'est ça ?

— Oui, je me suis mise à l'abri chez Marie et j'ai attendu.

— Quoi ?

— Qu'il s'en aille, je pensais qu'il finirait par lâcher l'affaire vu qu'il n'y avait rien d'intéressant.

— Rien ne dit qu'il ne te surveillait pas avant.

— Possible oui.

— Ce n'est qu'un engin de surveillance, il n'est pas offensif. Tu as mangé ? demanda-t-il en changeant de sujet brusquement.

Le seul fait qu'il pose la question réveilla ma faim.

— Non, pas encore. Que fais-tu ? demandai-je alors qu'il se levait.

— Je vais te préparer quelque chose en vitesse.

Je grimaçai quand il ouvrit le frigo.

— T'es sérieuse là ? dit-il la mine déconfite. Un bocal de cornichons à moitié vide, du jambon périmé, trois yaourts nature et un reste de pâtes tellement desséché qu'on s'étoufferait à coup sûr si on essayait de les manger.

— Je ne suis pas souvent à la maison, tentai-je.

— Tu bosses du matin au soir, tu fais du sport, tu es toujours en activité, il faut bien que tu te nourrisses non ?

— Je suis en excellente santé figure toi, je ne me laisse pas mourir de faim !

— Bien sûr, et tu comptais manger quoi ce soir ?

Je levai les épaules, m'approchai de lui et le tirai par la cravate pour l'obliger à me suivre.

— Plutôt pas mal cet accessoire, le raillai-je.

— Continue et je t'attache avec.

— Ça pourrait être intéressant…

J'allumai et descendis chez Poly. Elle avait toujours quelques plats cuisinés au congélateur, ce qui ferait bien l'affaire pour ce soir.

— Tu préfères quoi ? Riz cantonnais, poulet cacahuète, poêlée campagnarde, listai-je.

— J'ai déjà dîné, choisis ce qui te plaît le plus.

Je saisis le poulet cacahuète dont je raffolais, regagnai ma maison suivi d'Abriel et mis une casserole d'eau à chauffer pour faire cuire du riz tandis que le plat décongelait au micro-ondes.

— Je t'ai coupé dans ton repas de famille, tu ne devrais pas y retourner ?

— C'était l'anniversaire d'un cousin, nous ne sommes pas très proches alors rien de bien grave en soi.

— Il y avait beaucoup de monde ?

— Pourquoi cette question ?

— Le costume cravate. Je ne t'avais jamais vu habillé comme ça. Ça te va vraiment bien.

Un sourire illumina son visage.

— C'est vrai ? Ça te plaît ?

Abriel était grand, blond aux yeux d'un bleu foncé qui me faisait penser aux profondeurs de l'océan. Les cheveux coupés assez courts, il avait des traits fins, un nez aquilin et des fossettes lorsqu'il riait. De ses longs doigts fins émanait sa capacité de guérison. Il était très propre sur lui, toujours rasé de près, bien habillé, généralement d'un jean et d'une chemise. Son épaule gauche et la totalité de son bras jusqu'au poignet, étaient tatoués de motifs floraux. Très beau, les femmes se retournaient sur son passage régulièrement. Je ne comprenais toujours pas comment il avait pu me préférer à l'une des nombreuses beautés qui le sollicitaient.

— Tu es très séduisant, dis-je en égouttant mon riz.

Je sortis la barquette du micro-ondes et pris deux fourchettes bien qu'il m'ait dit avoir déjà mangé. Je posai le tout sur le bar et lui tendis un des deux couverts.

— Goûte, tu vas adorer.

Ne se faisant pas prier, il plongea sa fourchette dans la sauce et ses yeux s'agrandirent de surprise.

— Excellent !

Il mangea deux bouchées avant de me laisser engloutir tout le plat. Abriel était un soigneur, il tirait en partie son énergie des aliments, ce qui fait qu'il était un gros mangeur. D'ailleurs, il n'était pas rare qu'il dîne deux fois, voir plus s'il avait dû prodiguer des soins.

Je finis rapidement et entrepris de faire la vaisselle pour ne rien laisser traîner dans l'évier. Je détestais avoir des odeurs de cuisine dans la maison. Abriel m'avait laissée quelques instants pour aller chercher des affaires dans sa voiture. Quand il fut de retour, il me rejoignit devant l'évier et vint se coller à moi. Il m'embrassa dans le cou, me faisant frissonner.

— J'adore ça, susurra-t-il.

— Quoi ?

— Sentir ton corps réagir quand je le touche.

Je me tournai et lui fis face. L'espace d'un instant, je plongeai dans ses yeux et me perdis. Nos lèvres se cherchèrent et plus rien n'eut d'importance.

— J'ai très envie de continuer ce que j'ai commencé tout à l'heure.

Un long soupir fut la réponse à la main qu'il avait glissée sous mon tee-shirt et qui avait commencé à me caresser. Je défis son nœud de cravate, puis les boutons de sa chemise, caressai son torse musclé avant de me saisir de sa nuque pour l'embrasser. Sans m'en apercevoir, il m'avait ramenée dans la chambre et j'étais allongée sur le lit.

Cet homme me rendait dingue, si je n'y prenais pas garde, je pourrais tomber follement amoureuse de lui. Ses mains et ses lèvres étaient partout à la fois, je sentais monter en moi un feu que je savais difficile à contenir. Il fit passer mon tee-shirt au-dessus de ma tête tandis que je déboutonnais son pantalon. Nos deux corps se cherchaient l'un l'autre, attirés irrépressiblement. Sa langue vint à la rencontre de la mienne, s'enroulant autour d'elle et la caressant, tandis qu'il se frayait un passage entre mes jambes. Je laissai échapper un petit cri et me cambrai quand glissant en moi, nous ne fîmes plus qu'un. Ses va-et-vient étaient doux et puissants, mais il en voulait plus, j'en voulais plus, alors il m'agrippa et accentua ses poussées. Nos respirations s'accélérèrent, je m'accrochai à son dos et me mordis l'intérieur de la bouche quand je compris l'avoir griffé. Il ne s'arrêta pas pour autant et dans un dernier hoquet, je perdis pied en criant son nom.

Blotti contre moi, la tête nichée au creux de mon épaule, Abriel continuait à m'embrasser.

— Ça va ?

— Pourquoi me poses-tu cette question à chaque fois ?

— Pour en être sûr, je tiens vraiment à toi.

— C'est plutôt moi qui devrais te le demander ? Ça fait mal ? dis-je touchant l'endroit où je l'avais blessé du bout des doigts.

— Tu n'y as pas été de main morte, dit-il avec un sourire que je devinais. Je ne savais pas que je te faisais tant d'effet.

À ce moment, je bénis le ciel qu'il ne puisse me voir tellement je devais être rouge de honte. Son corps tout contre le mien, je sentis alors une douce chaleur émaner de lui et vis les plaies se refermer lentement.

C'était la première fois que j'assistais à un tel spectacle et le moins que je puisse dire c'est que j'étais impressionnée. La chaleur se répandit jusqu'à l'intérieur de ma bouche et les chairs cicatrisèrent en même temps. Il s'étira et m'embrassa.

— Plus rien ? Même pas une petite douleur ?

— Non, c'est fini, mais ne te gêne pas pour recommencer.

Il rit de bon cœur et se leva après m'avoir embrassé sur le nez pour se diriger vers la cuisine. Il ouvrit les placards, dégota quelque chose à grignoter et vint à nouveau se glisser près de moi. Il me tendit le paquet de biscuits au chocolat que je refusai et commença à les dévorer les uns après les autres. Je ne pensais pas qu'un si petit soin lui demandait autant d'énergie. Soudain j'eus un doute.

— Abriel, utilises-tu ta capacité quand nous faisons l'amour ?

Il avala de travers et toussa. Je me levai pour lui rapporter un verre d'eau.

— Je ne l'utilise pas non, mais quand je suis avec toi, enfin quand nous sommes au lit je veux dire, j'ai beaucoup de mal à la contenir.

— Ça ne t'était jamais arrivé avant ?

— Jamais non.

Je sais que je n'aurais pas dû, mais je me sentis flattée par cette révélation.

— Tu m'en veux ?

— Bien sûr que non ! Ce n'est pas quelque chose que tu fais sciemment, je ne peux pas t'en vouloir pour ça. Penses-tu que…sentant le rouge me monter une fois encore aux joues, je ne finis pas ma phrase.

C'était sans compter sur l'homme qui partageait mon lit depuis plusieurs mois.

— Que ? reprit-il.

— Que cela influence mes… euh… mes sensations ?

Il fit glisser une mèche de cheveux derrière mon oreille et plongea son regard dans le mien.

— Je suis à peu près sûr de pouvoir te faire crier mon nom, même si je perdais mon don.

Cette fois pas d'échappatoire, je piquai un far. Il fondit sur mes lèvres et m'embrassa à perdre haleine, je me plaquai contre lui et lui rendit son étreinte. Quand nous nous séparâmes, il me sourit et me prit dans ses bras.

— Ma soirée est bien mieux que prévue finalement.

Fini la légèreté, ce retour au quotidien me ramena à l'œil et je ne pus m'empêcher de frissonner. Qui et pourquoi étaient les deux questions auxquelles je devais trouver une réponse rapidement.

— Un problème ? me demanda-t-il.

— Non, j'ai repensé à la mienne, mais tout ça attendra demain.

Abriel se raidit subitement.

— Quelque chose ne va pas ?

S'éloignant pour me regarder, je vis de l'inquiétude dans son regard.

— Et si…

— Et si quoi ! m'impatientai-je.

— Et si ce n'était pas un hasard ?

— Je suis perdue.

— Si le fait que tu puisses voir cet œil et que je ne puisse que difficilement contrôler mon don auprès de toi n'était pas un hasard ? Et si sans le savoir, tu étais une extraordinaire ?

Je le regardai abasourdie avant d'éclater de rire.

— Abriel c'est moi, Rosabeth, une humaine parmi tant d'autres qui n'a rien de plus qu'une autre.

— Sur ce point, je peux te contredire sans aucun problème. Humaine ou pas, tu n'as rien d'ordinaire.

— Bien, et quel serait ma capacité alors ?

— Je n'en sais rien, à nous de le découvrir, mais je suis persuadé qu'il y a quelque chose.

— Ce ne serait pas tardif à trente ans ?

Il haussa les épaules.

— Rien ne dit qu'elle n'est pas présente depuis des années, mais latente, ou qu'elle se manifeste d'une façon particulière.

Je me levai en emportant le drap avec moi et laissant Abriel complètement nu sur mon lit. La vue de son corps parfait me chamboula et je détournai les yeux pour ne pas me jeter sur lui.

— Aucune chance, dis-je ramassant mes sous-vêtements, je l'aurais su si j'avais été spéciale.

— Tu savais que nous étions guérisseurs de naissance ? Ce n'est pas quelque chose qui se développe.

— Oui, et ?

— Je n'ai découvert que je pouvais soigner les gens qu'à vingt ans.

Je le regardai sonnée par ce qu'il venait de dire.

— Comment est-ce possible ?

— Déjà, il n'y avait jamais eu de dons dans notre lignée, puis je soignais sans m'en rendre compte. Le soir de mon anniversaire, nous avions fait une fête entre amis. Nous avions un peu trop bu et...

Il s'arrêta et je sus que ce qu'il s'apprêtait à me dire serait difficile pour lui. Je vins m'allonger à ses côtés et posai la tête sur son torse. Il se mit à caresser mes cheveux, je ne dis rien et attendis qu'il soit prêt.

— Nous avons eu un accident, reprit-il après quelques minutes silencieuses. On se croyait invulnérables. Tu sais, on pense toujours que ça n'arrive qu'aux autres. Un de mes meilleurs amis a perdu la vie ce soir-là, mais j'ai pu sauver son frère. Un morceau de métal l'avait transpercé de part en part. Sans réfléchir, je l'ai retiré et j'ai reçu une giclée de sang en plein visage. J'ai posé mes mains sur le trou pour essayer d'enrayer l'hémorragie, et petit à petit le sang a cessé de couler. Quand j'ai voulu voir ce qu'il se passait, tout était refermé. J'ai attendu sur le bord de la route que les secours arrivent, ils l'ont emmené. Il s'était évanoui et je n'ai rien eu à lui expliquer, mais un des pompiers est venu me trouver et m'a pris à part. Il a tout de suite compris ce que j'étais, car il en était un également. On s'est revus à plusieurs reprises, il m'a expliqué comment fonctionnait son don et m'a dit qu'il fallait que je trouve comment maîtriser le mien.

À nouveau le silence s'installa. Je ne le remplis pas, ce qu'il venait de me révéler était encore cuisant pour lui, les battements rapides de son cœur en témoignaient. Je caressai son bras tendrement, lui montrant que je serai patiente et que j'étais là pour lui. Il déposa un baiser sur le haut de ma tête et me poussa délicatement sur le côté.

— Réfléchis, il ne t'est jamais rien arrivé de bizarre ? Rien qu'un tout petit truc, ça pourrait nous mettre sur la piste.

— C'est la deuxième fois que tu dis « *nous* », c'est moi la détective.

— Oui, mais sur ce coup on est deux.

Je grimaçai. Ma vie n'avait jamais été simple et je m'étais fait une raison. Je n'avais jamais eu de relations longues, j'avais toujours rompu quand ça devenait trop sérieux. Je ne voulais impliquer personne dans mes histoires. La première qui n'avait rien lâché, c'était Poly. J'avais bien essayé, mais fendue d'un grand sourire, elle m'avait balancé un jour que je n'arriverais pas à me débarrasser d'elle. Embarquer quelqu'un de plus, qui plus est à qui je commençais à m'attacher très fortement, me déplaisait.

— Qu'est-ce qu'il y a ? Tes magnifiques yeux gris sont emplis de tristesse d'un coup.

— Non ce n'est rien, je vais y penser.

Ma décision était prise, Abriel devait sortir de ma vie.

— Tu es sûre ? Je suis de garde ce soir, je devais partir, mais si tu as besoin, je peux essayer de me faire remplacer.

— Non ! m'empressai-je de dire. J'ai déjà bousculé ton programme, ne change plus rien pour moi.

— On se voit demain ?

— Je ne sais pas, beaucoup de choses sont en mouvement au boulot en ce moment, je te tiens au courant.

— Ça marche.

Il se leva et commença à se rhabiller. J'avais espéré passer une dernière nuit dans ses bras, sentir une dernière fois ses mains sur mon corps peut-être aussi, mais le sort en avait décidé autrement. Je ravalai une larme tandis qu'il reboutonnait sa chemise.

— Je te la laisse, peut-être lui trouverons-nous une autre utilité un de ces jours, dit-il me tendant sa cravate.

— Reprends là, dis-je le cœur lourd, si tu as envie de t'en servir tu la ramèneras.

Il me sourit et cela finit de me briser. Ces quelques mois en sa compagnie avaient été un rêve dont je venais de me réveiller brutalement. Il prit ses clefs, vint vers moi pour m'embrasser, une dernière fois. Je profitai de ce baiser et y insufflai tout l'attachement que je ressentais pour lui avant de le congédier.

— Va sauver des vies, dis-je faisant de mon mieux pour cacher ma peine.

— Je reviens dans la tienne très vite, répondit-il claquant la porte.

— Ou pas, murmurai-je pour moi-même.

Attrapant un oreiller, je le blottis contre moi et pleurai cet amour naissant.

Chapitre 4

Le soleil se leva et un sentiment de renouveau l'accompagna. J'étais une fois de plus seule, mais savoir Abriel en sécurité loin de moi m'aidait à être sereine.

Comme il n'y avait rien à manger à la maison, j'avalai un café rapidement, puis enfilai un débardeur et un legging. Les lacets de mes baskets noués, je sortis, une bouteille d'eau à la main. Rien de tel qu'un peu de course à pied pour se revigorer. Qui plus est, à l'instar de ceux qui avaient des idées brillantes sous la douche, les miennes me venaient la plupart du temps en courant. J'allais m'élancer quand je reçus un SMS.

[On se voit aujourd'hui ?]

Si je mourais d'envie de lui répondre par la positive, je n'en fis rien. J'effaçai le message, fourrai mon téléphone dans la pochette que je portais autour du biceps et descendis les escaliers à petites foulées.

La première boulangerie était à trois kilomètres, mais il me faudrait plus de temps pour me vider l'esprit, aussi décidai-je de pousser jusqu'au village d'à côté. Démarrant doucement pour ne pas me blesser, j'accélérai l'allure petit à petit. Arrivée à mon rythme de croisière, je réfléchis à la théorie d'Abriel.

Mes souvenirs d'enfance n'allaient pas loin. Je ne me rappelais rien avant mes six ans. Je n'avais d'ailleurs jamais cherché à me rappeler. À mes dix-huit ans, j'avais demandé à consulter mon dossier. Le nom de ma mère n'y apparaissait pas, elle avait accouché sous X et m'avait confiée à l'assistance publique. J'avais été de foyer en foyer jusqu'à atterrir chez ceux que j'avais fini par considérer comme mes véritables parents. C'était un parcours bien banal pour une enfant dans ma situation. Je passai ensuite mon adolescence au crible.

Le seul fait marquant avait été la disparition brutale de Léo et le fait que je me rappelle de lui alors qu'il avait été comme effacé de la vie des autres. Sauf que ma mémoire n'avait rien d'exceptionnel. J'avais entendu parler de personnes qui n'oubliaient jamais rien, qui se rappelaient même leur naissance. Or, c'était loin d'être mon cas.

Pas plus tard que cette semaine, j'avais oublié de rappeler un ancien collègue à qui j'avais promis un coup de main.

Mon téléphone vibra à nouveau, je secouai la tête en maintenant ma cadence. Abriel ne lâcherait pas l'affaire facilement. Il demanderait des explications et elles avaient intérêt à tenir la route.

C'était un homme brillant et tenace. On ne devenait pas médecin urgentiste comme ça. Je l'avais rencontré suite à une soirée arrosée au Mary's. Un groupe était venu fêter un évènement et ça avait dégénéré. Il y avait eu plusieurs blessés, dont Marie qui avait voulu s'interposer. Un tesson de bouteille lui avait valu une mauvaise coupure au niveau de l'avant-bras. Je l'avais emmenée aux urgences tandis que Poly s'était occupée de fermer le bar. Nous avions attendu deux heures, Poly venait juste de nous rejoindre quand Abriel était arrivé. Un dossier à la main il l'avait appelée et m'avait demandé de les suivre quand il avait vu Marie se lever, fébrile. Il avait vite compris que ce qui posait problème à sa patiente n'était pas la coupure profonde en elle-même, mais l'acte médical que le soin nécessiterait. Il l'avait installée en position semi-allongée, et avait fait demander une infirmière qui pratiquait l'hypnose. Je crois que c'est à ce moment qu'il a commencé à me plaire. Cette bienveillance dont il faisait preuve me touchait profondément. J'avais tiré un tabouret pour m'installer à côté d'elle et lui avait pris la main. Elle s'était plainte que nous la traitions comme une petite fille, mais je lisais de la reconnaissance dans son regard. Une fois que l'infirmière eut quitté la salle d'examen, il avait commencé à la recoudre tout en me demandant ce qu'il s'était passé. Marie avait eu du mal à sortir de l'hypnose et son médecin avait tenu à venir la revoir pour s'assurer qu'elle quitte l'hôpital en pleine forme.

Avant de partir, il m'avait donné une ordonnance avec ce dont elle aurait besoin pour ses soins, et une autre pour qu'une infirmière puisse passer les lui faire. Il m'avait alors tendu sa carte en me disant de l'appeler. Carte qui n'en était pas une puisqu'il avait juste écrit son prénom et son numéro de téléphone au dos d'un prospectus publicitaire. Je l'avais appelé trois jours plus tard, poussée par Poly.

Mon téléphone sonna une fois de plus. Je m'arrêtai et le tirai de sa pochette pour m'assurer qu'il ne s'agisse que d'Abriel qui insistait et fus surprise de découvrir le numéro d'urgence de l'agence s'afficher plusieurs fois. Sans attendre, j'appuyai sur la touche rappel, le patron décrocha.

— Où êtes-vous Marks ?

— Aucune adresse précise à vous donner, je cours en direction du village le plus proche de chez moi.

— Faites demi-tour, prenez une douche rapide, je vous envoie l'adresse où on vous attend. Stevens a été retrouvé mort. Suicide, meurtre ou malchance, je n'en sais rien. À vous de dégoter l'info. Je vous envoie également un document qui vous permettra d'accéder à son appartement. Demandez l'officier Poulx quand vous arriverez.

— OK.

Je raccrochai et regardai mes messages et appels en absence. Trois SMS de plus de l'homme dont j'essayais de m'éloigner et deux appels. Il n'était pas si insistant d'habitude, il devait être inquiet à cause de cette histoire d'œil. Je lui envoyai un message pour le rassurer.

[Trop de boulot pour qu'on se voie.]

[Ce soir ?]

[Non plus.]

[Quelque chose ne va pas ?]

[Il faut qu'on arrête, ça ne peut pas marcher entre nous.]

J'attendis quelques instants, mais il n'y eut pas de réponse. J'avais pensé qu'il demanderait au moins pourquoi, mais non. Visiblement il n'avait pas besoin d'explication, preuve que je ne le connaissais pas si bien que ce que je voulais le croire.

Je rangeai mon téléphone et rentrai le plus rapidement possible. Après une douche express, j'enfilai ma tenue, pris mon sac et claquai la porte derrière moi. Le bruit du moteur de ma moto et ses vibrations me firent redescendre en pression, cela avait toujours eu cet effet sur moi.

Je jetai une dernière fois un œil à l'adresse que le patron m'avait envoyée et pris la route. Je me garai vingt minutes plus tard face à un immeuble devant lequel se trouvaient deux voitures de police. Je pris mon téléphone pour chercher le document qui attestait que j'avais le droit de me trouver là et pénétrai dans le bâtiment.

— L'accès est interdit, madame. Sauf aux résidents, bien entendu, s'empressa d'ajouter l'agent qui filtrait les entrées.

— Pourrais-je voir l'agent Poulx, s'il vous plaît ? demandai-je présentant ma carte professionnelle.

— Oui, bien sûr.

Il attrapa le talkie accroché à sa ceinture et s'éloigna à grands pas. Bien qu'il veuille être discret, j'avais l'ouïe fine et ne manquai rien de la conversation.

— Une jeune femme te demande en bas.

— J'ai pas le temps bordel !

— C'est une détective de l'agence Syro.

— Encore ces emmerdeurs, je vais te l'envoyer bouler moi ! J'arrive.

Je me tournai pour cacher mon sourire à l'agent. C'était malheureusement une réaction commune. La police avait l'impression que nous étions dans des camps opposés alors que nous pourrions avoir de bien meilleurs résultats en travaillant de concert.

— Mademoiselle, que puis-je pour vous ?

Je me retournai et fis face à un homme de grande taille, très mince, au teint cireux. Il avait les mains sur les hanches et se tenait les jambes légèrement écartées. Il portait l'uniforme et me fixait de ses petits yeux noirs perçants.

— Bonjour, monsieur l'agent, je souhaiterais avoir accès à l'appartement de monsieur Stevens, celui-ci nous avait confié une affaire, dis-je tendant à nouveau ma carte professionnelle.

Il secoua la tête en signe de dénégation.

— Vous allez devoir attendre que nous ayons fini, vous pourrez aller dans son appartement une fois que le corps aura été emmené à la morgue et bien sûr, vous pourrez consulter le rapport du légiste.

— J'ai besoin de voir tout ça maintenant, refusai-je en tendant le document que Mitch m'avait envoyé plus tôt dans la matinée.

L'agent Poulx ravala un juron en prenant connaissance de ce que je lui montrai.

— Allons-y, dit-il agacé.

Il me précéda et je le suivis jusqu'à l'ascenseur où il appuya sur le numéro 8. Nous fîmes le trajet sans échanger un mot. Lorsque nous arrivâmes, il sortit et prit sur la droite, se dirigea tout au fond du couloir vers un appartement dont la porte était ouverte et à côté duquel était posté un autre agent. Une femme cette fois. Je m'avançai et la saluai avant d'entrer.

La pièce principale était grande, baignée de lumière et vraiment très propre. Au centre de la pièce se trouvait une table en bois autour de laquelle étaient disposées quatre chaises. Sur celle-ci, un bouquet de fleurs fraîches posé sur un plateau tournant. Un petit salon avait été installé dans un coin avec un immense écran plat fixé directement au mur. Une console placée à côté de la porte d'entrée terminait l'équipement de la pièce. Quelques photos d'un homme brun et de petite taille, avec une femme qui lui ressemblait, étaient accrochées en décoration.

— Sa sœur, m'informa Poulx voyant que je m'étais rapprochée des clichés. Il est là-bas.

Je le suivis jusque dans la salle de bain où le corps était dans la baignoire, trempé.

— Il s'est noyé dans son bain.

— Quoi ? C'est possible ça ? m'étonnai-je.

— Suffit de s'endormir, dit-il regardant au-dessus de mon épaule. Nous avons presque fini ici, faites votre tour et quand vous serez prête, informez-en le coroner.

L'agent tourna les talons et rejoignit un de ces équipiers dans le salon.

Je me penchai sur le corps tout en enfilant une paire de gants. S'endormir dans son bain était bien sûr possible, mais de là à s'y noyer… Ça m'était arrivé une fois, je m'étais réveillée dès que mon visage avait atteint l'eau. Je pris son menton et tournai sa tête à droite, puis à gauche. À priori, aucune trace sur son cou. J'ouvris sa bouche, rien à l'intérieur. Un examen minutieux révélerait s'il y avait une trace d'injection quelque part sur son corps. Lorsque je reculai, je remarquai que je laissais des traces de pas. M'agenouillant, je touchai le tapis de bain qui était mouillé, mais pas trempé. Quelqu'un l'avait essoré.

Je sortis de la pièce et gagnai sa chambre. Le lit était défait, la porte de l'armoire ouverte, les vêtements dans le désordre et froissés. Des mouchoirs sales jonchaient le sol à côté du lit. En face de la chambre se trouvaient les toilettes, d'où se dégageait une odeur nauséabonde. La propreté laissait à désirer contrairement à la pièce principale. Je finis d'explorer l'appartement en faisant un tour dans la cuisine. L'évier était plein de casseroles sales, la cuisinière grasse.

Le contraste était tel entre la pièce de vie et les autres qu'on semblait être chez quelqu'un d'autre.

— Mademoiselle Marks !

Je me retournai et aperçus l'agent Poulx qui me faisait signe de le rejoindre.

— Pour nous, il n'y a rien de plus à faire ici. Nous attendrons les résultats de l'autopsie, mais à première vue, c'est un banal accident.

— Pourrai-je m'entretenir avec le coroner ?

— Il est déjà parti, mais je lui laisserai un message lui disant que vous souhaitez discuter avec lui.

— Je vous remercie.

Le laissant terminer sa paperasse, je repris l'ascenseur seule et regagnai ma moto. Nul doute que le patron attendait mon coup de fil. J'appuyai une nouvelle fois sur la touche rappel, il décrocha à la deuxième sonnerie.

— Alors ?

— Il a été retrouvé noyé dans son bain. La police pense à un accident, mais je n'en suis pas aussi sûre. J'appellerai la morgue demain.

— Très bien, j'attends un compte-rendu assez rapidement.

— Vous l'aurez.

— Bon dimanche Marks.

— Merci patron.

Il raccrocha et levant les yeux, j'eus la surprise de tomber nez à nez avec un œil. Bien décidée à mettre cette affaire au clair rapidement, je me dirigeai vers une ruelle que j'avais remarquée en arrivant plus tôt m'assurant qu'il me suive bien.

Veillant à ce qu'il n'y ait personne autour de nous, je me retournai et fixai la masse qui se tenait au niveau de mes yeux.

— J'aimerais que nous nous rencontrions, dis-je sans préambule. Plutôt que de m'espionner, venez me poser vos questions directement, nous gagnerons du temps tous les deux.

L'œil ne bougea pas d'un poil. Je me rappelai alors que cette chose n'était pas dotée de volonté, qu'elle était assimilable à un simple objet. La veille, c'était en lui donnant la chasse que j'avais pu m'en débarrasser, il y avait donc sûrement une sorte de programme qui faisait repartir l'œil vers le commanditaire.

— Disons ce soir, vingt-deux heures à la marina. Je serai sur la jetée. Pas besoin de signe distinctif, vous me reconnaîtrez.

Balançant mon point en avant, il passa à travers et l'œil fila comme son prédécesseur.

Soufflant, je rejoignis la moto, l'enfourchai et démarrai. Ce matin, j'avais été arrêtée en plein jogging et je n'avais toujours rien avalé alors qu'il était quasiment midi. Je m'arrêtai faire quelques courses et rentrai.

Loin d'être une grande cuisinière j'aimais cependant manger sain. Je mis un morceau de poisson et des brocolis dans mon cuit-vapeur et allumai mon ordinateur pour commencer à faire le compte-rendu que Mitch attendait le temps que le tout cuise.

J'enregistrai ce que j'avais commencé à rédiger quand le signal sonore m'indiqua que je pouvais passer à table. J'avais mangé la moitié de mon assiette quand mon téléphone sonna.

[Je passe chez toi dès que je termine ma garde. Tes explications ont intérêt à être bonnes.]

D'un coup, je n'eus plus aucun appétit.

Chapitre 5

Je n'avais aucune idée de l'heure à laquelle finirait Abriel, mais je n'avais pas l'intention de le voir dans les jours à venir. Non pas que je sois lâche, loin de là, mais j'avais des priorités. Régler cette histoire d'œil était bien plus important et plus il se tenait éloigné de moi, plus il était en sécurité.

Je sortis de table et pris sur moi de faire quelques tâches ménagères. Regardant le bazar qui régnait dans le salon, je ne pus m'empêcher de penser qu'il fallait que je m'organise mieux à la maison. Je devais ranger, lancer une lessive, mais aussi passer un bon coup de balai et faire la poussière. Si j'étais très méticuleuse au travail, mon espace personnel relevait plutôt du chaos. Une chaussette traînait sous le fauteuil, un livre attendait que je veuille bien l'ouvrir sur le bar de la cuisine, mes pantalons étaient étendus au beau milieu de la pièce, puisqu'il avait plu toute la semaine dernière, et une pile de courrier qui n'avait pas été ouvert trônait sur la console dans l'entrée.

J'allais en avoir pour l'après-midi entière, mais au moins, cela m'éviterait de trop penser.

Finalement, deux heures suffirent. L'aspirateur était passé et le sol avait été lavé. Je n'en faisais pas tant d'habitude, Poly avait embauché une aide-ménagère qui s'occupait du plus gros du boulot, mais elle avait pris deux semaines de vacances. Je me collai un post-it sur le frigo pour me rappeler d'aller faire le ménage chez mon amie avant qu'elle ne rentre en fin de semaine.

Contente de moi, je pris une douche avant de m'installer confortablement avec le livre que j'avais oublié dans ma cuisine depuis bien trop longtemps. J'adorais lire, mais j'avais peu de temps à consacrer à cette activité. Je lisais des romans policiers, des classiques, et beaucoup de romans fantastiques. Surtout depuis que j'avais découvert que ce monde n'était pas si imaginaire que ça. Pendant longtemps, j'avais eu envie de lire une série qu'on m'avait conseillée. J'étais tombée dessus par hasard dans une grande surface et l'avais achetée avant de l'oublier.

Mon deuxième café, bien noir et sans sucre à peine coulé, j'ouvris le livre dont je venais d'admirer la couverture. Il s'agissait de l'histoire d'une sorcière et d'un homme qui agissait de concert pour maintenir l'équilibre entre les forces du bien et du mal.

Absorbée par ma lecture, je ne vis pas que la nuit était tombée. Il était vingt heures à peine, ce qui me laissait encore deux bonnes heures devant moi. Je fis chauffer de l'eau pour me faire un plat de nouilles chinoises que je mangeais tranquillement, puis entrepris de préparer mon entrevue.

Je pris mon sac à dos, fourrai des jumelles à vision nocturne, un chargeur supplémentaire pour mon arme, une bouteille d'eau et une corde, puis terminai en glissant un mouchard dans ma poche. Avec un peu de chance, j'arriverai à le coller sur mon interlocuteur et pourrai le suivre si notre rencontre ne me donnait pas satisfaction. Plus qu'une heure et il me fallait une demie heure pour me rendre au rendez-vous. J'enfilai une veste, rangeai mon flingue dans son étui et mis mon sac à dos par-dessus, puis claquai la porte avant de partir pour la marina.

On aurait pu croire qu'il n'y aurait pas foule un dimanche soir, mais c'était tout le contraire. L'été commençait à arriver, les gens profitaient de la douceur qui s'installait, les restaurants faisaient venir des groupes pour divertir les clients qui prolongeaient leurs soirées. Ce n'était pas par hasard que j'avais choisi ce lieu. S'il y avait le moindre problème, je pourrais me mettre à l'abri rapidement. Téméraire, mais pas stupide. Je me garai et pris la direction de la jetée.

Tout au bout de la marina se trouvait un grand ponton qui surplombait la mer. De temps en temps, des couples s'y retrouvaient pour contempler le coucher de soleil, il y avait même eu quelques demandes en mariage ici. C'était un lieu qui inspirait la sérénité et la joie, un lieu qui me plaisait, où je me sentais à l'aise. Quitte à rencontrer un inconnu qui cherchait des informations sur moi, autant que ce soit sur mon terrain.

Il faisait nuit et il n'y avait plus personne là où j'avais fixé mon rendez-vous. Je m'avançai et m'assis au bout de la jetée pour profiter des rayons de la lune qui dansaient sur la mer. J'avais un peu d'avance, je pouvais donc me détendre encore quelques minutes avant de devoir être sur le qui-vive.

— Bonsoir madame.

Je sursautai et me levai, d'où venait cette voix ? Mes sens étaient affinés à force de surveillance, mais là, je n'avais rien vu ni entendu. Je regardai autour de moi, mais ne vis personne.

— J'avais dit une rencontre.

— C'en est une.

— Non, vous me voyez, mais pas moi.

— Nous échangeons pourtant.

— Vous jouez avec les mots, monsieur, tentai-je tellement sa voix était déformée.

Je voyais dorénavant l'œil qui se tenait devant moi.

— Vous avez encore envoyé votre espion à votre place. Je vais donc rentrer chez moi. N'hésitez pas si vous changez d'avis, dis-je joignant le geste à la parole.

Je me baissai pour attraper mon casque que j'avais posé à côté de moi, priant pour que ça le force à réagir. Il ricana.

— Il m'avait dit que vous étiez comme ça.

Je me figeai.

— De qui parlez-vous ?

— Ce n'est pas important.

— Bien sûr que si ! Que me voulez-vous ?

— Pour l'instant rien, je me contente d'observer.

— Pourquoi ?

— Je cherche des réponses.

— Posez-moi vos questions directement, mais je vous préviens, je serai plus disposée à vous répondre autour d'un café et de quelques pâtisseries.

— Vous êtes délicieuse, dit-il riant franchement.

J'étais complètement décontenancée. Je m'étais attendu à tout sauf à ça. Rencontré par hasard, ce type aurait presque pu être sympathique.

Passablement agacée et voyant que je ne tirerai rien de cet échange, je partis.

C'est alors que tout bascula. Un grondement se fit entendre et sans même me retourner, je sus que je devais courir. Courir vite, loin, et surtout, rapidement. Ce boucan inidentifiable avait réveillé mon instinct de survie, je savais que ma vie était menacée. Je courus à perdre haleine, bousculant au passage des gens mécontents qui hurlaient. Tout comme pour l'œil que j'étais la seule à voir, personne d'autre ne semblait entendre ce qui m'avait pris en chasse. Ma moto n'était plus très loin, peut-être ma seule chance de le distancer. Tournant au coin d'une ruelle, je sentis quelque chose m'agripper par la cheville et me tirer. Je tombai lourdement sur le sol me cognant la tête. Sonnée, je la secouai pour essayer de retrouver mes esprits, mais je ne fis que propager la douleur. Je réussis à glisser une main dans mes cheveux où elle toucha un liquide chaud et poisseux. Je jurai entre mes dents tandis que j'étais toujours traînée par les jambes je ne sais où.

Il fallait que je me sorte de là. Je me débattis et attrapai mon arme avant d'enlever la sécurité.

— Première sommation, lâchez-moi immédiatement !

Ce que j'assimilai à un ricanement se fit entendre. Je distinguais à présent la masse gigantesque qui s'en prenait à moi et il était certain que je ne faisais pas le poids.

Si je ne pouvais le voir distinctement, je sentais qu'il m'entravait avec une seule de ses mains qui englobait la moitié de mes jambes. Imaginant le carnage qu'il ferait s'il décidait de resserrer sa poigne, je pris une décision. Tant pis pour le bruit causé par la déflagration, je trouverais toujours quelque chose à inventer pour expliquer pourquoi j'avais dû tirer. Qui plus est, nous étions maintenant dans les rues secondaires et je n'étais pas sûre qu'on entende quoi que ce soit. J'avais peur que ma balle ne lui passe au travers sans causer de dommage, car je ne distinguais qu'un vague contour de la créature qui tentait de me kidnapper. Je tirai ne visant rien de particulier et lui arrachai un rugissement. J'avais atteint mon objectif, il m'avait lâchée. Un liquide rouge, presque noir et visqueux sortit du trou que mon colt avait causé. Je voulus déguerpir avant que son attention ne se reporte sur moi, mais une violente douleur au genou gauche m'en empêcha. Il avait dû me casser quelque chose.

Je commençai à ramper pour m'éloigner le plus possible, quand un froid intense envahit l'air. Sans savoir pourquoi je me sentis immédiatement plus sereine, ce qui était totalement absurde vu la situation dans laquelle je me trouvais.

— Tu vas bien ?

— J'ai eu des jours meilleurs, répondis-je reconnaissant la voix de Greg.

— Qu'est-ce que c'est que ce truc ? dit-il regardant dans la direction de la bête qui se tordait de douleur.

— J'en sais rien, mais mes balles spéciales n'ont pas l'air de lui plaire.

— C'est une chance ! Tu peux te relever ?

— J'essaye, mais je n'y arrive pas.

— Je vais t'aider, je reviens !

— Comment ? demandai-je sans comprendre.

Je le regardai s'éloigner et disparaître tandis qu'un hurlement me fit tourner la tête. La bête se dirigeait vers moi et la peur me tordit les tripes. Maintenant c'était sûr, elle chercherait à en finir. Je pris mon arme et fis feu une seconde fois, essayant de viser ce que j'identifiais comme sa tête. Je la manquai. Elle se figea brusquement et je vis Greg la contourner pour me rejoindre des béquilles en main.

— Tiens, prends ça.

— Où les as-tu trouvées ?

— Je les ai piquées à un client en terrasse.

— Quoi ?

— Quelque chose à redire ? Lève-toi avant que je perde mon emprise sur cette chose !

Attrapant les béquilles qu'il m'avait apportées, je me hissai du mieux possible et pris appui sur ma jambe droite pour me remettre debout.

— Pars.

— Et toi ?

— Je peux tenir encore quelques minutes, mais je ne peux pas m'éloigner de lui si je veux garder le contrôle. On se voit au bureau demain, passe me voir aux archives, il faut qu'on discute de tes activités nocturnes.

— Merci Greg.

— Fais-toi soigner ! lança-t-il tandis que je me rapprochais de la marina.

Ses paroles me firent grimacer. Si j'allais à l'hôpital, Abriel le saurait et je voulais à tout prix l'éviter. Il voudrait intervenir, me soigner et m'imposer du repos et je n'avais pas envie de ça. Pire, il poserait des questions auxquelles je n'avais aucune envie de répondre.

Je sortis mon téléphone de ma poche et constatai, blasée, que l'écran était cassé. Pas assez cependant pour qu'il soit hors service. J'appelai un taxi et attendis sur un banc qu'il arrive.

Je réfléchis à ce qu'il venait de se passer. Je voulais venir ici, pensant que je serai en sécurité, mais j'avais eu faux sur toute la ligne. D'ailleurs, à bien y réfléchir, j'avais merdé dès le début. Je n'aurais jamais dû fixer un rendez-vous sans assurer mes arrières. Téméraire et stupide. C'était une erreur de débutante et je m'en voulais profondément. Heureusement que Greg était dans le coin, sinon j'y serais sûrement restée ce soir. D'ailleurs, que faisait-il ici ? Le prendrait-il mal si je lui posais la question ?

Mes pensées furent interrompues par un appel. C'était le taxi qui était arrivé. Je lui indiquai que j'arrivais tout en précisant qu'il devrait m'attendre un peu, car je marchais lentement à cause d'une blessure. Galant, il me proposa de venir à ma rencontre, ce que j'acceptai. Il m'ouvrit la porte et je m'installai sur la banquette arrière. Plier le genou me déclencha une vive douleur et je ne pus réprimer un cri.

— Vous êtes bien amochée, vous vous êtes fait ça comment ?

— En tombant, mentis-je. J'ai glissé bêtement, je ne regardais pas où j'allais.

— Où est-ce que je vous dépose ?

J'hésitai l'espace d'une seconde, puis lui donnai mon adresse.

— Vous êtes sûre ? Vous ne voulez pas que je vous emmène à l'hôpital plutôt ?

— Ce ne sera pas nécessaire, je ferai venir un médecin à domicile, je vous remercie.

Des antidouleurs feraient l'affaire pour ce soir, j'aviserai demain pour la suite.

Une fois à la maison, j'allai directement dans la salle de bain pour avaler un cachet, puis gagnai la cuisine où je pris des glaçons que je mis dans un torchon. J'appliquai le tout sur mon genou me laissant tomber sur le canapé. Une demi-heure plus tard, la douleur était moins forte. Je me levai pour gagner ma chambre, m'installai la jambe tendue sur le bord du lit pour me déshabiller. Mes cheveux collés par du sang coagulé me rappelèrent que je devais me laver, j'en aurais pour un moment. J'entrai dans la douche en tirant un tabouret sur lequel je m'assis, gardant ma jambe tendue. Le rouge qui teintait l'eau me donna la nausée.

Je pris le temps de me sécher les cheveux avec une grande serviette, mais n'utilisai pas le sèche-cheveux. En tâtant la plaie, j'avais découvert qu'elle était assez étendue et qu'il me faudrait sûrement des points. Me levant péniblement, je sautillai jusqu'à la chambre où j'enfilai mon tee-shirt extra large avant de me glisser sous une couette épaisse.

Je commençai à somnoler quand on frappa à la porte. Je sursautai et regardai l'heure. Il était presque une heure du matin.

— Rosabeth, tu es là ?

Sans surprise, la voix d'Abriel s'éleva. Je ne répondis pas. La moto n'étant pas garée en bas, il penserait que je n'étais pas là et partirait rapidement. Du moins, c'était ce que j'espérais. Il frappa à nouveau, resta jusqu'à une heure et demie avant de finalement s'en aller. Je l'avais entendu tirer une chaise et s'asseoir, il avait sûrement voulu attendre, pensant que je ne tarderais pas à rentrer. Je n'avais pas bougé, évitant même de respirer comme s'il pouvait m'entendre. Une larme avait coulé sur ma joue quand j'avais entendu sa voiture démarrer. Je pris une grande inspiration, son odeur encore présente sur mes draps me fit autant de bien que de mal.

Mon téléphone sonna, je savais qui m'envoyait un SMS et hésitais à le lire. Ce soir ou demain pourtant, cela ne changerait rien.

[Tu ne pourras pas échapper à cette conversation éternellement. J'ai besoin qu'on en parle. Ton jour et ton heure seront les miens. Fais de beaux rêves.]

Je soufflai de soulagement. S'il m'avait semblé en colère ce matin, ces derniers mots me prouvaient qu'il ne l'était plus. Il voulait juste savoir et je comprenais ce besoin. Il me faudrait donc trouver une excuse béton qu'il accepterait. Il pourrait ainsi reprendre le cours de sa vie, sans moi.

Chapitre 6

Je me réveillai avec de violents maux de tête qui me rappelèrent brutalement les évènements de la veille. Je tentai de me lever, mais la douleur me cloua au lit. J'avais l'impression d'être passée sous un rouleau compresseur qui avait brisé un à un chaque os de mon corps. Je roulai jusqu'au bord du lit et m'aidai de la table de chevet pour me lever. Je me hissai tant bien que mal et hurlai quand je posai mon pied gauche au sol, puis retombai sur le lit. Impossible, il fallait que je demande de l'aide.

La première chose à faire ce matin était de prévenir le patron que je ne serai pas dans les bureaux aujourd'hui. Qu'il en déduise ce qu'il veut, mon seul but était de ne pas perdre mon boulot. La deuxième était de me faire soigner.

Travailler comme détective avait quelques avantages non négligeables. L'un d'eux, et pas des moindres, était les services qui demandaient à ce qu'on me rendre la pareille. Je saisis mon téléphone qui gisait à terre et envoyai un SMS à Mitch, avant de composer le numéro de l'heureuse élue qui ne me devrait plus rien à l'avenir.

— Allo ?

— J'ai besoin d'un service.

— Et on sera quittes ?

— Tout à fait.

— D'accord, j'arrive.

— Tu as toujours ton matériel médical ?

— Oui.

Le silence se fit et je pus entendre sa respiration calme et régulière.

— C'est pour toi ?

— Oui.

— T'es amochée à quel point ?

— Au point de t'appeler.

Elle jura entre ses dents avant de poser son téléphone. J'attendis quelques instants qu'elle me reprenne en ligne.

— Où ?

— Je t'envoie l'adresse par SMS.

— J'arrive.

Elle raccrocha sans un mot de plus. Mon challenge de la journée allait consister à descendre m'installer chez Poly avant qu'elle ne débarque. Je ne voulais pas qu'elle sache que j'habitais ici, je ferai donc comme si je m'étais réfugiée chez quelqu'un, ce qui en soi ne serait pas faux.

Mina était discrète, mais corruptible et j'avais été assez imprudente la nuit dernière. Il n'était pas question de m'attirer de nouveaux ennuis.

J'attrapai les béquilles trouvées par Greg et canalisai mes forces pour me mettre debout. Je réussis à mettre un pied devant l'autre en faisant appel à toute ma volonté, ouvris la porte et mesurai l'obstacle que la cage d'escalier représentait.

Dire que Poly les montait et les descendait parfois plusieurs fois par jour. Je pris toute la mesure du courage qui lui avait fallu pour reprendre sa vie en main et mon admiration pour elle augmenta encore d'un cran. J'inspirai et avançai mon pied gauche que je posai avec précaution sur la première marche avant de ramener le droit et d'éviter de trop prendre appui dessus. Ce pas anodin m'arracha une grimace. Je serrai les dents à me les casser pour ne pas crier. Je ne pouvais pas me permettre de perdre de temps.

Je savais où Mina vivait, car je la gardais à l'œil, et venir ne lui prendrait pas longtemps. Je pris alors la décision de descendre d'une traite pour en finir le plus vite possible. Un pas après l'autre, la distance se réduisit et j'arrivai enfin en bas. Je tâtai le mur sur ma gauche, trouvai l'interrupteur et éclairai la pièce avant d'aller à la porte pour la déverrouiller et de me laisser tomber sur le canapé. Je tirai le plaid que mon amie laissait en permanence dans un coin et m'enroulai dedans tout en m'étendant.

Mon corps mis en route, le niveau de douleur avait baissé, sauf au niveau de mon genou où elle était lancinante et ne cessait de croître à chaque mouvement. La porte s'ouvrit et je vis la frêle silhouette de celle que j'attendais, se glisser discrètement dans la pièce.

— C'est sûr ici au moins ?

— Oui tu peux être tranquille.

— C'est chez toi ?

Je secouai la tête.

— J'ai demandé asile.

— Une deuxième personne sera donc soulagée, dit-elle faisant référence à sa dette envers moi.

— C'est ça, mentis-je une fois encore.

Elle posa une grosse trousse au sol qu'elle ouvrit avant de la laisser se dérouler, laissant entrevoir tout un attirail médical. Seringue, scalpel, matériel pour recoudre, tout y était, elle était parée pour n'importe quelle urgence avec ça.

— T'as la trouille ? dit-elle voyant que je fixais ses instruments.

— Non, je me disais juste que tu étais bien équipée.

— Ben valait mieux, fit-elle en haussant les épaules. Je vais regarder, tu me racontes ?

— Non, moins tu en sais et mieux ça vaut pour toi.

Mina n'aimait pas qu'on lui dise ça. Elle l'avait entendu à maintes reprises durant des années de son père, avant de finir par tomber dedans et de s'enliser. Fille de mafieux, il avait tenté de la tenir éloignée pour qu'elle grandisse loin de son monde.

Elle voulait devenir médecin et le gang avait besoin de quelqu'un de confiance. Il avait refusé, disant qu'il voulait une autre vie pour sa fille, mais la décision ne lui revenait pas. Ils avaient payé ses études, en contrepartie elle devait travailler pour eux. Les fusillades, les affrontements à l'arme blanche, les meurtres à maquiller.

La doctoresse avait œuvré durant six ans avant de craquer. Elle avait débarqué dans un poste de police déballant tout ce qu'elle savait. On lui avait proposé un programme de protection des témoins qu'elle avait refusé.

Si cette vie n'était pas pour elle, elle tenait quand même à ses parents. À sa mère surtout, qui s'était tant inquiétée pour elle. Elle s'était alors tournée vers Tony, garde du corps, mon petit ami de l'époque. Nous avions programmé une sortie un soir pour qu'elle puisse s'aérer. Nous n'avons jamais su comment ils avaient fait, mais ils nous avaient trouvés. Tony ne s'en était pas sorti. Quant à moi, je lui avais sauvé la vie.

— T'as une belle luxation, je vais devoir remettre la rotule en place. Je peux anesthésier pour que tu ne souffres pas.

— Je douille déjà de toute façon.

— C'est toi qui vois.

Elle prit ma jambe et commença à la tendre m'arrachant un hurlement. La jeune femme s'arrêta de suite.

— Ça ne va pas être possible. On a deux solutions. Ou j'anesthésie et je replace immédiatement, ou je te donne de quoi soulager la douleur puis faire dégonfler et je replace plus tard.

— La deuxième solution demande trop de temps.

— Va pour la première, dit-elle attrapant une seringue et un flacon.

Elle passa un coton imbibé de désinfectant sur ma peau et piqua. Il ne fallut que quelques instants avant que la douleur ne se taise. Laissant ma tête tomber en arrière, je savourai ce répit. Mina saisit à nouveau ma jambe et put effectuer sa manipulation jusqu'au bout. Je lui montrai ensuite la plaie que j'avais à la tête.

— C'est pas beau, va te falloir des points et un traitement.

Elle enfila des gants, prit de quoi suturer et se mit au travail. Une dizaine de minutes plus tard, elle avait terminé.

— Je passerai te voir d'ici deux semaines pour t'enlever les fils.

— Ils ne se résorberont pas tout seuls ? demandai-je étonnée.

— Pas ceux-là.

— Tu as déjà les béquilles, dit-elle en les fixant, il va te falloir une attelle. Je ne peux plus prescrire alors va falloir que t'ailles en acheter une directement à la pharmacie. Pour la douleur, l'inflammation et la possibilité d'infection, ça suffira, dit-elle en me tendant des plaquettes.

Elle se leva et se dirigea vers le buffet où se trouvaient un pot à crayon et un bloc de papier.

— Je te note comment les prendre.

— Merci Mina.

— Ce sera tout ?

— Oui, je te remercie de t'être déplacée.

Elle s'agenouilla pour rouler sa trousse qu'elle fourra dans un sac à dos.

— Je t'appellerai. Si t'as un souci, va voir un doc. Un vrai, je veux dire.

— J'y penserai, mais j'ai vu un vrai médecin. Tu as été diplômée, le fait que tu n'aies plus le droit d'exercer ne veut pas dire que tu es moins compétente.

Elle me regarda dans les yeux, puis tourna les talons et claqua la porte derrière elle. Elle avait fait de mauvais choix, mais elle était vraiment qualifiée. Le monde médical avait perdu une bonne praticienne.

J'attrapai mon téléphone qui était sur silencieux, et vis que j'avais un appel en absence de Mitch. La messagerie m'indiquant qu'il y avait un enregistrement vocal, j'interrogeai le répondeur.

« Rosabeth, rappelez-moi quand vous aurez ce message, j'ai vu Greg ce matin et j'aimerai comprendre ce qu'il s'est passé hier soir. »

Mon sang ne fit qu'un tour. Greg lui avait parlé ? Jamais je n'aurai pensé ça de lui. Je me sentais trahie et blessée. Je devais à tout prix rattraper le coup, hors de question de me faire éjecter de la boîte alors que je commençais à peine. Je me relevai pour avoir plus de contenance. J'avais besoin de me sentir solide pour défendre mon cas si besoin. Je m'assis le dos bien droit et posai les pieds au sol. Ma jambe gauche me faisait encore souffrir, mais je pouvais désormais la bouger plus facilement. J'appuyai sur la touche rappel du téléphone et attendis fébrile que mon patron décroche.

— Rosabeth.

— Mitch, répondis-je.

— Comment vas-tu ?

Je fus décontenancée par sa question. Mitch était un patron exigeant qui ne laissait jamais entrevoir ses sentiments. Avare de mots, il allait toujours droit à l'essentiel.

— Bien monsieur.

— As-tu vu un médecin ?

— Euh… oui, il sort à l'instant de chez moi.

— Bien. Peux-tu te déplacer ?

— Ça va être compliqué, monsieur. Ma moto est toujours à la marina et je n'ai pas de voiture, dis-je, pensant à celle de Poly.

Je ne pouvais pas la lui emprunter sans lui demander.

— Je vais envoyer quelqu'un te chercher, nous devons parler. Je me méfie des conversations téléphoniques.

Je ne pus m'empêcher de sourire. Mitch se méfiait de tout, mais c'était sûrement ce qui lui avait valu d'être patron de sa propre agence en si peu de temps.

— Bien.

— D'ici vingt minutes.

— Je serai prête.

La tonalité me fit comprendre que notre conversation était terminée. Je soufflai et me mis debout. Je devais retourner à l'étage pour enfiler des vêtements et si possible avaler un café.

Je pris les béquilles qui reposaient à mes côtés et me hissai sur mes jambes, puis me dirigeai vers les escaliers. Les monter fut moins compliqué, surtout que la douleur était atténuée. Je pris un jean propre dans l'armoire ainsi qu'un tee-shirt, luttai pour enfiler mes chaussettes et glissai mes pieds dans mes baskets. Je me traînai ensuite dans la cuisine ou j'avalai le reste de la cafetière.

J'allai laver ma tasse quand on frappa. Claudiquant jusqu'à la porte, j'ouvris et me trouvai nez à nez avec Elie.

— Je me suis dit que je serai de meilleure compagnie qu'Andrew.

J'étais tellement étonnée de le voir devant moi que je ne dis mot.

— Tu aurais préféré que ce soit ton coéquipier qui vienne ? demanda-t-il. Mitch allait lui demander, mais j'ai pris les devants.

— Je crois que j'aurais pu l'étrangler s'il lui avait donné mon adresse.

Mon nouveau collègue rit franchement et entra.

— Je me permets dit-il franchissant le seuil.

Mais au lieu de scruter mon intérieur comme l'auraient fait certaines personnes, son regard se porta immédiatement sur ma jambe. Il comprit très vite que je ne pouvais pas marcher correctement.

— Tu as des béquilles ?

— Oui, près du bar, répondis-je tendant le doigt dans leur direction.

Il alla les chercher et me les rapporta avant de regarder sur la console par-dessus mon épaule.

— Un sac à main ?

Ce fut moi qui ris cette fois-ci.

— Non, pas assez pratique dans ma vie de tous les jours. Juste mon sac à dos, à côté du bureau.

Il le récupéra, me demanda s'il devait prendre autre chose avant qu'on parte et me rejoignis sur le pas de la porte.

— On y va, dis-je.

— Hum… deux solutions, fit-il attrapant mon avant-bras tandis que je m'avançais pour descendre. Ou je te fais un superbe toboggan de glace ou je te porte.

— Tu n'y penses pas ! m'exclamai-je.

— À quoi ?

— Ni l'un ni l'autre voyons ! Je peux descendre seule.

— Tu as raison, même si ta maison est à l'abri des regards, on ne sait jamais.

Terminant à peine sa phrase, il me fit basculer et je me retrouvai à l'agripper pour ne pas tomber. Il dévala les escaliers et me posa délicatement à terre avant d'ouvrir la portière côté passager.

— Installe-toi, je vais chercher tes béquilles.

Je le regardai y retourner, encore estomaquée qu'il m'ait portée alors que nous nous étions à peine adressé trois mots depuis notre rencontre.

— Ta ceinture est bouclée ? demanda-t-il en démarrant.

— Oui. On peut y aller.

Il passa la marche arrière, fit demi-tour et s'engagea dans l'allée. Ce n'est qu'à ce moment que j'aperçus mon amie qui se tenait à côté d'une voiture de taxi et qui me lançait un regard noir.

Chapitre 7

Elie se gara dans le sous-sol de l'agence. Il serait le frein à main quand je vis Greg qui nous attendait. Je descendis de voiture et claquai la porte, passant devant lui sans lui accorder un regard. J'étais passablement irritée qu'il m'ait vendue et ne souhaitais pas lui parler pour le moment.

Laisser s'exprimer la colère et le ressentiment ne servait à rien, je l'avais appris à mes dépens. Les mots dépassaient trop souvent la pensée. Si les coups faisaient mal, les mots, eux, vous transperçaient et rien ne pouvait refermer les plaies causées. Je préférais attendre de voir comment se passerait mon entrevue avec Mitch avant de faire une mise au point avec lui.

Je devançai notre trio et entrai dans l'ascenseur. Elie avait suivi sans un mot tandis que Greg avait baissé la tête. Il n'avait pas essayé d'entamer le dialogue. J'appuyai sur le bouton et nous montâmes dans un silence à couper au couteau. Mitch nous attendait devant l'ascenseur, tournant en rond comme un lion en cage. Lorsque les portes s'ouvrirent, il s'immobilisa et nous fixa avant de nous faire un signe de tête, nous intimant l'ordre silencieux de le suivre. Tandis que Greg et moi changions de direction pour rejoindre son bureau, Elie alla rejoindre le sien. J'en déduisis qu'il ne savait rien de ce qu'il s'était déroulé hier soir.

— À plus tard, lança-t-il, nous faisant un signe de la main.

La porte claqua dans notre dos.

— Installez-vous et racontez-moi tout, dit-il tirant une chaise pour que je puisse m'y asseoir.

Que lui avait dit Greg exactement ? Devais-je tout lui dire, ou brosser l'histoire dans ses grandes lignes ?

— J'attends ! dit-il plus fermement.

Greg ne savait pas ce que je faisais à la marina, il n'avait donc rien pu lui dire de cet œil mystérieux.

— Et bien c'est plutôt idiot comme histoire, commençai-je.

Je pris le temps de poser mes béquilles contre son bureau et d'étendre ma jambe, ce qui me tira une grimace de douleur.

— Je suis sortie boire un verre sur la marina hier soir, il y avait un groupe que j'adore qui y jouait. D'un coup des objets se sont mis à tomber sans raison, on aurait dit que quelqu'un se frayait un passage là où il n'y en avait pas. Des gens ont commencé à paniquer alors je me suis levée pour aller voir. J'ai suivi la piste en remontant ce qui avait été jeté à terre et me suis retrouvée happée par quelque chose.

Mitch et Greg restèrent silencieux. Mon cœur battait à tout rompre, allaient-ils me croire sur parole ? Je détestais ça, mais je savais mentir, je l'avais fait à de nombreuses reprises pour me couvrir ou sauver la mise à des collègues. Mon patron s'éclaircit la gorge.

— Si vous ne suiviez pas une piste, vous n'avez donc pas eu un accident de travail, de la paperasse en moins ! dit-il se laissant aller dans son fauteuil.

C'est tout ? m'étonnais-je en me forçant à n'avoir aucune réaction. C'est seulement ce point qu'il voulait éclaircir ? Je m'étais fait un sang d'encre pour rien finalement ! Je commençai à me détendre quand il me tendit un petit paquet de feuilles agrafées.

— La paperasse sera pour vous, Rosabeth.

Je la pris sans comprendre.

— Vous avez utilisé votre arme hier soir et provoqué une blessure. Votre agression a laissé des traces, remplissez ces documents. Rien de bien compliqué, il vous faudra relater les faits comme vous venez de le faire.

— Dans quel but ? demandai-je feuilletant le mini dossier.

— Être couvert en cas d'enquête.

J'opinai du chef.

— Ce sera tout. Prenez quelques jours, finissez votre rapport sur la visite de l'appartement de Stevens et envoyez-le-moi par mail.

Je calai le dossier sous mon bras et attrapai mes béquilles. Je quittai le bureau, flanquée de Greg qui n'avait pas ouvert la bouche. Il me devança et prit la direction des archives. Je soufflai et le suivis, nous devions discuter.

Mon collègue arriva bien avant moi, il ne m'avait pas attendue, il avait son trajet bien à lui. Quand j'arrivai, il était assis derrière son bureau. C'était la première fois que je l'y voyais.

— Vas-y, dit-il simplement tandis que la chaise qui lui faisait face bougeait pour que je prenne place. Je suis curieux de connaître la vraie version de l'histoire.

Je m'installai en prenant mon temps.

— Pourquoi penses-tu que j'ai menti ?

— Parce que c'est le cas.

— Qu'est-ce qui te permet de dire ça ?

— Tu oublies que j'étais du côté de la marina moi aussi, et rien ne perturbait les lieux.

— Que faisais-tu là-bas ?

— Ah non, ça ne marche pas comme ça. Tu réponds à ma question et je répondrai à la tienne ensuite. Je veux la vraie version, si tu me mens, je le saurais.

— Avant que je te dise quoi que ce soit, je voudrais savoir ce que tu as dit à Mitch. Et pourquoi tu lui as parlé.

— Il était d'une humeur massacrante ce matin, pire que d'habitude. Il a hurlé sur Andrew pour savoir où vous en étiez de l'affaire Stevens. Ton co-équipier lui a répondu que tu ne l'avais pas tenu au courant de tes investigations dans l'appartement. Il allait venir voir si tu étais à ton bureau. Comme je savais que tu n'y étais pas et que tu n'y serais pas de la journée, j'ai pris sur moi de lui dire que tu avais eu un accident hier soir et que tu n'étais sûrement pas en état de venir travailler aujourd'hui. Bien entendu il m'a questionné sur ledit accident. Il savait que j'étais à la marina, j'ai donc dit que tu avais eu un différend avec une créature qu'on ne connaissait pas.

— Rien d'autre ?

— Non, rien d'autre.

Mes épaules s'affaissèrent et je soufflai de soulagement. Greg n'avait rien fait d'autre que couvrir mes arrières.

— Tu m'expliques maintenant ?

J'entrepris alors de tout lui raconter, de ma première rencontre avec l'œil, jusqu'au rendez-vous que j'avais fixé par son intermédiaire.

— Pourquoi y avoir été seule ?

— Je pensais que la foule sur la marina suffirait, j'ai eu tort.

— Je te le fais pas dire. Qu'est-ce que tu vas faire maintenant ?

— À vrai dire, je n'en sais rien. On tentera sûrement de reprendre contact avec moi. À toi maintenant, qu'est-ce que tu faisais à la marina ?

Greg avait soudainement changé d'attitude, il n'était plus dans la posture affirmée qu'il maintenait pour que je crache le morceau.

— La dernière affaire sur laquelle j'étais m'avait emmenée à enquêter là-bas. Je pensais que mon assassin s'y trouvait.

Je tremblais à l'idée d'en savoir plus. Greg ne parlait jamais de sa vie d'enquêteur.

— J'avais passé toute la marina au peigne fin, je désespérais de lui mettre la main dessus. Malheureusement, c'était son terrain et c'est lui qui a fini par me trouver.

— Tu veux dire…

— Que je suis mort là-bas, finit-il à ma place.

Une larme roula sur ma joue, je n'avais jamais osé demander à Greg comment il était devenu un esprit, mais j'appréciais cet homme et penser qu'il avait été assassiné me brisa le cœur.

— C'est loin tout ça maintenant, me consola-t-il. J'y retourne parfois, j'ai encore du mal à me dire qu'il m'a échappé.

— Quelqu'un a réussi à l'avoir ?

Greg sourit de toutes ses dents, je crois bien que c'était la première fois que je le voyais comme ça.

— Mon équipe a repris mes notes, je n'ai pas pu les aider, j'avais l'esprit trop embrouillé dans les premiers mois de mon errance. Mais ils étaient perspicaces et ne lui ont laissé aucune chance.

— Comment ont réagi tes proches ?

Greg se referma d'un coup.

— Cette enquête m'a bouffée. Je le traquais nuit et jour. Je ne parlais que de ça, j'y consacrais tout mon temps. C'était devenu une véritable obsession. Ça faisait trois nuits que je n'étais pas rentré, j'étais épuisé. J'avais envie de retrouver la chaleur de mon foyer, d'entendre le rire de mes enfants, de voir le sourire de ma femme. Quand j'ai ouvert la porte, il faisait noir, la maison semblait vide. Elle avait fait ses valises, elle était partie avec mes petits. Je ne pouvais plus rester dans notre foyer, je voulais encore plus boucler cet enfoiré pour en finir avec tout ça et reprendre le cours de ma vie. Je me disais qu'une fois que je lui aurais mis la main dessus, elle reviendrait et que tout serait comme avant.

Il se tut. Je compris qu'il n'était pas seul par choix, qu'il subissait cet état plus qu'autre chose.

— Pourquoi es-tu revenu ici ? demandai-je.

— Où voudrais-tu que j'aille ? dit-il étonné. C'est ici chez moi, et pour l'éternité.

Je ne savais pas quoi dire, quoi faire pour le réconforter. Greg me semblait être un type épatant, je ne comprenais pas qu'il ait pu en arriver là.

— Tu les as revus ?

Il secoua la tête.

— Mitch m'a dit qu'elle avait refait sa vie. Mes enfants sont adultes maintenant, ils sont eux même parents.

— Ils savent que tu…

Je n'osai pas terminer ma phrase.

— Non, ils ne savaient même pas que j'étais un extraordinaire.

— Ha bon ? Tu en étais un ?! m'exclamai-je de surprise. Quel don avais-tu ?

— Oh, rien de très impressionnant, je m'adressais aux esprits. J'ai toujours pensé que mon état actuel en était une évolution. Mais ce n'est qu'une théorie et ça ne change rien de toute façon.

J'acquiesçai et me calai sur ma chaise, tentant de trouver une position qui soulagerait ma douleur. Ce fut vain. Les calmants que m'avaient donnés Mina cessaient de faire effet.

— Tu devrais rentrer et te reposer. Tu en as pour un ou deux jours de douleur, ça ira mieux après.

— Sans doute. Je vais appeler un taxi.

— Elie peut sûrement te ramener, je vais aller le chercher.

Je me redressai brusquement.

— Non ! Pas la peine de le déranger, il a du boulot.

— Tu es sûre ?

— Certaine, répondis-je pensant à la tête qu'avait fait Poly quand nous l'avions croisée.

Venir rendre des comptes à Mitch m'avait stressée, devoir en rendre à Poly était une autre paire de manches. En plus de lui avouer que je travaillais maintenant sur le terrain, il allait falloir que je trouve une bonne explication à ma blessure, et que j'explique pourquoi je me trouvais dans les bras d'un autre homme qu'Abriel, qu'elle adorait et que je venais de quitter. Le reste de la journée s'annonçait compliqué.

J'allais forcément lui faire de la peine et je m'en voulais déjà. Je pris mon téléphone et appelai un taxi. J'allai informer Greg que mon carrosse serait là d'un instant à l'autre quand je m'aperçus que j'étais seule. Il avait profité de mon coup de fil pour déserter les lieux. Je lui laissai un mot sur un post-it, l'invitant à passer à la maison quand bon lui semblerait et sortis attendre mon chauffeur.

Je traversai la rue quand mon téléphone sonna m'indiquant que j'avais reçu un SMS. Le numéro m'était inconnu, aussi m'empressai-je de le lire, espérant que ce soit le mystérieux inconnu qui reprenait contact avec moi.

[J'aurais pu te ramener. Si tu as besoin de quelque chose, n'hésite pas. Elie]

Je regardai autour de moi et le vis qui me faisait un signe de la main à travers la baie vitrée. Je lui montrai le téléphone pour lui faire comprendre que j'allais lui répondre.

[Merci, c'était déjà sympa de venir me chercher. Comment as-tu eu mon numéro ?]

[Mitch me l'a donné avant de partir, au cas où je ne trouverais pas.]

[Ah oui ! Logique. Merci encore. À +]

[Soigne-toi bien. Bise]

Bise ? Qu'est-ce qui lui prenait de m'écrire ça alors qu'on se connaissait à peine ! Bon sang que les relations humaines étaient compliquées !

Je n'eus pas le temps de me poser plus de questions qu'on se gara devant moi. J'entrai dans la voiture et donnai mon adresse au chauffeur qui prit la route sans avoir ouvert la bouche. Encore un que la politesse étouffait ! Le trajet fut rapide. Je payai le type et fermai la porte avec un « *au revoir et bonne journée* » appuyés, quand je vis Poly, les bras croisés sur la poitrine qui m'attendait devant sa porte. Elle avait son regard des mauvais jours, j'allais passer un sale quart d'heure.

Avec la vive envie de me défiler, j'allai néanmoins dans sa direction. Elle s'effaça pour me laisser passer et claqua la porte derrière elle. Sa valise était posée à côté, les volets étaient encore fermés, on aurait pu croire que nous arrivions toutes les deux à l'instant. Elle me tendit un verre d'eau et un cachet, un de ceux que m'avait laissés Mina.

— J'ai trouvé ça sur la table, dit-elle. Si je suis la prescription, c'est l'heure.

— Merci, dis-je vidant le verre. Qu'est-ce que tu fais là ? Tu ne devais pas rentrer avant la fin de la semaine.

— Non, en effet. Explique-moi pourquoi je te retrouve en béquilles, et au passage dans les bras d'un homme, qui, bien que très séduisant, n'est de toute évidence pas Abriel.

On y était, j'allais tout lui déballer. J'avais eu le temps d'y réfléchir dans le taxi et j'avais pris la décision de tout lui dire du monde dans lequel je travaillais et de l'existence des extraordinaires.

— On devrait s'asseoir, ça risque d'être un peu long et... tu pourrais en avoir besoin.

Mon amie avait mis une robe rose poudrée qui faisait ressortir à merveille sa peau caramel et ses yeux noisette. Le bruit de la bouilloire l'appela dans la cuisine, elle revint avec un plateau sur lequel elle avait disposé deux tasses. Dans l'une se trouvait un breuvage noir qu'elle me tendit, dans l'autre elle versa de l'eau chaude et y glissa un sachet de thé. Elle posa le plateau sur la petite table qui nous séparait, lissa sa robe et s'assit face à moi.

— Je t'écoute.

— L'agence de détective Syro, n'est pas une agence ordinaire, commençai-je.

Poly prit sa tasse de thé et en bu une gorgée. Elle resta silencieuse, me donnant le signal de continuer.

— Les détectives qui y travaillent sont « *particuliers* » et leurs clients le sont tout autant.

Elle allait me prendre pour une dingue, mais tant pis. Qui sait quand se représenterait l'occasion de tout lui dire ?

— On les appelle des extraordinaires.

Sans aucune réaction de sa part, je continuai.

— Ils font des « *choses* » que les êtres humains normaux ne font pas. Certains appellent ça des capacités, d'autres des dons, je ne sais pas s'il y a un terme plus exact que l'autre, mais en tout cas, c'est la réalité.

Poly posa sa tasse de thé, croisa les jambes et se cala contre le dossier de sa chaise. Elle n'avait toujours pas décoché un mot et j'étais de plus en plus mal à l'aise.

— Le jour de ton départ, repris-je, Mitch, dont je t'ai déjà parlé, m'a demandé d'intégrer l'équipe sur le terrain. Je ne t'ai rien dit parce que je ne voulais pas que tu t'inquiètes outre mesure durant ton absence, m'empressai-je d'ajouter. Je ne peux rien te dire de l'enquête en cours.

— C'est cette enquête qui t'a mise dans cet état ?

Décontenancée par son absence de réaction, je répondis sincèrement.

— Je ne sais pas. Je découvre un tas de choses dernièrement et je n'ai malheureusement pas beaucoup de réponses à mes questions.

— Qui était cet homme ? Où est Abriel ? Pourquoi ne t'a-t-il pas remise sur pied ! s'énerva-t-elle.

— Elie est un collègue, Mitch l'a envoyé me chercher. Abriel n'est pas au courant de la situation.

— Pourquoi ?

— Il s'est mis en tête que je pouvais être une extraordinaire, j'ai mis de la distance entre nous.

Poly me rendait folle, elle n'avait pas bougé d'un pouce et son expression ne laissait rien paraître. D'un coup ses paroles me percutèrent.

— Attends, comment ça se fait que tu me demandes pourquoi Abriel ne m'a pas remise sur pied ? Comment sais-tu qu'il en a la capacité ?

Mon amie me jeta son téléphone que je rattrapai de justesse.

— Lance une recherche. Tape Polynoë, avec un tréma sur le e.

Chapitre 8

Dubitative, je m'exécutai. Je parcourus les résultats de la recherche, doutant de ce que je devais comprendre. Je cliquai sur un lien et commençai à lire.

— Je ne suis pas sûre de…

— Et moi, je suis certaine du contraire, répliqua-t-elle.

Je faisais des aller-retour entre l'écran du téléphone et mon amie qui me fixait sans rien dire de plus.

— Poly…

— Est un diminutif.

— Une néréide ? Tu es une néréide ? T'es sérieuse là où tu me fais marcher ?

— Je suis l'une des cinquante filles de Nérée. Famille nombreuse, tu te rappelles ?

— Mais tu te fiches de moi ! éructai-je. Et dire que je m'en voulais de te cacher la vérité !!! En fait tu savais tout ! Pire, c'est toi qui m'as mené en bateau tout ce temps !

— Je ne t'ai pas menée en bateau, tu n'as jamais posé de questions, si ce n'est sur le poids de mes bagages, sourit-elle.

Je me levai péniblement et me dirigeai vers la valise que j'ouvris. Elle ne contenait que quelques coquillages, dont un gros, ceux réputés pour nous faire entendre la mer. Je le pris et machinalement, le collais contre mon oreille. Tout le monde savait bien que c'était faux, mais je me demandais quand même ce qu'elle fabriquait avec ça. J'entendis la mer, et me raisonnai.

— Qu'est-ce que tu entends ?

— Je... je ne sais pas ce que tu veux que je réponde, dis-je hésitante.

— La vérité.

— Le sac et le ressac de la mer, mais je sais qu'il y a une explication, m'empressai-je d'ajouter. Le coquillage agit comme une caisse de résonance et ce que je perçois n'est rien d'autre que mon sang qui circule.

— Ferme les yeux et concentre-toi.

J'obtempérai en collant la conque contre mon oreille. J'entendis la même chose que précédemment, puis autre chose que je ne pus identifier.

— Ça y est, maintenant tu l'entends.

J'ouvris les yeux et fixai mon amie. Ses yeux étaient devenus turquoise, sa peau reflétait la lumière, les mêmes couleurs que la nacre qu'elle portait autour du cou. La vérité m'apparut alors.

— Ce n'est pas la mer que tu entends, mais le chant des profondeurs. Pourquoi crois-tu que je sois déjà là ?

— Je n'en ai aucune idée, dis-je reposant délicatement le coquillage sur la table.

— On m'a prévenu de ce qu'il s'est passé à la marina.

— Comment ça « *on* » ?

Elle me le montra du doigt.

— Toi, tu entends son chant, moi, je le comprends. Quand une créature est à proximité de l'eau, les êtres qui y vivent s'agitent. En tant que néréides, mes sœurs et moi avons à cœur de les protéger, aussi nous sommes-nous réparti la totalité des mers et océans. Tu dois te douter que si je suis dans le coin, c'est que c'est moi qui gère ce secteur.

Ce qu'elle me disait me semblait hallucinant. Jamais je n'aurais cru pareille chose possible. MA Poly, une néréide.

— Mais tu détestes nager ! m'écriai-je me souvenant du nombre de fois où j'avais essayé de la convaincre de venir à la piscine avec moi, ou à la plage l'été.

Poly rit à se tenir les côtes.

— J'adore l'eau Rosy, dit-elle une fois son hilarité calmée. Mais ma peau change quand je suis immergée, je ne peux pas me permettre de dévoiler ça aux yeux de tous.

— Oui, évidemment.

— Explique-moi ce qu'il s'est passé hier soir maintenant. Les êtres marins ont dit avoir vu une bête énorme.

— Hé bien ils ont sûrement vu plus de choses que moi, ça pourrait être une piste d'essayer d'en savoir plus, s'ils veulent bien, m'empressai-je d'ajouter.

— Ça, je m'en occupe, toi, dis-moi ce que tu sais.

Pour la deuxième fois aujourd'hui, j'entrepris de relater ce que j'avais vécu durant ces dernières heures. J'expliquai également à Poly la théorie d'Abriel et la raison pour laquelle je l'avais éloigné. À son air, je compris qu'elle n'était pas du tout d'accord avec ma façon de faire.

— Son hypothèse tient la route, dit-elle quand j'eus terminé.

— Sincèrement, il n'y a jamais rien eu de sensationnel chez moi, je pense que c'est une mauvaise piste.

— Quand même, tu intéresses assez quelqu'un pour qu'il essaye de te kidnapper.

— Euh… oui, enfin pas vraiment.

— Cette chose t'a pourtant bien attrapée ?

— Oui, mais je ne pense pas que c'était l'objectif.

— Tu as mangé ? me demanda mon amie se levant.

— Non, je n'en ai pas eu le temps.

— Repose-toi, je vais préparer quelque chose. Ce soir, on ira à la marina.

Poly allait vers la cuisine quand on frappa à la porte. Nous nous regardâmes ne sachant ni l'une ni l'autre qui ça pouvait bien être. Elle n'était pas censée être rentrée et quasiment personne ne savait que j'habitais ici. Elle se dirigea vers la porte et l'ouvrit, mais en fut vivement écartée. Abriel se trouvait devant moi, visiblement énervé. Ses yeux s'arrêtèrent sur mes béquilles et son regard devint encore plus noir. Sans dire un mot, il vint vers moi, m'attrapa par le bras et me fit basculer sur son épaule sous le regard amusé de Poly qui se retenait de rire. Portée comme un sac, il ouvrit la porte donnant sur les escaliers intérieurs et monta chez moi sans décocher un mot.

— Dépose-moi tout de suite ! réclamai-je tapant dans son dos.

Il ouvrit la porte qui tapa violemment contre le mur et la referma avec autant de force avant de m'emmener sur mon lit où il m'allongea avec douceur. Un instant, j'avais eu peur qu'il m'y balance comme un vulgaire paquet.

— D'abord je te soigne, ensuite tu as des choses à m'expliquer.

Son ton était sans appel, mais je ne voulais pas qu'il le fasse.

— Je ne te l'ai pas demandé, dis-je me redressant.

— Pour une fois, ton avis m'importe peu.

Il s'approcha et s'assit derrière moi m'enveloppant de son corps. J'avais beau lutter, la chaleur qu'il dégageait, son odeur, son souffle dans mon cou finirent par faire tomber mes barrières. Abriel frotta ses mains l'une contre l'autre, posa la droite dans mon dos durant quelques instants, puis, sûr de lui, enveloppa mon genou gauche de son autre main. Une vive chaleur émana de celles-ci et pénétra mon corps.

Je me sentais bien, la douleur se taisait peu à peu. Dans quelques instants, elle disparaîtrait totalement. Le soigneur enleva ses mains et se leva. Il alla directement s'enfermer dans la salle de bain et je sentis une immense culpabilité m'envahir.

Je détestais quand il me soignait et c'est bien pour ça que je lui cachais quand je me blessais. Je me levai hésitant à poser la jambe au sol, quand le cri qui sortit de la pièce d'à côté me fit oublier mes appréhensions. Je m'y précipitai, mais trouvai porte close. Je tambourinai paniquée.

— Ouvre-moi !

— Descends rejoindre Poly, réussit-il à articuler entre deux grognements.

— Non, hors de question que je te laisse !

— Pars ! rugit-il.

Je reculai sentant les larmes me monter aux yeux et butai contre un corps qui me serra contre lui. C'était Poly qui était montée, probablement en entendant les cris.

— Viens, on va lui laisser du temps. Il aura besoin de reprendre des forces, allons préparer quelque chose.

Elle me prit par la main et me tira pour me forcer à bouger. Je détestais le contre coup que ça lui causait. La première fois qu'il m'avait soignée, j'avais reçu un coup de couteau. Ne sachant pas ce qu'il allait se passer, j'avais accepté son aide. Quelques instants après il s'était retrouvé au sol, se tordant de douleur. Je ne voulais plus qu'il subisse ça par ma faute.

Nous étions redescendues et je ne ressentais plus rien des dégâts causés par la créature. Poly s'activait en cuisine tandis que je guettais les bruits à l'étage tout en regardant fixement l'heure. Je ne l'entendais plus depuis cinq minutes maintenant, peut-être était-ce enfin terminé ?

— Vas-y, m'interpella Poly.

— Comment ?

— Vas-y, tu n'en peux plus, et ça à l'air de s'être calmé.

Je me ruai alors dans les escaliers que je montai quatre à quatre. La porte de la salle de bain était toujours fermée, mais plus un son n'en sortait.

— Abriel ? appelai-je.

Il n'y eut aucune réponse.

— Je t'en prie, j'ai besoin de savoir que tu vas bien. Je peux comprendre que tu n'aies pas envie de parler, fais-moi juste un signe.

Je me laissai glisser le long de la porte et m'assis devant en attendant.

— S'il te plaît, murmurai-je la tête posée sur les genoux.

J'entendis remuer dans la pièce et me relevai immédiatement. L'espace d'un instant, j'avais cru qu'il allait ouvrir, mais ce que j'entendis me fit comprendre que j'allais encore devoir patienter. Habituellement, quand il faisait un soin important, Abriel se vidait de son énergie. Cette fois, ça allait plus loin. J'attendis patiemment ce qui me sembla être une éternité.

J'allais m'asseoir sur le canapé quand j'entendis la serrure tourner. Il se tenait au chambranle de la porte, à deux doigts de s'écrouler. Je me précipitai pour l'aider et l'emmenai dans ma chambre pour qu'il s'allonge sur le lit. Une fois installé, je courus dans la cuisine prendre un verre d'eau dans lequel je fis fondre quelques morceaux de sucre. Quand je revins auprès de lui, Abriel tentait d'enlever son tee-shirt. Je m'approchai de lui et l'aidai, il était brûlant. Je l'avais déjà vu à l'œuvre et jamais le contrecoup n'avait été aussi violent, je ne comprenais pas ce qu'il se passait. Je portai le verre à ses lèvres pour l'aider à boire. Il recracha ce qu'il avait pris.

— C'est immonde.

— Peut-être, mais tu as besoin de récupérer rapidement. C'est moi qui ne te laisse pas le choix cette fois.

Je lui proposai à nouveau le verre et il but une gorgée. Il se laissa aller contre moi, glissant sa tête dans mon cou. Je le repoussai doucement pour qu'il s'allonge. Mon cœur se serra à la vue de ses cernes. Il avait le teint cireux, comme s'il était malade. J'allai chercher une bassine d'eau fraîche dans laquelle j'ajoutai quelques gouttes de vinaigre et posai un gant humide sur son front. Il soupira.

— Qui est-ce ?

— De qui parles-tu ?

— De l'autre homme, celui pour qui tu veux me quitter.

— Qu'est-ce que tu racontes, il n'y a pas d'autre homme, susurrai-je.

— Tu étais dans ses bras, dit-il avant de s'endormir.

Je m'allongeai près de lui, continuant à humidifier le gant jusqu'à ce que la fièvre redescende. Il était calme, sa respiration s'était apaisée en même temps que le sommeil l'avait emporté. J'allai me lever quand il m'attrapa par le poignet.

— Je t'ai soignée, maintenant tu m'expliques.

J'avais réfléchi pendant qu'il dormait, mais rien de ce que j'aurais pu lui dire ne tenait la route.

— L'homme qui me portait est un collègue. Il m'a aidé à descendre les escaliers à cause de mes béquilles.

— Depuis quand es-tu blessée ?

— Hier soir.

Il se pinça l'arête du nez et ferma les yeux.

— Pourquoi tu ne m'as pas appelé ? Je serai venu immédiatement.

— Tu me demandes vraiment pourquoi ? Tu as vu l'état dans lequel ça te met ?

— Ce n'est pas cher payé, quelques douleurs et c'est fini.

— Ho, c'est comme ça que tu décris ce que tu viens de vivre ? Quelques douleurs ? Ce ne serait pas un peu plus ? m'énervai-je.

Il sourit.

— Je peux savoir ce qui t'amuse ?

— Que tu t'inquiètes pour moi, tout n'est pas perdu.

— Je t'ai dit que ce n'était plus possible entre nous.

— Et toi, tu ne m'as pas laissé le temps de te dire que je t'aime.

J'ouvris des yeux ronds avant de détourner le regard. J'étais estomaquée qu'il me dise une chose pareille. À ce qu'il m'avait confié quand nous étions ensemble, il n'avait jamais dit ces mots à personne.

— La fièvre et la fatigue te font délirer, repose-toi, dis-je me levant.

Abriel s'endormit à nouveau. J'entrouvris la fenêtre pour qu'il ait de l'air frais et allai descendre rejoindre mon amie quand je vis qu'elle se trouvait dans le salon. Elle avait monté un plateau avec nos repas et s'était assise avec un livre en attendant.

— On le réchauffera tout à l'heure, dit-elle tapotant la place à côté d'elle.

Je la rejoignis et posai la tête sur son épaule. N'y tenant plus, je me laissai aller et pleurai. Mon cœur avait fait les montagnes russes ce soir.

— Tu as entendu ? demandai-je.

— Oui, vous en parlerez plus tard.

— J'ai peur, Poly.

— Je sais.

Nous restâmes là un moment, moi à pleurer et elle à me consoler. Puis quand je fus calmée, elle se leva.

— Je dois aller à la marina.

— Tu ne peux pas y aller seule, je viens avec toi.

— Et moi, avec vous.

Nous nous retournâmes et vîmes mon soigneur debout. Il avait repris des couleurs et n'avait plus de cernes.

— Non, tu dois te reposer, refusai-je.

— Je vais bien, j'ai juste besoin de manger un bout.

— Tout est sur la table, réchauffons le repas et nous partirons ensuite, décida Poly à nos places.

Il acquiesça et s'installa devant une assiette. Poly s'assit en face de lui, tandis que je mettais tout au micro-ondes. Elle avait prévu le coup et cuisiné en quantité. Tout était délicieux, comme d'habitude. Il se servit trois fois avant de se déclarer calé.

Je tentai une fois de plus de le dissuader de venir, mais ce fut en vain. Nous prîmes chacun nos affaires et montèrent dans la voiture pour nous rendre à la marina. Comme à son habitude, mon amie s'installa du côté passager me laissant le volant, tandis qu'Abriel prenait place à l'arrière.

Chapitre 9

Une place était libre juste à côté de celle où j'avais garé ma moto la veille. En cette saison, il n'y avait pas encore foule. Poly sortit un sac du coffre, qu'Abriel lui proposa galamment de porter. Je pestai intérieurement contre ce fichu mec qui n'avait aucun défaut. Bon, il était borné par moment, mais j'étais mal placée pour lui jeter la pierre. Poly nous devança et il marcha à mes côtés.

— Tout va bien, s'enquit-il, plus de douleurs ?

— Non, mais ça ne valait pas le coup.

— Ce n'est pas avec les cachets que tu prenais que tu t'en serais sortie. C'était bien plus qu'une luxation, même si la personne qui s'en est occupée a très bien fait son boulot.

— Et toi ?

— Quoi moi ?

— Tu vas bien ?

— Parfaitement. Je ne sais pas pourquoi je réagis si fortement quand je te soigne, mais je m'en fiche, si ça devait se représenter, je le ferai encore et encore.

— Sauf si je t'en empêche, dis-je accélérant le pas.

Je le laissai derrière moi et rejoignis la néréide. Si je restais près de lui, je finirais par lui coller mon poing sur la figure ou par l'embrasser à perdre haleine et ni l'un ni l'autre ne me convenait. À l'entendre, il n'en avait rien à faire de ce que ça me faisait ou de ce que j'en pensais et ça me mettait en rogne autant que ça me touchait qu'il veuille prendre soin de moi.

Sur la marina, tout comme hier soir, l'ambiance était détendue. Les gens se prélassaient en buvant un verre ou en dînant.

— Il va falloir qu'on descende et que vous veilliez à ce que personne ne vienne dans le coin où je serai.

— On se débrouillera, l'assurai-je.

— On va passer par là. C'est plus escarpé, donc moins fréquenté.

Abriel qui nous avait rattrapées ne dit mot et nous la suivîmes en silence. Elle regarda autour d'elle, posa son sac et commença à se déshabiller. Il se retourna en premier et je suivis son exemple dans la seconde sous les rires de la néréide.

— Vous pouvez vous retourner.

Ce que je vis alors me subjugua. Poly avait des traits légèrement différents, le visage plus allongé, les cheveux plus longs et ondulés, mais qui la connaissait la reconnaîtrait sans problème. De son corps, on ne distinguait rien de ses formes malgré sa nudité. On aurait pu croire qu'elle portait une combinaison de plongée, mais c'était bel et bien sa peau, sur laquelle dansaient les reflets de l'eau. Elle luisait comme la nacre qu'elle portait autour du cou en permanence. Quand elle s'avança dans l'eau, la lumière fut encore plus vive. Abriel me secoua légèrement pour que je reprenne mes esprits. Notre mission ce soir n'était pas de l'admirer, mais d'assurer ses arrières.

— Je vais remonter un peu et surveiller que personne ne descende. Tu restes là et tu surveilles qu'elle ne soit pas en difficulté.

Il acquiesça et nous nous séparâmes.

— Pourquoi es-tu venu ce soir ? demandai-je à voix basse.

— Tu n'étais pas là hier soir. Ou peut-être que si, mais tu ne me m'as pas répondu. Je suis repassé ce matin et je t'ai vu dans les bras de ce guignol.

— Ce n'est pas un guignol et je t'ai déjà expliqué.

— Je tenais à ce qu'on ait une explication, que je n'ai toujours pas eue d'ailleurs. Je suis donc repassé ce soir.

— Et si je n'avais pas été là ?

— J'aurais campé devant ta porte jusqu'à ce que tu rentres.

Je ris. Je savais qu'Abriel n'aurait jamais fait une chose pareille, il aimait bien trop son boulot pour ne plus s'y présenter.

— Au moins, je te fais encore rire, c'est déjà ça, dit-il. Combien de temps crois-tu qu'elle peut rester là-dessous sans respirer ?

— Aucune idée, a-t-elle seulement besoin de respirer quand elle est sous l'eau ? questionnai-je tournant la tête.

Il m'avait semblé entendre quelque chose. Je scrutai la pénombre et entendis des voix murmurer avant de distinguer quoi que ce soit. Je redescendis les quelques mètres qui me séparaient du guetteur.

— Quelqu'un vient.

Abriel leva les yeux et me plaqua contre le talus avant de m'embrasser. Ma première réaction fut de le repousser, mais plus il se pressait contre moi et plus je me laissais aller. Je glissai les mains dans ses cheveux et lui rendis son baiser, me maudissant d'avoir laissé m'échapper un gémissement.

— Oh, désolé, fit quelqu'un qui s'empressa de filer.

Il attendit que la personne s'éloigne suffisamment pour stopper notre étreinte.

— Je sais que tu ne veux plus de moi. Je suis désolé, mais rien d'autre ne m'est venu, s'expliqua-t-il.

— Je, j'avais compris. Ce n'est rien.

Il prit une mèche de mes cheveux qu'il passa derrière mon oreille.

— Je voudrais comprendre tu sais, comment passe-t-on d'un moment d'intimité comme celui qu'on a eu à… plus rien. Tu as mis un terme à notre relation alors que tout allait bien entre nous, du moins si quelque chose ne te convenait pas, je ne l'ai pas remarqué. Ton message a été un coup de massue, je n'ai rien vu venir.

— Je sais, je ne voulais pas agir de la sorte, mais je ne savais pas comment te le dire. J'ai choisi la facilité, je n'aurais pas dû.

— Tu as pris seule une décision qui nous impactait tous les deux, ça me semble injuste.

— Écoute, je comprends ce que tu ressens, je t'assure que je t'expliquerai, mais ce n'est pas le bon moment.

— Je ne lâcherai pas, tu sais.

— Je sais, dis-je posant mes mains sur son torse pour le forcer à reculer.

La proximité d'Abriel me faisait perdre mes moyens. Ce soir, il était avec nous et enquêtait sur mon agression alors que c'était exactement le contraire de ce que je voulais.

Peut-être avais-je pris la mauvaise décision ? Peut-être qu'il aurait été plus facile de le tenir à distance s'il avait toujours été mon petit ami ? « *Je t'aime* », ses mots résonnaient dans ma tête et dans mon cœur. Il ne les avait pas répétés, était-ce vraiment la fièvre qui lui avait fait dire n'importe quoi ?

— Dans quelle rue ce truc t'a-t-il attaquée ?

Poly avait profité du trajet pour tout lui raconter tandis que je serrais les dents de contrariété. J'avais bien compris qu'elle ne voulait pas qu'Abriel sorte de ma vie, même si la raison m'échappait.

— Je n'ai pas eu le temps de regarder le nom sur le panneau. C'était la petite rue sur la droite après le magasin de pêche au gros.

— Je vais y faire un tour, je reviens.

Il s'en alla au pas de course, ne m'ayant même pas laissé le temps de répondre.

J'allais remonter pour me poster un peu plus haut quand je vis la lumière vive que produisait la créature marine refaire surface. Sa tête émergea en premier, elle sortit des flots avec une grâce inimaginable. L'eau glissait sur son corps comme repoussée, elle fut sèche dès qu'elle mit les pieds sur la mini plage de galets. Poly sortit complètement de l'eau et son apparence redevint celle que je connaissais. Je sus alors que c'était à son contact qu'elle changeait et compris pourquoi elle m'avait dit ne pas pouvoir s'exposer aux yeux de tous.

— Où est Abriel ? demanda-t-elle en scrutant la pénombre.

— Il voulait aller inspecter la ruelle où ça s'est passé.

— Un vrai petit enquêteur, s'amusa mon amie.

— Tu te rappelles que je l'ai quitté pour qu'il ne soit pas exposé ? Tu as l'impression que ça marche, toi ? Parce que tu ne m'aides pas tellement en fait, lui reprochai-je.

— Tais-toi il revient, m'intima-t-elle.

— Mais comment…

J'entendis alors quelqu'un venir et ne fus pas surprise de voir qu'il s'agissait bien de lui. Il regarda Poly qui finissait de remonter la fermeture éclair de sa robe.

— Alors ? demanda-t-il.

— Pas ici, on retourne à la maison, mais j'ai effectivement trouvé quelque chose.

Il acquiesça et me tendit la main pour m'aider à grimper. À contrecœur, car je savais que je le blesserai, je passai devant lui sans la saisir, le laissant la proposer à Poly. Je n'avais aucune idée de ce qu'elle ressentait quand elle allait dans l'eau. Peut-être que passer d'un élément à l'autre la fatiguait ?

Je sortis mon téléphone et fis mine d'être occupée le long du trajet nous ramenant à la voiture, si bien qu'ils marchèrent un peu en avant sans faire attention à moi. J'ouvris le véhicule à distance avec la télécommande et la lançai à Abriel tandis que Poly rangeait ses affaires dans le coffre. Il l'attrapa au vol et je vis qu'il serrait les mâchoires.

— Conduis, moi je récupère ma moto.

Ce n'était de toute évidence pas ce qu'il avait prévu.

— On se retrouve à la maison, sourit mon amie.

— Ouais, et tiens ta langue, lui murmurai-je passant près d'elle.

Je les regardai s'installer et démarrai lentement pour quitter le parking. Une fois sur la route, je m'élançai à vive allure, laissant mon véhicule hurler mes inquiétudes et ma frustration à ma place.

J'arrivai à la maison avant eux, un peu plus calme qu'à mon départ. J'étais stressée par ce qu'elle pourrait lui raconter. C'était une amie fidèle et j'étais étonnée du comportement qu'elle avait avec lui. Je pensais qu'elle me soutiendrait plus sur ce coup. Avec elle aussi, il faudrait que j'aie une discussion.

Je montai les marches quatre à quatre et allai boire un verre d'eau quand j'aperçus la porte de la salle de bain entrouverte. Je m'y dirigeai et vis qu'elle était sens dessus dessous. Le porte-serviette était couché sur le sol, les produits posés sur le bord de la baignoire s'étaient ouverts et avaient coulé. Je m'agenouillai et commençai à mettre de l'ordre quand quelqu'un arriva dans mon dos. Sans me relever, je jetai la jambe en arrière et fauchai celui qui cherchait à me surprendre. Abriel se retrouva les quatre fers en l'air grimaçant de douleur.

— Ho non ! m'exclamai-je me précipitant à son aide. Je suis nerveuse depuis l'autre soir, dis-je comme excuse.

— Oui, ça peut se comprendre, dit-il, mais qui tu voulais que ce soit d'autre ?

— J'en sais rien, répondis-je.

— Je rangerai avant de partir. Viens, Poly veut te voir.

Il sortit de la pièce et descendit les escaliers tandis que je saisissais mon verre d'eau et l'avalais avant de suivre le même chemin. La néréide était sur le canapé, Abriel se tenait debout à côté d'elle, les bras croisés sur la poitrine.

— Alors, commençai-je pour ne pas perdre de temps, qu'as-tu découvert ?

— Les créatures marines sont affolées, elles ont déserté la marina et j'ai dû aller bien plus loin que d'habitude avant de croiser une vie.

— C'est courant ? s'enquit Abriel.

— La vie aquatique est fragile, les êtres qui peuplent les eaux sont souvent sans défense, alors quand il y a un danger, elles regagnent les profondeurs pour se mettre en sécurité, expliqua-t-elle.

— Et ? questionnai-je impatiente et de mauvaise humeur.

J'avais hâte qu'elle nous dise ce qu'elle savait pour que mon chevalier servant s'en aille. Plus il restait, plus il en savait et plus il se mettait en danger.

— Il semblerait que nous ayons affaire au monstre de Frankenstein.

— Tu peux répéter ça ? demandai-je sûre d'avoir mal compris.

— Je ne sais pas ce que c'est, mais ceux qui l'ont vu et que j'ai pu interroger m'ont dit qu'il avait l'air d'être cousu de toute part et que ses membres paraissaient provenir de différentes espèces.

Je fus secouée par un frisson d'horreur et bougeai aussi vite que je le pouvais pour m'éloigner sentant que j'allais vomir. Abriel fut à mes côtés en moins de temps qu'il n'en faut pour le dire, mais je le repoussai. Je ne voulais pas de son aide, je ne voulais pas qu'il me voie comme ça. Je n'eus pas le temps d'arriver à la salle de bain que je déversai la totalité du contenu de mon estomac. Je m'en voulais tellement ! J'allais sur des scènes de crimes et voyais des choses éprouvantes, mais jamais je n'avais vomi. Abriel revint à la charge et amena une bouteille d'eau pendant que Poly arrivait avec une serpillière. J'attrapai un verre, allai me rincer la bouche et revins prendre le balai des mains de mon amie pour terminer de nettoyer. Elle me laissa faire sans rien dire, se doutant qu'elle s'attirerait mes foudres si elle s'y opposait.

— On n'a donc aucune piste, finis-je par dire.

— Peut-être que si, j'ai effectué des prélèvements dans la ruelle, je vais les envoyer au labo, on verra ce que ça donne.

Je le regardai incrédule. Plus j'essayai de le repousser et plus il s'impliquait. Rien ne se déroulait comme je l'avais prévu. Quelle poisse !

— Donne-les-moi, demandai-je.

— Tu as d'autres choses à faire, laisse-moi m'en occuper.

— Non, je vais les faire analyser par l'agence, c'est leur quotidien. À l'hôpital, ils n'y comprendraient rien et viendraient te poser des questions.

— J'ai des relations je pourrais…

— J'ai dit non.

Je fixai Abriel doit dans les yeux pour qu'il comprenne que je serai intransigeante. Tout cela était bien trop dangereux, il était hors de question qu'il continue à fureter comme si de rien n'était.

— Tu vas rentrer chez toi, oublier toute cette histoire, et par la même occasion, tu vas m'oublier moi aussi. Je ne veux plus te voir, prends tes affaires et sors d'ici, nous ne sommes plus ensemble, tout ça ne te regarde pas.

Je me retins de pleurer, voyant à quel point mes paroles le meurtrissaient. Je me haïssais de lui faire tant de mal, mais je n'avais plus le choix. S'il continuait à mes côtés, il risquait d'être blessé, voire pire et je m'y refusais. Il saisit sa veste, salua Poly d'un geste de la tête, prit soin de ne pas croiser mon regard et s'en alla claquant la porte derrière lui. Je m'effondrai sur le sol, pleurant comme jamais.

Poly était venue s'asseoir à mes côtés et m'avait bercée jusqu'à ce que je me calme. J'étais tiraillée par l'envie de le rappeler, de lui dire que je ne voulais pas le perdre et la nécessité de le tenir à l'écart de tout ce fourbi. Mes larmes taries, j'aidai mon amie à se relever et la laissai pour remonter chez moi. J'avais envie d'être seule.

Je devais mettre mes idées en ordre et trouver un moyen de comprendre comment j'en étais arrivée là. Qu'est-ce qu'il s'était passé, qu'est-ce qui avait déclenché ça et pourquoi ? J'entrai dans la salle de bain et fis couler l'eau pour la laisser chauffer. Je me glissai sous la douche après avoir terminé de ramasser les produits qu'Abriel avait fait tomber et appréciais la chaleur et le réconfort qu'elle me procurait. Une fois terminé, j'enroulai mes cheveux dans un drap de bain et enfilai un peignoir épais avant d'allumer mon ordinateur.

Je devais terminer de taper mon rapport et même si j'étais chamboulée, ça ne pouvait plus attendre. Je relus ce que j'avais écrit et repris où je m'étais arrêtée. Il ne me restait plus qu'à finaliser quand je reçus deux courriers électroniques coup sur coup. J'ouvris ma boîte mail et découvris les expéditeurs. Le premier venait du légiste, il s'agissait du rapport d'expertise que j'attendais. Le second m'était inconnu. J'ouvris le mail du coroner et lus le dossier qu'il m'avait envoyé. Le client était en pleine forme, aucune raison apparente à son décès. Pas de trace d'alcool, ni de drogue dans son sang et pourtant, une injection avait été faite entre le gros orteil et celui qui le jouxtait comme le montrait la photo en gros plan qu'il avait insérée dans le rapport. J'enregistrai tous les documents qu'il m'avait transmis et les ajoutai à ce que je devais envoyer à Mitch, mettant tout en copie à Andrew. Mon intuition était bonne, ce type avait été assassiné, mais pourquoi ? Et comment se faisait-il qu'on n'ait rien trouvé dans son organisme alors qu'on lui avait administré quelque chose ? J'ouvris le deuxième mail tout en y songeant et dus m'y reprendre à deux fois pour le relire.

« Très chère, je viens prendre de vos nouvelles. Vous êtes-vous remise de la rencontre avec mon ami sur la marina ? »

Ce type se foutait de ma gueule ! Les nerfs à vif j'écrivis ma réponse, puis me ravisai et effaçai le tout me forçant à réfléchir avant de faire quelque chose que je regretterais. Je me levai et fis les cent pas, tournant comme en rond dans mon salon avant de m'installer à nouveau devant mon écran.

« Très cher, votre sollicitude me touche, votre ami ne deviendra sûrement pas un des miens. Je vais très bien. Vous êtes-vous décidé à me rencontrer personnellement ? »

Je relus une dizaine de fois ce que je venais de taper avant d'appuyer sur la touche envoi et patientai persuadée qu'il répondrait immédiatement. Un tintement m'informa que j'avais vu juste.

« Vous êtes une personne surprenante. Je pense très bientôt vous envoyer une connaissance commune, patience, le moment viendra pour nous de nous rencontrer personnellement. »

Je tapai du poing sur le bureau m'énervant de me faire manipuler si facilement. Il semblait en savoir long sur moi alors que je ne savais rien de lui ? Qui était-il et que me voulait-il ? Peut-être devrai-je lui redemander ?

« Vous semblez tenir à ce que nous fassions connaissance, y a-t-il une raison particulière ? Puis-je vous aider en quoi que ce soit ? »

Je patientai et éteignis l'ordinateur une demie heure plus tard, frustrée de ne pas avoir eu de réponse. Il jouait avec moi et je le laissais faire. Il fallait que je trouve un moyen de renverser la tendance. Épuisée, je m'étirai et enfilai un maxi tee-shirt avant de me glisser sous la couette pour une bonne nuit. C'était du moins ce que j'espérai, mais le sommeil semblait me fuir. Je me sentais anxieuse et agitée, je détestais ça.

Je me levai et enfilai un jogging épais, pris soin de prendre mon arme et sortis pour aller courir. La nuit était déjà bien avancée et le jour se lèverait dans quelques heures. Inutile de rester au lit à tergiverser, il fallait que je me change les idées. Je descendis les escaliers et m'apprêtai à m'élancer quand Poly ouvrit sa porte. Elle me regarda et me fit signe de rentrer.

— Ne va pas courir maintenant, il fait nuit noire, ce ne serait pas prudent.

— Ce n'est pas la première fois que je le fais Poly, j'ai besoin de me changer les idées, je vais devenir dingue sinon.

— Alors, allons nager.

Je fus surprise de sa proposition.

— Où ? m'enquis-je. Comment…

J'en perdais mes mots.

— Je peux apaiser ton cœur et ton esprit, retournons à l'océan, on louera un bateau et on ira au large pour que personne ne me voie.

Je lui fis signe que j'étais d'accord et elle disparut avant de revenir avec son sac à main. Elle me tendit les clefs et je conduisis pour la deuxième fois aujourd'hui jusqu'à la marina. Nous ne nous garâmes pas sur le parking comme plus tôt et poursuivîmes jusqu'au port où les bateaux étaient arrimés.

Poly descendit et je la suivis, la laissant une fois de plus diriger les opérations. Elle alla voir un pêcheur, lui proposa une liasse de billets qui me fit pâlir et me fit signe de la rejoindre.

— Où as-tu trouvé autant d'argent ? Ce n'est pas ton boulot de décoratrice qui paye autant !

— Non effectivement, mais les fonds marins sont plein de surprises me dit-elle avec un clin d'œil.

Nous montâmes à bord et mon amie s'installa à la barre. Je ne sais pas pourquoi, mais je n'étais absolument pas surprise qu'elle sache manœuvrer une embarcation. Nous prîmes le large dans le silence, le vent marin fouettant mon visage et emplissant mes poumons d'un air frais et vivifiant.

— Tu le ressens toi aussi.

— Quoi ? demandai-je sans comprendre.

— Cette sérénité qu'il accorde aux gens dans la tourmente.

Je n'avais jamais pensé aux sensations que je pouvais avoir quand j'étais près de l'eau, mais la néréide semblait vouloir que je me pose la question. Je fermai les yeux et pris quelques profondes inspirations. Oui, Poly avait raison, j'étais plus calme, mon esprit ne cavalait plus à la recherche de réponses que je n'avais pas et mon cœur ne semblait plus vouloir fuir ma poitrine.

— Oui, dis-je simplement profitant de ce moment.

Nous continuâmes à avancer droit devant et la néréide décida d'arrêter les moteurs. Elle se pencha par-dessus bord et toucha l'océan, ce qui provoqua une modification immédiate de son aspect. Elle se déshabilla et plongea, me laissant seule sur le pont.

Je scrutai les eaux sombres à sa recherche, et la repérai bien plus loin que ce que j'avais imaginé.

— Rejoins-moi ! lança-t-elle.

Je me rendis compte que je n'avais absolument rien pris pour cette baignade improvisée et regardai autour de moi pour voir si je pouvais trouver quelque chose qui me sauverait la mise. Si je ne voulais pas être frigorifiée en sortant de l'eau, je devais garder mes habits au sec. La seule solution était d'y aller en sous-vêtements. Je laissai mes affaires sur le pont et me hissai sur le balcon arrière avant de sauter à l'eau.

J'avais toujours pensé bien nager, mais à côté d'une néréide, j'avais l'air d'un canard qui pataugeait. Je fus surprise de trouver l'eau tiède à sa proximité, mais ne fis aucune remarque. J'étais consciente de partager un moment unique avec elle et ne comptais pas le gâcher.

— Ça te dit d'aller voir ce qu'il se passe là-dessous ?

— Tu oublies que je n'ai pas d'équipement.

— Pas besoin, je ne te l'aurais pas proposé sinon.

Elle glissa lentement sous les flots, me laissant hésitante avec mes appréhensions. N'ayant que deux options, lui faire confiance ou attendre ici comme une idiote dans l'eau qui se rafraîchissait rapidement, je l'imitai. Elle n'était pas descendue très profondément et vint à ma rencontre assez rapidement. Mettant ses mains devant sa bouche, elle souffla, créant une grosse bulle d'oxygène qu'elle plaça délicatement sur ma tête. En apnée, je n'osai reprendre ma respiration. Prise de panique, je voulus remonter, mais Poly m'en empêcha. Je me débattis jusqu'à ne plus pouvoir me retenir et pris une grande inspiration. La bulle d'air faisait l'effet escompté.

Mon amie posa une main sur ma poitrine et mon cœur cessa instantanément de tambouriner. Je venais de comprendre qu'elle disait vrai quand elle m'avait assuré être capable de m'apaiser. J'étais subjuguée de la découvrir sous un nouveau jour. Elle me fit signe de la suivre et s'enfonça encore un peu plus.

Les poissons passaient à côté de nous sans s'éloigner, Poly n'avait qu'à tendre la main pour qu'ils viennent s'y loger, recherchant sa proximité et ses caresses.

Après un long moment à nager, qui ne semblait lui coûter aucun effort contrairement à moi, je vis un paquebot posé sur le font de l'océan. Poly me le désigna, me faisant comprendre que c'était le lieu où nous nous rendions. Je la suivis péniblement, les profondeurs commençant à me donner le tournis. Mon amie a dû s'en rendre compte, car elle revint à mon niveau et me donna la main pour m'entraîner dans son sillage. J'attrapai la balustrade et m'y accrochai tandis que la néréide, qui ne semblait pas soumise aux mêmes lois de pesanteur que moi, marchait déjà en direction de la cabine. À nouveau, elle se retourna et me fit signe de la rejoindre. Elle descendit des escaliers et attendit en bas pour se diriger vers une porte qu'elle ouvrit. Je pris la même direction qu'elle et pénétrai dans une pièce qui devait être le bureau du capitaine. Poly referma la porte derrière moi pendant que je m'accrochai à une bibliothèque vide pour ne pas me retrouver au plafond. Elle commença à agiter les bras et à onduler dans une sorte de danse envoûtante quand je compris qu'elle ne gesticulait pas pour rien. L'eau s'engouffrait sous la porte, comme repoussée. En quelques minutes, la pièce fut vidée et je pus marcher comme si nous nous trouvions sous terre.

Ma bulle d'air avait éclaté au moment où l'oxygène était entré en contact avec elle. Poly me souriait de toutes ses dents.

— Comment trouves-tu mon repère ?

— Comment ça ton repère ? Tu viens souvent ici ?

— Quand j'ai besoin de réfléchir, donc souvent, chaque fois qu'on me confie un nouveau projet en fait.

— C'est impressionnant, je pensais le fond marin calme, mais ça grouille de vie ! remarquai-je me dirigeant vers une vitre.

Différentes espèces se partageaient le navire et vivaient en harmonie, animaux et végétaux semblaient se plaire à se côtoyer et à évoluer ensemble.

— Et puis il ne fait pas aussi sombre que ça en fait.

— Ça, c'est à cause de moi et de ma magie, je dégage une lumière qui indique ma présence. Tout être marin peut se laisser guider vers moi s'il en ressent le besoin.

— C'est fascinant, dis-je comme ensorcelée par ce que je voyais.

Poly me regarda et vint se planter devant moi.

— Te sens-tu comme appelée ?

— Euh… non, pas du tout, pourquoi cette question ?

Elle s'adossa à un mur.

— Tu aurais pu être une sirène.

— Une quoi ? m'écriai-je.

— Une sirène, répéta-t-elle. Tu sais, comme Ariel.

— Ne te moque pas, s'il te plaît. Pourquoi est-ce que tu as pensé à ça ? Si j'en avais été une, une queue me serait déjà poussée non ?

— Pas forcément, on croit que les sirènes sont des êtres aquatiques, mais avant de le devenir, ce sont des terrestres.

Je lâchai la splendide vue pour me concentrer sur ce qu'elle me disait.

— Raconte, demandai-je.

— On ne naît pas sirène, on le devient. Ce sont des extraordinaires. Toutes expliquent qu'à un moment de leur vie, tout a basculé. Plus rien n'allait, plus rien n'avait de sens, seul l'océan paraissait pouvoir les apaiser. Alors dans un dernier espoir, elles s'y rendent et entrent dans l'eau, comme appelée par un être cher qu'elles doivent aller retrouver.

— Sur le pont tout à l'heure, quand tu m'as demandé si je ressentais sa sérénité, j'ai dû me concentrer pour la sentir, ça ne ressemble pas du tout à ce que tu décris.

— Alors nous pouvons écarter cette hypothèse.

— Tu ne m'as amené ici que pour tester ton idée ? demandai-je un tantinet irritée.

— Bien sûr que non, je voulais te faire découvrir mon univers, et te dire que si d'aventure nous devions trouver un endroit pour que tu sois en sécurité, il me semblait tout indiqué.

— C'est pas mal effectivement, mais tu oublies qu'en tant qu'humaine, et j'insiste sur ce mot, j'ai besoin de boire et de manger. En plus de respirer, naturellement. Je suppose que cette cachette ne pourrait être que très temporaire.

— En attendant d'en trouver une qui soit plus adaptée, oui. Ici on est à l'abri de tout, rien ni personne, excepté la faune et la flore locale, ne peut t'entendre ou te voir.

— C'est rassurant, avouai-je.

— On remonte. Il va falloir y aller doucement.

Je me relevai et me tins au bureau.

— Qu'est-ce que tu fais ?

— Je n'ai pas envie d'être emportée par les flots quand tu vas ouvrir cette porte !

Poly rit.

— Je ne laisserai jamais une telle chose arriver, mais si ça te rassure, cramponne-toi !

Chapitre 11

Nous remontâmes tout doucement, comme l'avait prévu Poly. Nous nous arrêtâmes à plusieurs reprises, pour faire des paliers comme les plongeurs, sauf que nous n'étions absolument pas dans les mêmes conditions.

J'avais attentivement observé mon amie. Elle n'avait pas de branchies et ne semblait pas avoir besoin de respirer, contrairement à moi qui avais ma bulle d'air sur la tête, qu'elle renouvelait à chaque pause.

Nous finîmes par arriver à la surface et le spectacle me coupa le souffle. Le soleil commençait à se lever. Poly et moi restâmes un moment à contempler les couleurs chatoyantes qui se diffusaient dans le ciel avant de remonter sur le bateau.

Tout comme la dernière fois, sortir de l'eau lui suffit à être sèche. Moi, je n'avais rien prévu. J'avais les cheveux trempés, pas de serviette à disposition et dus enfiler mes vêtements par-dessus mes sous-vêtements mouillés.

Poly démarra et nous retournâmes vers le port, elle souriante et moi tremblant de froid. Si je ne tombais pas malade, j'aurais de la chance.

Le pêcheur à qui nous avions loué le bateau nous attendait sur le quai. La jeune femme improvisée capitaine lui rendit ses clefs et le remercia avant que nous ne retournions à la voiture. Il était impressionnant de voir comme mon amie était à l'aise et gracieuse dans l'eau et si gênée sur terre.

— Ta jambe ne te dérange pas quand tu nages, constatai-je.

— Non, c'est vrai, j'ai eu très peur que ça ait altéré ma condition. La première fois que je suis retournée à l'eau, j'ai préféré demander à une de mes sœurs de me rejoindre et de m'accompagner au cas où. Nous avons toutes été soulagées de constater que rien n'avait changé. Nous sommes toutes un peu maladroites sur terre, mais l'être dans l'eau aurait été insurmontable pour moi.

— Tu me donnes les clefs ? demandai-je alors que nous arrivions à la voiture.

— Non, je vais conduire, tu es fatiguée tandis que je suis en pleine forme. Repose-toi.

— Tu n'as pas fermé l'œil de la nuit, tout comme moi. Comment cela se fait-il que tu sois si énergique alors que je n'aspire qu'à m'écrouler ?

— Je suis une créature marine, je tire ma force et ma vitalité de l'océan. Tu as continué à puiser dans tes réserves d'énergie alors que j'ai rempli les miennes.

Je grimpai côté passager et refermai la porte rapidement. L'absence de vent dans l'habitacle suffit à me donner l'impression qu'il faisait moins froid. Poly alluma le chauffage et je m'affalai sur mon siège. Harassée, je fermai les yeux et somnolai. Portée par la musique douce qui sortait de la radio, je m'endormis.

On me secoua légèrement.

— On est arrivées, réveille-toi, tu dois malheureusement aller bosser.

Je passais les mains dans mes cheveux et baillai à m'en décrocher la mâchoire.

— Va prendre une douche, je me charge de préparer un bon petit déjeuner.

Je grimpai les escaliers et fis exactement ce qu'elle m'avait dit. Je devais aller au bureau aujourd'hui et avoir les yeux en face des trous.

J'eus l'impression de mettre un temps fou à me préparer et rejoignis mon amie au pas de course, craignant de l'avoir trop fait attendre.

Poly était dans sa cuisine. Sur la table trônaient une assiette de charcuterie, un panier de fruits, des morceaux de fromages, du pain et une omelette encore fumante. Je tirai une chaise et m'attablai tandis que mon hôtesse arrivait avec une cafetière à la main. Elle m'en versa une grande tasse, puis remplit un thermos avec ce qu'il restait, qu'elle posa sur la table.

— De quoi carburer, expliqua-t-elle en désignant la bouteille.

Je ne compris pas immédiatement où elle voulait en venir, mais finis par réaliser qu'elle en avait fait en plus en prévision de ma longue journée.

— Merci, dis-je incapable d'articuler quoi que ce soit d'autre.

Je me servis et grignotai de petites bouchées, peu habituée à manger de la sorte.

— Quoi de prévu aujourd'hui ? demandai-je.

— Je dois aller à la galerie d'art, ils m'ont demandé de refaire toute la déco du hall d'entrée. Et toi ?

— Je vais aller au boulot et voir si je trouve des infos sur une créature invisible férue de couture.

— Les prélèvements d'Abriel, commença-t-elle.

— Ne nous serviront à rien, finis-je. Si cette créature et constituée de plusieurs autres, les résultats nous permettront de connaître lesquels, rien de plus.

— On n'a aucune piste Rosy, peut-être qu'il ne fallait pas l'écarter si vite.

Cette fois une colère irrépressible monta en moi. Je savais que si j'ouvrais la bouche je regretterais ce que je pourrai dire, pourtant ça ne suffit pas.

— Tu peux m'expliquer pourquoi tu cherches à tout prix à ce qu'il reste à mes côtés ? J'ai été assez claire, non ?

— Rosy… je… balbutia-t-elle.

— C'est ma vie, c'est à moi de prendre les décisions, tu es peut-être habituée à gérer les problèmes du peuple marin, mais je ne suis pas un de tes poissons ! m'énervai-je tapant sur la table.

Poly était debout devant moi, la tête baissée et les mains jointes devant elle. Voilà, c'était fait, je regrettais. J'étais incapable de m'excuser pour le moment, les mots étaient comme coincés au fond de ma gorge alors que j'étais furieuse contre moi-même d'avoir malmené cette femme qui se démenait pour moi.

Je me levai, pris mon sac à dos et partis en claquant la porte. Encore un truc à mettre au clair, ou pas. D'où me venait ce besoin impérieux de tout comprendre ?

J'enfilai mon sac et grimpai sur ma moto, puis m'en allai pour le bureau.

Je quittai peu à peu ma zone de sécurité pour rejoindre la ville. Mais n'était-ce pas plutôt le contraire ? Si cet homme connaissait mon adresse mail, il savait aussi sûrement où j'habitais. Je fus frappée par la réalité, Poly et moi n'étions plus en sécurité dans un endroit aussi reculé. Seule la ville nous permettrait de ne pas avoir la mauvaise surprise de croiser à nouveau la route de Franky.

Puisqu'on ne savait pas ce qu'il était réellement, autant lui trouver un petit nom, et puis ça me rassurait de l'appeler autrement que la chose ou la créature, allez savoir pourquoi.

Je me garai au sous-sol et pris l'ascenseur pour gagner mon bureau. La mauvaise surprise fut de rencontrer Andrew qui attendait également.

— Salut, dit-il visiblement de mauvaise humeur.

— Ouais, répondis-je tout aussi enjouée.

— Merci pour le compte-rendu, je vais m'y pencher dans la journée.

Pour la deuxième fois en très peu de temps, la moutarde me monta au nez. Il m'avait envoyé promener, pensant que cette affaire était ridicule et voulait s'y plonger maintenant qu'il flairait un bon coup ?

— Je te ferai signe si j'ai besoin de toi, répondis-je me contenant au maximum.

— Écoute, on n'est pas parti sur de bonnes bases je le reconnais et j'en suis désolé, je n'y peux rien. On est en équipe, on doit bosser ensemble, c'est Mitch qui l'a décidé, pas moi.

— Ben voyons, t'y peux rien ! Pourtant c'est bien toi qui te fous de moi depuis que j'ai pris mes fonctions dans la boîte ! Ça t'amuse de jouer avec la petite nouvelle ? De voir ce dont la simple humaine est capable ou pas ? Tu m'as presque dit de me démerder avec l'affaire et maintenant tu retournes ta veste ? C'est trop facile et tu ne me dicteras pas ce que je dois faire.

— Non, j'y peux rien et je ne peux pas te dire pourquoi, fulmina-t-il.

— Tu me prends vraiment pour une idiote, répliquai-je le bousculant pour entrer dans l'ascenseur qui arrivait.

Ce fut une grave erreur. Je l'entendis crier avant de m'écrouler sur le sol, secouée par des spasmes. Ma vision se voila, je fus instantanément paralysée. Bientôt je ne pus plus que subir les évènements. Mon cerveau fabriquait des images terrifiantes. Je voyais Franky avec ses membres hideux qui se dirigeait droit sur moi. Il avait des crocs qui dépassaient de sa gueule, un œil qui pendait d'une de ses orbites, des poils par-ci, des écailles par-là. Quelque chose gesticulait dans sa main gigantesque, comme un pantin désarticulé. Un jouet ? Je ne pouvais aller nulle part, il n'y avait rien, le néant absolu, juste lui et moi courir était tout aussi inutile. Il s'arrêta devant moi, un rictus à glacer le sang déformant son visage. Il tendit la main qu'il ouvrit et je hurlai voyant qu'il s'agissait d'Abriel qui avait été broyé.

— Rosabeth !

Une voix ferme raisonnait dans ma tête.

— Rosabeth écoute-moi, tu es en train de faire un cauchemar éveillé, tu peux le contrer. Concentre-toi sur ma voix, sur la réalité. Reconnecte-toi aux bruits qui t'entourent, aux odeurs, raccroche-toi à tout ce que tu peux ! m'ordonna Mitch.

Car il s'agissait bien de lui, mon patron avec sa grosse voix essayait de me sortir de là. Je sentis quelque chose de glacé parcourir ma main droite.

— Concentre-toi sur la sensation que tu as Rosabeth, entendis-je Elie murmurer à mon oreille.

Il sentait bon, un mélange de fleurs, mais pas trop fort.

Peu à peu je repris contact avec le monde qui m'entourait. Mes yeux me montrèrent la salle de repos, où j'avais été installée sur le divan. Elie me tenait la main et utilisait son don, Greg et Mitch le regardaient faire du coin de l'œil en essayant de calmer Andrew qui faisait les cent pas. Le temps d'être bien sûre que je pouvais me relever, je m'extirpai du canapé et me mis debout.

— Fumier ! criai-je. Qu'est-ce que tu m'as fait ? Pourquoi tu t'en es pris à moi ?

— Rosabeth calme-toi, je t'en prie, insista Mitch, il va tout t'expliquer, n'est-ce pas Andrew ?

Sa mine déconfite quand il hocha la tête me surprit. Je me laissai tomber sur le divan à côté d'Elie, bien décidée à tirer ça au clair avant de faire quoi que ce soit d'autre.

— Je suis un cauchemar, lâcha-t-il.

— Je ne te le fais pas dire ! Mais ça n'explique rien.

— Rosabeth, écoute-le s'il te plaît, intervint Elie.

Je tournai la tête pour le regarder aussi fâchée contre lui, alors qu'il n'avait rien à voir dans tout ça. Il soutint mon regard absolument pas touché par mon humeur, tenant toujours ma main. Je la retirai de la sienne sans qu'il ne bronche.

— Je ne parle pas de mon caractère, reprit Andrew, mais de ma nature même, je fais naître les pires cauchemars des gens qui me touchent. N'as-tu pas remarqué que je suis toujours seul ? Qu'on ne m'approche pas ?

L'horreur de la situation me frappa. Je l'avais traité de cauchemar alors qu'il souffrait d'en être réellement un. Je me sentais idiote et coupable, c'est moi qui l'avais bousculé. Je me levai époussetant mon pantalon qui n'en avait aucunement besoin.

— Andrew, tout ça est de ma faute. J'étais de mauvaise humeur et tu en as subi les conséquences.

Il leva les yeux vers moi et sourit timidement, c'était la première fois que je le voyais comme ça.

— Les torts sont partagés, je ne suis jamais de bonne humeur.

Mitch s'en alla sans se retourner tandis que Greg me fit un signe de la main. Elie se leva s'apprêtant à faire de même.

— Est-ce lié à ton don ?

— Mon don ? répéta-t-il étonné. Si je devais choisir un terme, ce serait plutôt celui de malédiction. Je n'ai jamais fait de rêve agréable. Aussi loin que je me souvienne, j'ai toujours fait des cauchemars. Puis très vite, je les ai propagés aux autres. Plus personne n'osait me toucher. Imagine la vie d'un enfant sans aucun contact. Même mes parents ne me serraient plus dans leurs bras.

Ses yeux étaient voilés, il s'y mêlait de la tristesse, mais aussi de la colère. Je n'avais jamais connu mes parents biologiques, mais la vie m'en avait offert de formidables.

— Je suis désolée, je n'imaginais pas à quel point tu souffrais.

Je fis un pas vers lui et il recula.

— Ne t'approche pas s'il te plaît, ça suffit pour aujourd'hui, je crois.

Il me tourna le dos et s'arrêta la main sur la poignée de la porte.

— Si tu veux bien, je regarderai le dossier et te dirai ce que j'en pense, je t'enverrai un mail.

— Non, tu m'envoies un SMS et on en discute autour d'un café, proposai-je. Tu m'invites, ce cauchemar était horrible.

— Je sais, j'ai vu ce que j'ai déclenché. Je ne sais pas qui est cet homme, mais il a de la chance que tu tiennes à lui à ce point. Je suis désolé, dit-il sans me regarder.

Il partit en me laissant seule et bouleversée dans cette pièce. Jamais je n'aurais cru Andrew aussi torturé. Je me secouai et sortis à mon tour de la salle de repos.

Elie n'était pas loin, mais je fis mine de ne pas le voir et descendis rejoindre Greg. J'avais des choses à lui dire. C'était un enquêteur depuis bien plus longtemps que quiconque dans cette agence, peut-être en saurait-il plus que nous.

Je parcourus les sous-sols sans le trouver. J'allai dans la seule pièce qu'il y avait à cet étage et m'assis à ce qui avait été mon premier bureau.

— Greg ! appelai-je.

J'attendis quelques minutes avant de sentir le froid caractéristique de sa présence m'envahir.

— Tu te sens mieux ? demanda-t-il.

— Oui ça y est, je suis en pleine forme. Mais où es-tu ? Je ne te vois pas.

— Oh pardon, il m'arrive parfois d'oublier que je ne suis visible que si je le souhaite.

Décidément, c'était le jour des révélations. Je ne le savais pas non plus puisque je l'avais toujours vu chaque fois que je venais ici.

— Ta jambe est complètement rétablie, c'est génial.

— Oui, j'ai vu un soigneur.

Un silence s'installa. Je n'avais pas envie de parler d'Abriel. Greg fut patient et s'installa dans un coin de la pièce, respectant le temps dont j'avais besoin.

— Une de mes amies est une néréide, commençai-je.

La tête qu'il fit m'apprit que ça devait être relativement rare. Cependant, il ne m'interrompit pas.

— Elle a pu interroger quelques êtres aquatiques qui étaient à proximité du port quand je me suis fait agresser. Il semblerait que la créature soit composée de plusieurs espèces. Tu en as déjà entendu parler ?

Ce fut au tour de Greg de rester silencieux. Lorsqu'il leva la tête pour me regarder, ce qui dansait dans ses yeux me fit frissonner.

— Il n'y a qu'un nécromancien qui est capable d'une telle chose.

— Un quoi ? m'écriai-je.

Chapitre 12

— Tu peux répéter ce que tu viens de dire ? demandai-je sonnée.

— Un nécromancien.

— Tu veux dire qu'un gars s'amuse avec des morts ! Ça existe vraiment des gens aussi tordus ? paniquai-je.

— Ils ne sont pas plus « *tordus* » que toi et moi, reprit-il. Ce sont des extraordinaires eux aussi. Mais à ce que je sais, c'est très rare.

— Oui, ben tant mieux ! répliquai-je tremblante.

— Ils ne jouent pas avec les morts comme tu dis, reprit mon ami. Ils ont la capacité de les réanimer…

— Attends, tu leur parlais ! Tu en étais un ? le coupai-je

— Non, tu confonds. Moi, je m'adressais aux esprits, aux gens qui avaient quitté leurs corps et qui erraient encore sur terre.

— Quelle différence avec un nécromancien ?

— Ils insufflent la vie dans un corps qui n'a plus d'âme.

— Mais ça veut dire qu'ils ne peuvent pas interagir avec eux ? Enfin je veux dire que s'il n'y a plus d'âme, le corps est… vide ? Non ?

J'essayais de trouver les mots justes, mais l'horreur de cette discussion me nouait l'estomac et semblait ralentir ma capacité à réfléchir.

— Sans âme le corps est une coquille vide, oui.

Je gardai le silence quelques instants, me concentrant pour essayer de comprendre.

— Qu'est-ce qui te tracasse ?

— Je ne comprends pas. Cette créature m'a attaquée, elle avait un but, elle n'était pas dénuée de volonté. Rien à voir avec une coquille vide, pour reprendre ton expression.

— Sûrement parce que ce n'était pas le cas.

— J'y comprends rien, dis-je me sentant chancelante.

Cela faisait bien longtemps que je n'en avais pas eu, mais les évènements de ces derniers jours et mes réactions ne me laissaient aucun doute, j'allais devoir faire face à une crise très prochainement.

— Les nécromanciens peuvent emprisonner l'âme d'un corps si la mort est récente. Dans cette créature, il devait y avoir quelqu'un d'asservi.

Je sentais que j'allais vomir une fois de plus s'il continuait et je ne le voulais pas.

— Ça fait beaucoup pour moi, je vais y aller, dis-je me levant. Il faut que je respire de l'air frais, je ne me sens pas très bien.

— Je vais t'accompagner dehors. Tu as besoin d'aide ? Tu veux que j'appelle Elie ?

— Non ! Surtout pas. Il me met mal à l'aise, avouai-je.

— Ha bon ? Pourquoi ?

Je haussai les épaules en guise de réponse. Elie était gentil et serviable, mais il avait un côté tactile qui me dérangeait. Il agissait avec moi comme si nous étions proches. J'avais toujours été une personne plus ou moins solitaire, le contact et la proximité des autres, s'ils n'étaient pas des êtres intimes, me coûtaient beaucoup.

Je mourrais d'envie d'appeler Abriel, j'avais envie de savoir qu'il allait bien, j'avais envie qu'il me serre dans ses bras, égoïstement, je voulais me sentir en sécurité et si je devais regarder les choses en face, il n'y a qu'avec lui que j'avais ce sentiment. Comment réagirait-il si je l'appelais ? Laisserait-il sonner sans répondre ? Allait-il sortir de ma vie comme je le lui avais cruellement demandé la vieille ? Je secouai la tête pour me reprendre, sa vie était en danger s'il était près de moi. Je me mordis l'intérieur de la joue à me faire saigner et une larme coula le long de ma joue.

— Tu es sûre que ça va aller ?

Je fis oui de la tête la vue voilée, à croire que je n'étais bonne qu'à ça en ce moment, pleurer comme une idiote.

Je me sentais à fleur de peau, je prenais tout de plein fouet sans arriver à mettre un tant soit peu de distance. J'essuyai mes yeux du revers de la main.

— Tu devrais peut-être appeler ton amie néréide, tu ne me sembles pas en état de grimper sur ta machine.

Greg avait raison, j'étais trop chamboulée pour maîtriser ma moto. Je sortis mon téléphone et le souvenir des mots que je lui avais balancés à la figure ce matin vint me gifler en retour. J'avais été en dessous de tout avec elle qui ne cherchait qu'à m'aider, tout comme avec Abriel. J'avais tout fait de travers.

Je soufflai et composai son numéro, espérant qu'elle veuille bien répondre, mais je basculai sur son répondeur. Je secouai la tête en signe de dénégation pour que Greg comprenne que je n'avais pas réussi à la joindre quand le téléphone sonna et que son nom s'afficha. J'étouffai un sanglot et décrochai sans pouvoir articuler un mot.

— Rosy ? Rosy, réponds-moi.

Bouleversée, je ne pus rien dire.

— Où tu es ? Tu es en danger ? l'entendis-je paniquer.

Je me ressaisis autant que possible.

— Non, réussis-je à articuler, tu pourrais venir chercher la pire amie du monde ? demandai-je.

— J'arrive, envoie moi l'adresse par SMS.

J'opinai du chef comme si elle pouvait me voir, et raccrochai avant de faire ce qu'elle m'avait demandé. Greg me suivit devant l'agence et resta avec moi jusqu'à l'arrivée de Poly.

Elle descendit et boita de manière plus prononcée que d'habitude en venant vers moi, signe que sa matinée de travail avait été rude physiquement.

Je me sentis encore plus coupable. Je remerciai mon ami de son soutien et rejoignis Poly, dont le visage était marqué par l'inquiétude.

Je grimpai côté passager et laissai la culpabilité me dévorer un peu plus de la laisser conduire sachant que sa jambe devait la faire souffrir. Elle s'installa et démarra, prenant la direction de notre maison. Contrairement à avant, rentrer ne me procurait plus de réconfort, nous ne pouvions pas rester là-bas, il fallait que je lui en parle, mais il y avait encore plus urgent.

— Ce matin… commençai-je tremblante.

— Ce matin, c'est oublié, tu ne pensais pas ce que tu as dit, je le sais très bien. Je te connais Rosy, je suis plus proche de toi que de certaines de mes sœurs. En même temps, vu le nombre… rit-elle.

J'avais beau fouiller dans mes souvenirs, je n'avais plus jamais vu Poly en colère, après qu'on n'ait eu fait boucler le type qui l'avait laissée estropiée.

— Je m'excuse, j'ai été nulle, lâchai-je.

— Non, tu es perdue avec tout ce qui t'arrive. On le serait pour moins. D'ailleurs, qu'est-ce qui t'a mise dans cet état ? Je crois que je ne t'ai jamais vue comme ça.

— J'ai touché un cauchemar et ensuite un collègue m'a donné quelques explications sur la créature.

— C'est quoi un cauchemar ?

J'entrepris de lui expliquer ce que j'avais compris de la nature d'Andrew, puis enchaînai sur la discussion avec Greg.

Poly regarda sa montre.

— Tu n'as pas chômé ce matin, dis-moi.

— Toi non plus, je crois. Tu n'as pas décroché à mon appel, est-ce que tu as… hésité ?

Elle rit encore.

— J'étais perchée sur une échelle, ma chérie. Je répondrai toujours à tes appels, même si tu me repousses. Tu es une amie en or comme beaucoup aimeraient avoir dans leur vie, je ne te laisserai pas partir comme ça. Ça ne va pas ? Tu as besoin de quelque chose ? dit-elle alors que je fermai les yeux en proie à une perte de repères.

— Vertige, répondis-je simplement.

— J'ai quelques algues à la maison, on pourrait essayer si tu veux.

J'acquiesçai, je serai prête à essayer n'importe quoi pour éviter de me retrouver clouée au lit à confondre le sol et le plafond alors que tout tournoyait autour de moi.

— J'ai des médicaments quelque part dans un tiroir, dis-je.

Poly accéléra et nous arrivâmes rapidement chez nous. Je n'étais même plus capable de mettre un pied devant l'autre seule.

Heureusement que je n'étais pas à moto, j'aurais eu un accident à coup sûr.

Incapable de me soutenir à cause de sa jambe, Poly m'allongea sur son canapé et je fermai les yeux, exténuée. Il ne me fallut pas plus de quelques secondes avant de sombrer totalement et de ne plus rien entendre.

— On dirait qu'elle revient à elle, dit Poly. Peut-être que tu devrais partir ?

— Certainement pas, c'est une tête de mule, mais je le suis tout autant.

Cette voix basse qui faisait vibrer tout mon être appartenait à Abriel. Que faisait-il là alors que je lui avais dit de ne plus se montrer à peine vingt-quatre heures plus tôt ? J'avais envie d'être en colère, mais je n'y arrivais pas, j'étais vidée, sans énergie.

J'ouvris les yeux et regardai autour de moi. J'étais dans ma chambre, au lit avec la couette remontée jusqu'au cou. La porte ouverte donnant dans le salon me montra la veste d'Abriel jetée sur le dossier du canapé, des couvertures pliées sur le parquet et une tasse posée sur la table qui était à côté. Il y avait un sac sur le sol, celui qu'il prenait quand il venait passer quelques jours à la maison.

On aurait pu croire qu'il était là depuis un certain temps, ce qui était impossible puisque je m'étais endormie une heure tout au plus jugeai-je.

Je me redressai et sentis une main dans mon dos qui m'aidait. Poly se laissa tomber sur le lit près de moi tandis qu'Abriel avait reculé et se tenait dans l'encadrement de la porte. Il avait les manches retroussées et trois boutons de sa chemise blanche étaient ouverts sur son buste. Elle sortait un peu de son jean bleu foncé. Il était pieds nus alors qu'il faisait un froid de canard.

Son visage exprimait autant le soulagement que la fatigue, il souriait tout en regardant ses pieds, les bras croisés sur la poitrine. Il portait des lunettes rectangulaires et noires que je n'avais encore jamais vues.

— Comment tu te sens ?

— Bien, on dirait que finalement je ne vais pas faire cette crise de vertiges.

Abriel et Poly échangèrent un regard qui me laissa suspicieuse.

— Tu l'as faite, dit Poly.

— J'ai rarement vu ça, ajouta le médecin.

— Mais une crise dure souvent plusieurs jours et je m'en rappelle, là je vais parfaitement bien ! C'est toi qui m'as soignée ? demandai-je sentant poindre à nouveau cette colère qui ne semblait pas vouloir me quitter.

— Je sais que tu ne veux pas que j'utilise mon don sur toi, alors *oui, je t'ai soignée,* mais de manière traditionnelle, dit-il tournant la tête pour que je suive son regard.

Au pied de mon lit se trouvait un sac avec du matériel qu'il avait tout le temps avec lui au cas où il devrait intervenir d'urgence quelque part. Je lui étais reconnaissante d'avoir respecté mon choix, même si ce n'était qu'en partie, puisqu'il se trouvait dans ma chambre en cet instant.

— C'est moi qui lui ai téléphoné, m'informa Poly qui devait se douter de ce à quoi je pensais. Je ne te t'avais jamais vue dans cet état, j'ai eu peur, surtout quand tu as perdu connaissance.

— Je n'ai jamais fait de crise aussi forte, je ne sais pas comment l'expliquer. Depuis combien de temps êtes-vous à mon chevet ?

— Trois jours.

— Deux pour moi, reprit Abriel.

— Ça fait trois jours que je suis inconsciente ?

Je n'en revenais pas, trois jours de black-out total. Jamais ça ne m'était arrivé. Je remarquai alors un pansement sur mon bras.

— Tu m'expliques ?

— J'ai envoyé ton sang en analyse, histoire d'être sûr qu'il n'y avait rien d'autre que ces vertiges.

Je m'étirai sentant une douleur dans mon dos. Trois jours au lit, je n'en revenais toujours pas, il fallait que je me lève et que je bouge ! J'écartai la couette et pivotai pour poser les pieds au sol.

— Je vais vous laisser, dit Poly d'un regard entendu à Abriel.

Je fis mine de ne rien voir et me dirigeai vers mon armoire pour prendre des vêtements propres. J'avais besoin de me laver, ou plutôt de me décrasser ! Trois jours sans douche, quel cauchemar !

Penser à ce mot me ramena à Andrew.

— Le boulot ! dis-je blêmissant.

— Je les ai prévenus, ne t'inquiète pas. Ils pensent que c'est un contre coup de ton agression. On y a pensé aussi d'ailleurs. Ton patron a dit de prendre le temps qu'il faudrait et Andrew a promis qu'il s'occupait du dossier en cours, que tu n'avais pas de soucis à te faire.

Poly descendit les escaliers me laissant seule avec Abriel qui n'avait plus rien dit. Il s'avança vers moi et délicatement prit mon bras pour enlever le pansement. Je fis un pas en arrière prête à fondre dans ses bras. Plus il y aurait de distance entre nous et moins ce serait compliqué.

— Je te remercie pour tout. J'imagine que tu ne devais pas avoir envie de venir. D'ailleurs tu aurais pu lui dire d'appeler un autre médecin. Tu n'as pas dû te reposer beaucoup entre l'hôpital et moi.

— Je ne suis pas allé à l'hôpital.

Stupéfaite, je compris qu'il avait passé les deux jours entiers auprès de moi.

— Comment tu as fait ?

— J'ai remplacé beaucoup de monde pour des gardes, je suis libre jusqu'à la fin de la semaine.

— Ho... je te remercie, mais tu n'aurais pas dû. Je vais te payer tes honoraires.

— C'est tout ce que tu as à me dire ?

— Tu es médecin Abriel, c'est ton travail, c'est comme ça que tu gagnes ta vie. Tu m'as soignée, je te paye, c'est aussi simple que ça, et ça marche pour n'importe qui.

Je le poussai pour qu'il me laisse sortir de la chambre et me dirigeai vers la salle de bain. J'aurai pensé que ça aurait suffi à l'arrêter, mais il me suivit et y entra avant que je n'aie pu fermer la porte.

— C'est pour ça que tu m'as quitté ? demanda-t-il sortant un papier de sa poche.

— De quoi est-ce que tu parles ? demandai-je lui arrachant littéralement le papier des mains.

Ce que j'avais sous les yeux étaient des résultats d'analyses, mais n'étant pas médecin comme lui et n'y connaissant rien, je n'y comprenais rien. Je lui rendis le papier et allai dans la cuisine. Puisque je ne pouvais pas me laver tout de suite et que visiblement c'était le moment d'avoir cette fameuse discussion, autant me faire couler un café.

— C'est moi le problème ou c'est lui ? demanda-t-il.

— Écoute Abriel, dis-je découragée. Il n'y a pas d'autre homme que toi donc je ne sais pas de quoi tu parles.

— Je ne te parle pas d'un autre homme, à moins que l'enfant que tu portes soit un garçon.

Chapitre 13

Abriel me rattrapa alors que je chancelai et m'entraîna jusqu'au canapé. Il s'agenouilla devant moi et posa ses mains sur mes genoux.

— J'en conclus que tu n'étais pas au courant.

Je le fixai comme si une deuxième tête venait de lui pousser. Enceinte ? Mais comment ? Enfin si, je savais comment, mais… comment !!!

— Rosy, dis quelque chose, demanda Abriel venant s'asseoir près de moi.

Tout se bousculait dans ma tête. Un enfant ? Moi ? Étais-je seulement capable d'en élever un correctement ?! Je portai la main à mon ventre et baissai les yeux. Une larme roula sur ma joue, je compris enfin pourquoi je pleurais aussi facilement ces derniers temps. Je regardai Abriel qui me sourit timidement.

— Il est peut-être trop tôt pour te demander ça, mais, sais-tu ce que tu veux faire ?

Je secouai la tête. Je ne voulais pas mettre au monde un enfant qui n'aurait pas de famille, c'était la seule chose dont j'étais certaine.

— Dis quelque chose, je t'en supplie, grimaça-t-il.

— Rentre chez toi, soufflai-je.

— Non, tout sauf ça. Ne me mets pas à l'écart, tu n'as pas le droit. Je t'ai dit que je t'aimais, si mes sentiments ne sont pas réciproques je peux l'entendre, mais cet enfant…

Je levai les yeux pour rencontrer les siens. D'ordinaire sombres, ils étaient en ce moment quasiment noirs.

— Et toi ? demandai-je.

— Moi ?

— Que veux-tu ?

— Toi, vous.

Mon cœur se mit à tambouriner dans ma poitrine, j'étais aussi heureuse que paniquée d'entendre ces mots. Je secouai la tête.

— C'est trop rapide, trop… énorme ! Je ne peux pas.

— Tu as besoin de temps, c'est normal, ne te mets pas la pression.

— Mais si…,

Je ne pus finir ma phrase, les mots étaient trop durs à dire.

— Si tu ne veux pas le garder ? dit-il.

Abriel soupira, baissa la tête et se frotta le visage avant de se tourner vers moi, une douleur latente dans les yeux.

— On a encore un peu de temps devant nous. Ce n'est que le début. Il faudrait que tu consultes un gynéco.

— Pour quoi faire ? paniquai-je. Il y a un problème ?

— Non pas du tout, mais il faudrait savoir à combien tu en es exactement.

— Oh, je comprends.

— Le chef de service de gynécologie de l'hôpital est super, si tu veux…

J'acquiesçai sans le laisser terminer. Je n'en revenais pas d'être enceinte. Bien sûr, je m'étais déjà demandé si je voulais des enfants, mais j'avais toujours chassé l'idée en me disant que mon mode de vie n'était pas compatible avec la maternité. Je n'étais jamais allé jusqu'à me demander ce que je ferais si ça arrivait. Maintenant, la question se posait et il était urgent que j'y réponde.

— Il se peut que tu aies à nouveau des vertiges, à cause de la grossesse. Je peux te soigner sans passer par des médicaments. Réfléchis-y.

Abriel se dirigea vers son sac dans lequel il fouilla. Il attrapa une paire de chaussettes qu'il enfila, puis mit ses chaussures avant de se redresser et de lisser son pantalon.

— Je vais te laisser te reposer, je t'appellerai ce soir pour savoir comment vous allez.

Il alla dans ma chambre récupérer son matériel médical, fourra ses quelques affaires qui traînaient dans son sac et gagna la porte où il s'arrêta la main sur la poignée. Sans se retourner, il m'interpella.

— Toi et moi, on communiquait beaucoup, je me suis confié à toi, je t'ai dit des choses dont je n'avais jamais parlé à personne. J'espère que toi aussi tu sais que tu peux avoir confiance en moi.

Sans voix, je ne répondis pas. Abriel ouvrit la porte et la claqua derrière lui.

Je me levai toujours aussi abasourdie et gagnai la salle de bain. J'enlevai mon tee-shirt et m'observai dans la glace. Je ne semblais pas différente, mon ventre était toujours aussi plat, j'étais fatiguée et à fleur de peau rien de plus. J'ouvris le robinet et me glissai sous l'eau chaude, puis m'assis en posant la tête sur mes genoux. Je finis par sortir quand l'eau devint froide.

À peine avais-je posé le pied sur le tapis qu'une bonne odeur déclencha les grondements de mon estomac. Je m'enroulai dans un grand drap de bain et descendis les escaliers pour rejoindre Poly. Du pain frais était posé sur la table, il y avait des viennoiseries dans une assiette et du jus d'orange frais dans une carafe.

— Quand as-tu eu le temps ?

— Ce n'est pas moi, Abriel est revenu déposer tout ça. Il m'a demandé de prendre soin de toi.

Je souris à mon amie et pris place à table. Elle vint me rejoindre une cafetière à la main et s'installa en face de moi.

— Comment tu te sens ?

— Déboussolée, je ne m'attendais pas du tout à ça. Abriel veut que je vois un médecin,

— Ce qui peut se comprendre, mais il va très bien ce petit amour, dit-elle en affichant un superbe sourire.

— Il t'a tout dit ? demandai-je surprise, et comment peux-tu le savoir ?

— J'entends son cœur battre.

— Quoi ?

— Oui, j'entends les battements de cœur des gens. Abriel et toi êtes parfaitement synchrones, c'est impressionnant. Si quand vous vous retrouvez, ils ne tambourinent pas ensemble, ils se synchronisent quasiment immédiatement. Ils sont amplifiés quand on est à proximité de l'eau, j'avais un doute, mais j'ai entendu distinctement ceux du bébé quand on est allé à la marina.

— Alors tu savais !

Poly baissa la tête.

— Oui, mais ce n'était pas à moi de vous l'apprendre.

— Je comprends. Attends c'est pour ça que tu as ignoré ce que je t'avais dit ?

— Il va falloir être plus précise, tu me dis plein de choses ma grande, et il faut reconnaître que j'en ignore un certain nombre s'amusa-t-elle.

— Que je voulais m'éloigner d'Abriel !

— Ha ça… oui.

Je secouai la tête et me servis une grande tasse du breuvage qui m'aiderait à éclaircir mes idées.

— Tu vas devoir diminuer ta consommation.

— Quoi ?

— Le café, il va falloir en boire avec modération maintenant.

J'ouvris de grands yeux.

— Il m'a dit de prendre soin de toi, avec quelques recommandations.

— Donc ce que veut Abriel, Abriel a, mais pas moi, c'est ça ? C'est pourtant moi qui suis enceinte !

— Qu'est-ce que tu veux, j'ai un faible pour lui, cette façon qu'il a de te regarder et de se perdre dans tes yeux, ça m'émeut, rit-elle franchement.

Je me détendis et ris avec elle.

— Non, pour être plus sérieuse, je suis d'accord avec certains points qu'il a soulevés.

— Comme quoi ?

— Moins de café, plus de nourriture, du repos, bref tout ce qui fera du bien à mon neveu ou ma nièce !

— Ton neveu ou ta nièce, répétai-je.

— Bien sûr, dit-elle bondissant de sa chaise, tu es comme une sœur pour moi. Je serai toujours là pour toi. Pour vous, ajouta-t-elle rapidement.

— Tout le monde veut donc cet enfant, dis-je caressant mon ventre.

Poly tira sa chaise pour venir s'installer près de moi.

— Et toi, que veux-tu ?

Je me frottai la nuque.

— Si seulement je le savais.

— La priorité c'est peut-être de voir le médecin déjà non ?

— Non, la priorité c'est de déménager, dis-je la réalité revenant au galop.

— C'est vrai qu'il va falloir plus de place, pour lui et pour Abriel, mais on a encore un peu de…

— Je t'arrête, il ne s'agit pas de ça. Nous ne sommes plus en sécurité ici.

— Pourquoi ça ?

— Notre maison est trop isolée, si d'aventure nous subissions une nouvelle attaque de Franky, personne ne pourrait nous venir en aide.

— Franky ? Comme Frankenstein ? demanda-t-elle, faisant allusion à la créature hideuse qui m'avait attaquée.

J'acquiesçai. Poly fit les cent pas dans sa salle à manger.

— Ce n'est pas faux. Je lorgne une villa près de la marina depuis quelque temps, dit-elle après un moment fugace d'hésitation. Elle a un accès qui donne sur une plage privée, à l'abri des regards. La maison est grande, nous pourrions la diviser pour nous la partager, comme ici. Abriel pourrait même s'y installer sans problème.

Je secouai la tête.

— Il ne laissera jamais son appart en ville. Et puis je n'ai pas changé d'avis, je tiens à ce qu'il reste à distance tant que cette histoire ne sera pas réglée.

— Tu sous-estimes ses sentiments et ce dont il est capable pour toi.

— Va pour la marina, dis-je me levant. Autant profiter des quelques jours que j'ai pour emballer mes affaires.

— Je ne vais pas pouvoir lâcher mon projet en cours, tu peux t'occuper des miennes également ? Je m'arrangerai pour raccourcir mes journées et t'aider.

— Bien sûr.

— OK, j'y vais ! Je te laisse débarrasser.

Poly attrapa son sac et s'en alla me faisant un signe de la porte. Je mis les restes de nourriture au frigo et fis la vaisselle puis montai m'habiller. J'enfilai un jogging, un tee-shirt et des baskets puis descendis dans la cave récupérer les cartons de notre précédent déménagement. J'allais entrer quand mon téléphone sonna.

[Mon ami peut nous recevoir en fin de journée. Dix-neuf heures si c'est bon pour toi.]

[D'accord.]

[Ne prends pas la moto, je passerai te chercher.]

Je soufflai, encore quelque chose qu'il voudrait me faire arrêter.

[Il va falloir qu'on discute de certaines choses.]

[Tout ce que tu veux. Je serai là pour 18 h 30.]

Je souris malgré moi et fourrai mon portable dans la poche de mon pantalon avant d'ouvrir la porte. J'appuyai sur l'interrupteur, ce qui n'eut pas l'effet escompté. Nous n'étions descendus qu'une fois ici, lorsque nous avions emménagé. J'attrapai mon téléphone et allumai la lampe torche, puis entrai dans la pièce en déplaçant un nuage de poussière qui me déclencha une quinte de toux.

J'aperçus les cartons et allai en prendre quelques-uns, quand j'entendis un bruit. Mon cœur s'emballa, mais je gardai mon calme tout en scrutant la pénombre, je plaçai mon appareil devant moi et balayai la pièce pour essayer de trouver l'origine de ce qui m'avait alerté. Sûrement un rat, du moins, c'est ce que j'espérai.

— Tu n'as pas changé.

Je sursautai. Je n'étais pas seule, ce que je craignais se réalisait. Je connaissais cette voix, mais n'arrivais pas à mettre un nom dessus. Je reculai doucement afin de sortir de là et de pouvoir m'enfuir en cas de besoin.

— Ça fait un petit moment que je t'observe, quelle femme ! Indépendante, forte. Mais à bien y réfléchir, tu l'as toujours été.

— Qui êtes-vous ?

— Tu ne me reconnais pas ?

L'homme fit un pas en avant et je laissai tomber mon portable. Je me maudis intérieurement et sortis en courant. Je pénétrai chez Poly et fermai à double tour avant de reculer et de tomber au sol après m'être pris les pieds dans le tapis de l'entrée. On frappa à la porte.

— Rose, ouvre-moi.

Mon cerveau tournait à plein régime qui était-ce bon sang ? L'inconnu frappa encore une fois, je restai prostrée comme paralysée.

— Je reviendrai.

J'entendis les pas s'éloigner et je me précipitai à la fenêtre. Cet enfoiré m'avait pourtant dit qu'il m'enverrait une connaissance commune et je n'en avais pas tenu compte ! Il en savait plus que je ne pensais sur moi, il fallait vraiment qu'on fiche le camp d'ici le plus vite possible.

Tremblante, je gagnai le canapé et m'enroulai dans une couverture, j'étais sous le choc. Je restai là un moment puis sortis pour récupérer mon téléphone. Je regardai de toute part avant de me risquer à retourner à la cave. Je l'attrapai et rentrai rapidement, toujours aussi chamboulée. La peur me prenait aux tripes, non pas pour moi, mais pour cet enfant qui était dorénavant en danger. Mon téléphone vibra, j'avais deux appels en absence de Poly, mais elle n'avait pas laissé de messages. J'appuyai sur la touche rappel.

— Ha super, j'ai une bonne nouvelle, on a la villa ! jubila-t-elle.

— Tant mieux, on ne peut pas rester ici, dis-je d'une voix blanche.

— Qu'est-ce qu'il se passe, tu vas bien ?

— Oui, mais il faut que je m'en aille, tout de suite.

— Je suis coincée, je ne peux pas rentrer, tu me fais peur Rosy.

— Je vais me débrouiller.

Chapitre 14

J'avalai un verre d'eau, me changeai et fourrai quelques vêtements dans mon sac. Je devais bouger rapidement même si je ne pensais pas qu'il reviendrait de sitôt. Ma décision était la bonne, il n'y avait aucun endroit au monde où je serai plus en sécurité.

J'attrapai les clefs de la moto, mis mon sac sur mon dos et fis vrombir le moteur. Ne sachant pas combien de temps je resterais malade, Poly l'avait fait remorquer jusqu'à la maison. J'eus une pensée pour Abriel qui m'avait dit de ne pas la prendre, mais quand il fallait choisir entre la peste et le choléra… Je démarrai et me dirigeai vers la ville, tout en listant ce que je devrai faire en arrivant. En premier, appeler Poly pour la rassurer, puis informer Abriel que je n'étais plus à la maison. Restait à savoir si je lui disais pourquoi, car il ne manquerait pas de poser des questions. Je commençais à fatiguer à jouer au chat et à la souris.

J'entrai dans le sous-sol et posai le pied à terre en éteignant le moteur. Je restai assise et attrapai mon téléphone dans ma poche arrière. La sonnerie n'eut pas le temps de retentir que mon amie décrochait déjà.

— Tu es où ? Qu'est-ce qu'il s'est passé ?

— Ne panique pas, je vais tout te raconter.

J'entrepris de lui narrer ma descente à la cave et ma rencontre avec cette personne que j'étais censée connaître, puis ma fuite organisée.

— Je vais élire domicile à l'agence, personne ne viendra me chercher ici, toi va à la villa, si je ne suis pas avec toi, je pense que tu ne risques rien.

— Non, mais tu ne peux pas m'éjecter comme ça ! Qui va s'occuper de toi là-bas.

— Eh bien moi, comme la grande fille que je suis.

— À d'autres, tu veux, tu ne le fais pas en temps ordinaire.

Je ne répondis pas immédiatement.

— Ce temps est révolu, il y a plus important que moi maintenant, répondis-je pensant à la vie qui se développait en moi. Je dois informer Mitch de tout ça et obtenir son accord pour rester ici, on se rappelle plus tard.

— Ça marche, mais note que je ne suis pas d'accord.

— Je note, dis-je en raccrochant.

J'envoyai ensuite un SMS à Abriel comme prévu, pour lui dire de passer à l'agence et lui demandai s'il avait la possibilité de venir un peu plus tôt pour qu'on parle. Je n'eus pas le temps de ranger mon portable qu'il vibrait déjà, m'indiquant qu'il serait là pour dix-huit heures ou plus tôt, si je le souhaitais. Je lui répondis que dix-huit heures suffirait, et rejoignis les locaux de Syro Inc. Les portes de l'ascenseur s'ouvrirent sur Elie qui ne cacha pas sa surprise de me voir là.

— Il m'avait semblé comprendre que tu ne serais pas dans le coin pendant quelques jours.

— Oui, c'est ce qui était prévu, mais je vais bien alors je n'en vois pas l'intérêt !

— Si tu as besoin…

— Je sais, le coupai-je, c'est très gentil, mais je t'assure que ça roule. Excuse-moi, je dois voir Mitch.

— Oui, bien sûr, dit-il alors que je le plantais là et que je filais dans les couloirs.

Je frappai à la porte et attendis qu'on me réponde. Le temps me parut tellement long, que je réitérai l'opération.

— Qu'est-ce que c'est ! gronda sa voix à l'intérieur.

J'ouvris la porte et me glissai dans son bureau.

— C'est moi, j'ai besoin de vous parler, dis-je en refermant la porte pour m'y adosser.

— Qu'est-ce que tu fiches ici Marks ?

— J'ai un problème.

— Ça c'est certain, d'abord tu dois prendre quelques jours pour ta jambe, tout à fait rétablie à ce que je vois, dit-il en l'observant, puis parce que tu es malade, et te voilà devant moi au bureau.

— Vous vous rappelez cette attaque sur la marina ? commençai-je ignorant ses remarques.

Il opina du chef. Je lâchai la poignée que je tenais serrée et vins m'asseoir en face de lui. Il se laissa aller contre le dossier de son fauteuil, et prenant appui sur l'accoudoir, posa son menton sur son poing fermé, me fixant avec attention.

— Je t'écoute.

Greg entra au même moment, sûrement prévenu de mon arrivée par Elie. Sa présence me rassura quelque peu et je racontai une fois de plus ce qu'il s'était passé, la vraie version cette fois pour que Mitch soit au courant. Au milieu de mon histoire, il ferma les yeux, mais ne bougea pas d'un pouce. Je jetais un œil à mon ami qui me fit signe de continuer. Lorsque j'eus terminé, nous attendîmes un moment, silencieux, sans qu'aucun de nous ne réagisse.

— J'ai fini, crus-je important de préciser.

— Bien, et qu'attends-tu de moi ? demanda-t-il.

— Rien, juste l'asile. Je pense que personne n'osera s'en prendre à moi ici. Il me semble évident que tout cela n'a rien à voir avec l'affaire Stevens, c'est après moi qu'on en a.

— Je vois.

Mitch prit le téléphone et composa un numéro.

— Dans mon bureau, dit-il avant de raccrocher.

Je regardai Greg qui haussa les épaules, visiblement, il n'en savait pas plus que moi. Quelques minutes passèrent avant que quelqu'un ne frappe un coup sec sur la porte et entre dans la pièce. Andrew me sourit et me fit un signe, puis tira une chaise éloignée de nous.

— Je sais que Greg et toi avez établi un lien de confiance, et je ne doute pas que maintenant que tu connais mieux Andrew, il en va de même.

J'acquiesçai.

— Voilà ce que je vous propose. Tu t'installes ici, il y a un petit studio que nous avons aménagé pour la protection de témoin. Il est vide, il n'a d'ailleurs encore jamais été utilisé. L'affaire Stevens attendra, après tout, le client étant décédé, il ne nous reprochera pas notre lenteur. Greg et Andrew vont enquêter sur ton affaire avec toi, s'empressa-t-il d'ajouter en voyant que je m'agitais sur ma chaise.

— Non c'est trop, je vais me débrouiller, je vous suis extrêmement reconnaissante de me loger, ça suffira.

— Marks, ici, nous formons une famille. Particulière je te l'accorde, mais une famille tout de même. Quand l'un d'entre nous a un souci, c'est l'affaire de tous. Je ne tiens pas à te mettre dans une position délicate, il n'y a donc que tes deux co-équipiers qui t'assisteront.

— Seulement s'ils sont d'accord, imposai-je.

— Quelle question, s'exclama Greg.

— Pareil pour moi, je te dois bien ça, dit Andrew.

— Parfait.

Mitch ouvrit un tiroir d'où il extirpa une clef qu'il posa sur son bureau devant lui.

— Greg et Andrew vont t'accompagner, installe-toi et mettez-vous au boulot.

— Merci patron.

— Tu me remercieras quand tout sera réglé.

Je me levai et rejoignis mes deux acolytes qui m'attendaient dans le couloir.

— OK, Greg m'a briefé, dit Andrew tout en marchant à bonne distance de moi. On va commencer par dresser une liste de tous les gens qui pourraient avoir une dent contre toi.

Je me figeai.

— C'est impossible !

— Il y en a tant que ça ? s'amusa Greg.

— J'en étais sûr, pouffa Andrew.

— Ça n'a rien de drôle, m'offusquai-je.

— T'as raison, mais on va la faire quand même, rétorqua ce dernier me dépassant pour glisser la clef dans la serrure de la porte qui se dressait devant nous.

Il entra en premier dans le studio pour que je ne le touche pas en passant. La pièce était plongée dans la pénombre, mais Andrew, déjà à l'autre bout, ouvrit le volet roulant faisant entrer les rayons du soleil qui était déjà haut dans le ciel. J'observai mon abri pour les jours à venir. Les murs étaient peints dans des teintes de beige, il y avait un grand tableau d'art abstrait accroché au-dessus d'un petit canapé qui devait sûrement se transformer en lit, collé contre le mur qui faisait face à la porte d'entrée. Sur ma droite un évier avec un frigo encastré et une petite plaque de cuisson, à côté desquels se trouvait une table amovible fixée au mur. Une petite porte sur ma gauche donnait sur ce qui devait être la salle de bain. Je m'y dirigeai et vis qu'elle était aussi petite que fonctionnelle. L'ensemble était assez agréable, mais je ne comptais pas rester ici longtemps de toute manière.

— Il va te falloir de la nourriture, dit Andrew en branchant le frigo, il n'y a rien ici. Je peux y aller tout à l'heure si tu veux.

— Non ça ira, un ami doit passer me prendre, j'ai un rendez-vous en fin de journée.

— Tu n'y penses pas ! s'alarma-t-il.

— C'est un rendez-vous médical que je ne peux pas manquer, je rentrerai aussitôt après, dis-je m'affalant sur le canapé. Je n'ai aucune envie de me retrouver encore une fois face à Franky. Enfin, façon de parler, puisque je ne l'ai pas vraiment vu.

— Ouais, ben moi non plus, pas facile à posséder.

— Quoi ? demandai-je ahurie.

— Je suis un esprit, comment pensais-tu que j'avais réussi à l'arrêter ?

— Pour tout te dire, je ne me suis pas posé la question !

— Ben t'as quand même la réponse, lâcha-t-il.

— Au boulot !

Andrew tira une chaise, posa un carnet sur la table et sortit un stylo de derrière son oreille.

— Je t'écoute.

— Je ne sais même pas par où commencer.

— Apparemment, la liste risque d'être conséquente. Je propose qu'on parte du plus récent au plus ancien. Ça te va ?

— Ai-je vraiment le choix…

Greg s'installa dans un coin de la pièce et je commençai en parlant de la dernière enquête sur laquelle j'avais travaillé avant de rejoindre l'agence. Mes équipiers m'écoutaient avec attention, m'interrompant de temps à autre pour me demander des précisions.

Andrew accepta qu'on fasse une pause au bout de ce qui me parut être une éternité. Il s'éclipsa pour revenir avec deux cafés et de quoi grignoter. Rien qui ne constitue un repas équilibré, mais j'étais d'avis que ça valait mieux que rien du tout.

Nous reprîmes rapidement, continuant à lister les affaires sur lesquelles j'avais planché et où je m'étais fait des ennemis. Plus la liste s'allongeait et plus ça me semblait impossible. Jamais nous ne pourrions vérifier tout ça.

Le moral au plus bas, j'arrêtai cette séance de torture pour me préparer pour mon rendez-vous. Greg et Andrew prirent congé non sans m'assurer qu'ils seraient là dès demain neuf heures.

Je m'accordai le temps de souffler et de m'allonger quelques instants avant de tout révéler à Abriel. J'étais éreintée, mais ma décision était prise. Je pris une douche en vitesse et j'étais en train d'attacher mes cheveux quand j'entendis frapper. J'ouvris la porte et laissai entrer l'homme que j'attendais.

Il avait encore un jean, mais avait troqué sa chemise contre un tee-shirt qui mettait son physique avantageux en valeur. Il entra et m'embrassa sur la joue avant de reculer et de patienter. Je fermai la porte et l'entraînai vers le canapé. Abriel s'assit et je commençai à faire les cent pas.

— Quelque chose ne va pas ? s'inquiéta-t-il.

Je levai la main lui intimant le silence.

— Je t'ai demandé de partir, de quitter ma vie, commençai-je. Et je ne t'ai donné aucune raison. Pourtant, il y en a bien une.

Il baissa la tête et entremêla ses doigts, les coudes posés sur les cuisses, il fixait le sol. Je continuai.

— Toute ma vie, j'ai repoussé les gens auxquels je tenais. Pas parce que je suis tordue, bien qu'on puisse parfois se poser la question, mais justement parce que je tiens à eux. Je ne conçois pas de te mettre en danger. C'est au-dessus de mes forces.

— Poly ?

— Ho j'ai essayé de m'en débarrasser, crois-moi, mais c'est une vraie sangsue ! J'ai renoncé après plusieurs tentatives.

— Donc si j'insiste, ça devrait le faire, dit-il très sérieux.

— Ce n'est pas un jeu Abriel, je ne joue pas avec la vie des gens.

— C'est la seule raison ?

— Quoi ? demandai-je ne l'ayant pas vraiment écouté.

— Tu m'as quitté pour m'éloigner du danger ?

Je soufflai et me laissai tomber sur une chaise.

— Oui, abdiquai-je.

Abriel vint me rejoindre et se baissa, cherchant mon regard, puis caressa ma joue avant de me forcer à lever la tête.

— J'aurais été bien pire que Poly.

Je souris. Il se leva m'entraînant avec lui et glissa une main sur ma nuque avant de m'embrasser.

— J'ai l'impression de revivre, souffla-t-il contre mes lèvres.

— Tu m'as manqué, avouai-je.

Il me tenait toujours dans ses bras et je me sentais bien, j'étais exactement où je voulais être, où j'avais besoin d'être.

— Pourquoi loges-tu ici ?

— Ça, c'est un peu plus long à raconter. Viens, on va être en retard, je t'expliquerai tout ça sur la route.

J'attrapai mon sac à dos que j'avais vidé de mes vêtements, une veste, les clefs de l'appartement et nous partîmes pour la plus grande rencontre de notre vie.

Chapitre 15

Je voyais Abriel devenir livide au fur et mesure que je lui narrai ma mésaventure du matin.

— Tu as eu raison de partir, vous ne pouvez plus rester là-bas.

— Je serai bien à l'agence, on sera en sécurité.

— Je préférerais que tu viennes à l'appart. Après tout, c'est à moi de prendre soin de vous. Et il y a assez de place pour accueillir Poly, s'empressa-t-il d'ajouter.

Je regardai la ville défiler sous mes yeux à travers la fenêtre. Ici tout le monde était pressé, les gens n'accordaient plus d'importance à leurs semblables de nos jours, et les quelques personnes qui s'y risquaient passaient au mieux pour des originaux, au pire pour des détraqués.

— Je sais que tu veux t'occuper de nous, jouer ton rôle, mais il y a plus important que ce qu'on veut. Chez toi je serai vite repérée. À l'agence il y a toujours du passage, des systèmes de sécurité, c'est le mieux pour nous pour l'instant.

— Et Poly ? Qui êtes-vous, madame ? La femme que j'aime ne laisse pas tomber ceux qui ont de l'importance pour elle.

« *La femme que j'aime* », il n'avait apparemment aucun problème à exposer ses sentiments, ce qui n'était pas mon cas. Oui, je l'aimais, je n'en doutais plus, mais je n'étais pas prête à le dire tout haut.

— Poly a trouvé une villa près de la marina. Elle va s'y installer.

— Si vite ? Vous aviez tout prévu c'est ça ?

— Presque, elle l'avait dans le collimateur depuis quelque temps. Mon plan est tombé à l'eau de toute façon.

— Mais est-ce bien raisonnable de s'installer là où tu as été attaquée la première fois par ce « *truc* » ?

— Si je ne suis pas avec elle, elle ne craint rien, et ça vaut aussi pour toi. C'est après moi qu'on en a, pas après vous. Reste à savoir pourquoi. Qu'est-ce que j'ai qui pourrait tant intéresser quelqu'un ?

— J'en reviens à mon hypothèse, dit-il en se garant.

— Arrête avec ça. Je te répète que je suis l'humaine la plus banale qui soit.

Il sortit et fit le tour pour me rejoindre. Abriel attrapa mon sac qu'il passa sur son dos, puis claqua la porte et verrouilla la voiture.

— Tu verras, Marc est génial. Ses patientes ne tarissent pas d'éloges.

— Oui, comme pour toi, les patients sont moins démonstratifs, par contre.

— Est-ce que je décèle une pointe de jalousie ?

— Pas du tout, je ne fais qu'énoncer un fait.

Nous sortîmes du parking souterrain et prîmes les escaliers roulants pour gagner l'entrée. L'hôpital était immense, mais le chef du service des urgences était ici chez lui. Il salua l'hôtesse d'accueil d'un geste de la tête et se dirigea vers les ascenseurs une main posée au creux de mes reins. Les portes se fermèrent sur nous tandis que je commençais à trembler légèrement. C'était ma façon à moi de stresser. Mon corps était pris de petits spasmes désagréables que je tentais de contrôler pour qu'ils soient indécelables pour les autres. Mais lui n'était pas n'importe qui, c'était quelqu'un d'attentionné, dont tout l'être était tourné vers l'autre.

— Je te jure que ça va bien se passer, personne n'attend quoi que ce soit de toi, dit-il déposant un baiser sur ma tempe.

Il glissa sa main dans la mienne et nous sortîmes d'un même pas pour nous retrouver face à une porte close. Abriel frappa, mais personne ne répondit. Il tira son téléphone de sa poche et souffla.

— Il a eu une urgence, on va devoir attendre un peu.

Nous nous bifurquâmes vers une petite salle attenante, aménagée pour patienter. Il y avait quelques tables au centre avec de multiples dépliants sur la grossesse, et des photos de bébés tous plus joufflus et rieurs les uns que les autres accrochés sur un mur. Une petite télévision installée en hauteur diffusait un reportage sur la maternité. Abriel se leva en voyant un distributeur de l'autre côté du couloir.

— Tu veux quelque chose ?

— Un café ? tentai-je.

— Ça dépend, combien tu en as bu aujourd'hui ? se méfia-t-il.

— Deux, monsieur l'inspecteur !

— Alors il vaudrait mieux éviter.

— Tout comme il faut éviter la moto ?

Il opina du chef.

— À cause des vibrations, oui.

— Qu'est-ce que ça peut faire ?

— Le fœtus s'implante dans la muqueuse utérine, il arrive parfois qu'il n'y soit pas bien logé et qu'il se décolle.

— Mais l'écho nous le dira ?

— Pas forcément.

— Oh, je comprends. Et pour le café ?

— Quoi ?

— Pourquoi est-ce que je dois limiter ma consommation ?

— C'est un excitant, et surtout, il exerce une influence sur le développement cérébral.

— Si tu fais mon boulot à ma place ! nous coupa une voix agréable.

Marc, supposai-je, se tenait dans l'encadrement de la porte, les mains sur les hanches et un sourire aux lèvres. Aussi grand que son confrère, il avait les cheveux poivre et sel, ondulés, tout comme sa barbe taillée à la perfection. Il portait une longue blouse blanche immaculée, ouverte sur un pantalon en toile bleu, et une chemise légère d'une teinte plus claire.

— Salut, dit Abriel en se levant. Merci de nous recevoir si rapidement.

— C'est normal, répondit son collègue en lui donnant une accolade. On y va ? dit-il en se penchant pour s'adresser à moi.

— Je vous suis.

Il déverrouilla la salle où on devinait un bureau qui disparaissait sous une montagne de papiers, ouvrit un tiroir duquel il sortit un dossier, puis s'engagea en direction d'une autre porte que je n'avais pas remarquée. Il alluma et s'installa derrière un bureau bien rangé avant de nous faire signe de prendre place face à lui.

— Si j'ai bien compris, il s'agit d'une échographie de contrôle pour dater une grossesse et voir si tout va bien.

— C'est ça.

Abriel lui tendit les analyses qu'il avait conservées, tandis que Marc sortait une paire de lunettes de sa blouse et les posait sur le bout de son nez.

— Enlevez le pantalon, je vous prie, me demanda-t-il en me désignant un paravent.

Je me levai mal à l'aise et fis ce qu'on me demandait. Le docteur me tendit la main et m'aida à m'installer sur la table avant de faire rouler sa machine près de nous.

— Ça va être un peu froid, désolé, prévient-il avant de m'enduire d'un gel glacé qui me provoqua des frissons.

Abriel s'était levé et était venu se poster à mes côtés. Il me prit la main une nouvelle fois et me regarda en souriant, réitérant silencieusement la promesse que tout irait bien. La sonde à peine posée sur mon ventre, un battement de cœur se fit entendre fort et régulier. Abriel fixait l'écran et souriait comme jamais, alors que les larmes me montaient aux yeux. J'avais beau scruter le moniteur, je ne voyais rien. Heureusement qu'on entendait son cœur, sans quoi j'aurais pu croire qu'il n'y avait pas d'enfant.

— Il est là, dit Marc en pointant un petit point lumineux à l'écran. Votre petit pépin mesure six millimètres.

— Petit pépin ? repris-je.

— Actuellement il fait à peu près la taille d'un pépin de pomme, expliqua-t-il amusé.

Il prit un disque dans sa poche.

— La date de vos dernières règles ?

Je réfléchis et lui dit ce qu'il me semblait, me rendant compte de tout le temps passé sans rien avoir remarqué.

— Vous êtes à cinq semaines, sept en aménorrhées. Vous voulez en savoir plus ?

Je fis oui de la tête pour le plus grand bonheur de mon compagnon.

— À ce stade, le foie, les reins et les organes sexuels internes sont quasiment tous formés, ses bras et ses jambes continuent à s'allonger, ses pieds et ses mains commencent à se former et les hémisphères cérébraux se développent doucement, mais sûrement, récita-t-il.

Il me tendit un rouleau d'essuie-tout que je saisis et j'entrepris d'enlever tout le gel restant.

— Aide-la, veux-tu ?

Abriel s'exécuta. J'allai enfiler mon pantalon tandis que le médecin se glissait à nouveau derrière son bureau et qu'il commençait à remplir le dossier qu'il avait apporté. Il me fixa quand je m'assis.

— Avez-vous des questions ?

Le père de mon enfant avait baissé la tête. Je savais à quoi il pensait, la question qu'il craignait que je pose, mais je ne pouvais pas. C'était déjà un enfant, mon enfant. Il vivait, il avait un père qui le désirait, et moi, sa mère, qui avait su dès qu'elle avait entendu son cœur battre qu'elle serait là pour lui à chaque instant de sa vie.

— Son cœur bat vite, est-ce normal ?

— Tout à fait, à ce stade il bat presque deux fois plus vite que celui d'un adulte.

J'hésitai un moment avant de poser la question qui me brûlait les lèvres.

— Quand connaîtrons-nous le sexe ? demandai-je attrapant la main d'Abriel.

Il leva la tête brusquement et une larme roula sur sa joue alors qu'il me regardait.

— Au plus tôt dans un mois, sinon il faudra attendre l'échographie morphologique pour en être certain. Je vais vous faire une ordonnance avec des vitamines prénatales, pour ce qui est des conseils annexes, je fais confiance à mon confrère, mais n'hésitez pas à m'appeler en cas de besoin.

Il me tendit la prescription et une carte sur laquelle avait été écrit à la main un numéro de portable.

— Merci.

— Avant de partir, passez prendre rendez-vous pour la prochaine échographie.

Il fit glisser dans ma direction une pochette.

— Vous trouverez à l'intérieur de nombreuses réponses à la multitude de questions que vous allez commencer à vous poser. Bien entendu, comme je vous l'ai dit, je reste à votre disposition.

Marc se leva, passa à nos côtés et s'arrêta en posant une main sur l'épaule de son ami.

— Félicitations à vous, dit-il avant de disparaître.

Abriel et moi nous retrouvions seuls et pour une raison que j'ignorais, j'étais gênée.

— Ta décision est prise ?

Il était toujours assis à mes côtés et fixait le mur qui lui faisait face. Je n'étais peut-être pas la seule à me sentir sur les nerfs. Il est vrai que nous n'en avions pas parlé avant. Il avait comme toujours été un gentleman, respectant de me laisser de l'espace et du temps. Pourtant cette discussion avait eu lieu ce matin même. La décision avait peut-être déjà été prise inconsciemment, il m'avait peut-être juste fallu le temps de la formuler.

— Oui. Allons-nous-en, veux-tu ? Je n'affectionne pas particulièrement les hôpitaux.

— Je t'emmène dîner avant de te déposer à l'agence.

Je lui souris, ravie de pouvoir passer un peu de temps avec lui après l'avoir tant repoussé. Il nous conduisit dans un petit restaurant italien qu'il affectionnait particulièrement. Ce soir-là, du blues résonnait, joué par un petit groupe installé tout au fond de la salle. Le propriétaire de l'établissement nous plaça à notre table habituelle, proche de la grande baie vitrée qui laissait pénétrer la lumière vive du soleil en journée et où j'aimais m'installer pour profiter de la douceur de ses rayons. Il nous tendit les cartes avant de se diriger vers un homme bedonnant qui le hélait.

Abriel avait ses entrées ici, il s'était occupé de la main du chef cuisinier qui n'était autre qu'un cousin du propriétaire. La famille l'avait invité quand son patient avait repris du service et sa cuisine étant savoureuse, il avait continué à venir régulièrement. C'était d'ailleurs ici qu'il m'avait emmené pour notre premier rendez-vous. Une table avait été installée à l'écart, un bouquet de fleurs des champs m'y attendait ainsi qu'une bonne bouteille et un dîner concocté rien que pour nous.

— À quoi tu penses ? dit-il m'extirpant de mes pensées.

— À notre premier rendez-vous, ça me paraît loin et en même temps si récent. C'est étrange comme sensation.

— Abriel, veux-tu te joindre à nous pour un petit morceau ?

Je levai les yeux incrédule, et regardai le guitariste accroché à son micro.

— J'ai bien compris ce qu'il a dit ?

— Oui, dit-il amusé. Je connais bien ce groupe, j'ai demandé à Stefano s'ils pouvaient se produire ici.

— Allons Abriel, ne fait pas attendre le public ! le pressa-t-il.

— Mais tu sais jouer ? repris-je étonnée.

Il se leva après m'avoir embrassé et les rejoignit, passa la lanière de ce qui me semblait être une basse et discuta quelques instants avec les autres musiciens. Rapidement les notes commencèrent à s'échapper des instruments. J'étais médusée de le voir sur scène, dieu qu'il était séduisant quand il jouait ! Je regardai ses doigts courir le long des cordes et me demandai comment j'avais réussi à repousser un homme comme lui.

Le serveur interrompit mes pensées en venant prendre la commande. Je demandai deux plats du jour, comme chaque fois que nous venions, un verre de vin pour Abriel et de l'eau minérale pour moi. Lorsqu'il partit, la salle applaudissait le groupe dont l'un des joueurs venait dans ma direction.

— Ça t'a plu ?

— C'était superbe ! Tu ne m'as jamais dit que tu étais musicien ! lui reprochai-je.

— Simplement parce que le sujet n'a jamais été abordé.

— Tu me caches d'autres talents ?

— Plein, mais je ne veux pas gâcher la surprise, dit-il avec un clin d'œil.

Le serveur nous interrompit, revenant avec nos plats.

— Canederli servit dans son bouillon de légumes.

Nous le remerciâmes et je plongeai ma cuillère dans le liquide bouillant. Je n'avais pas remarqué à quel point j'étais affamée avant que mon assiette ne soit devant moi.

— Tu as mangé à midi ? s'étonna Abriel.

— Grignoté. Le frigo de l'appart est vide, je me suis contentée de ce qu'il y avait dans le distributeur. Je devais faire quelques courses ce soir, mais vu l'heure, c'est fichu, dis-je déçappointée.

— Il y a une supérette ouverte la nuit pas très loin d'ici, j'y vais parfois quand je finis tard. On te prendra ce qu'il faut ne t'inquiète pas.

— Tu es…

Je lâchai mes couverts qui rebondirent au sol. De l'autre côté de la rue se trouvait un homme tout habillé de noir. Les jambes écartées, solidement ancrées dans le sol et les bras croisés sur la poitrine, il se dégageait de lui une redoutable assurance. Ses cheveux bruns, plaqués sur la tête, et un sourire aux lèvres, Léo me fixait. 3

Chapitre 16

Je me levai brusquement, manquant de renverser la table et couru le rejoindre. J'entendis Abriel se précipiter derrière moi, mais ne pris pas le temps de m'arrêter. J'ouvris les portes du restaurant et me ruai sur lui. Il n'avait toujours pas bougé, mais son sourire avait disparu pour laisse la place à un air grave. Je traversai la rue et m'arrêtai face à lui. Je levai une main tremblante et hésitai à le toucher. Et si tout cela n'était qu'une illusion ?

— Je ne vais pas m'évaporer, dit sa voix grave.

— Léo, soufflai-je me rapprochant encore.

Avant qu'il ne disparaisse, je le dépassais. Aujourd'hui les rôles étaient inversés, je devais lever les yeux pour voir les siens.

— Rose, dit-il m'attrapant brusquement pour me serrer contre lui.

D'un coup, je compris. Il avait toujours été le seul à m'appeler comme ça.

— C'était toi ce matin ! Pourquoi tu ne me l'as pas dit !

— Je ne suis pas tellement libre de mes mouvements, d'ailleurs il faut que j'y aille.

— Non ! Hors de questions, m'opposai-je en serrant sa taille. Tu as énormément de choses à m'expliquer.

— Rosabeth, tu peux m'expliquer ? nous interrompit Abriel.

— C'est ton mari ? demanda Léo.

— Non, répondis-je.

— C'est tout comme, contrecarra-t-il.

— Ce n'est pas le moment ! l'arrêtai-je. Je t'expliquerai, mais là il y a plus urgent. Léo, où habites-tu ? Comment tu m'as retrouvée ? Depuis combien de temps ?

— On se calme la crevette ! me stoppa-t-il.

Je marquai un temps d'arrêt avant d'éclater de rire. J'avais toujours détesté qu'il m'appelle comme ça et lui ne manquait jamais l'occasion de le faire.

— Je ne peux pas rester, il faut que je retourne dans l'ombre. Ce sont tes recherches qui ont attiré leur attention, arrête et fais-toi oublier, ils sont dangereux.

J'avais donc raison, c'était bien après moi qu'ils en avaient.

— Certainement pas, maintenant que je t'ai mis la main dessus, je ne vais pas te laisser me filer entre les doigts si facilement.

— Tu n'as pourtant pas le choix. Chaque minute ici, avec toi, augmente le risque qu'on se fasse attraper.

— Qui ils ? Donne-moi des indices, je peux te protéger, c'est mon boulot !

Léo s'agaça.

— Tu ne sais pas à qui tu as à faire, on ne peut rien contre eux, ils sont trop puissants.

Mon ami d'enfance se redressa et scruta la nuit.

— Fichez le camp, ils arrivent.

Il s'élança, mais je le retins.

— Non !

— Laisse-moi, grinça-t-il des dents. Je suis vivant, je vais bien.

— Mais moi, je ne suis pas complète sans toi ! explosai-je.

— Je reviendrai vers toi, mais là, pour notre sécurité à tous, je dois partir.

Je le lâchai à contrecœur et il disparut rapidement. La tête basse, je me sentis subitement très lasse. Abriel avança d'un pas, il avait les mâchoires crispées.

— Je ne sais pas qui est cet homme, mais s'il dit la vérité, on ne peut pas rester ici. Retournons à l'intérieur, on sera à l'abri.

Je secouai la tête.

— Je veux qu'il revienne, murmurai-je venant me blottir contre lui.

Ses bras s'enroulèrent autour de moi quelques secondes avant qu'il ne me force à bouger.

Mon compagnon m'entraîna dans le restaurant où les restes de notre repas étaient emballés pendant qu'il réglait l'addition.

Prudemment, nous sortîmes et gagnâmes rapidement la voiture. Il démarra et je ne remarquai que nous ne nous dirigions pas vers l'agence qu'une fois garés devant son immeuble.

— Ramène-moi s'il te plaît, je suis épuisée.

— Je t'assure que je comprends, mais tu dois me parler et le plus tôt sera le mieux. J'aimerais autant éviter de revivre cette distance des derniers jours. Je veux savoir à qui j'ai à faire, et dans quoi tu t'es embarquée. Qui plus est, personne n'avait connaissance de notre relation jusqu'à maintenant, donc pour ce soir, on peut dire qu'aucun de nous n'est en danger ici.

Trop fatiguée pour argumenter, je ne dis rien et sortis de la voiture. Nous entrâmes dans son immeuble et montâmes, son appartement se situant au dernier étage. Abriel ouvrit la porte et entra sans m'attendre, je le suivis et fermai derrière moi. Il était allé directement à la cuisine et je savais déjà ce qu'il y faisait.

J'entrai dans la pièce et découvris sans surprise un verre dans lequel se trouvait un liquide ambré posé sur la table. La bouilloire chauffait déjà de l'eau alors qu'il posait une tasse et un coffret d'infusions devant moi. Je tirai une chaise et fouillai pour trouver ce qui me ferait plaisir. Mangue-ananas, ma préférée. Je mis le sachet dans le récipient et il versa l'eau fumante par-dessus, laissant s'échapper une délicieuse odeur dans la pièce.

— Qui est-ce, demanda-t-il sans préambule.

Je n'avais jamais vu Abriel comme ça, il était distant, froid, presque brusque.

— Léo est un ami d'enfance. Tu te rappelles la fois où tu m'as demandé pourquoi j'avais embrassé une carrière de détective ?

— Oui, tu m'avais répondu qu'un évènement personnel t'y avait naturellement amené. J'ai pensé que tu faisais référence à ton abandon.

Je fis non de la tête.

— Je t'avais dit que je t'en parlerais peut-être un jour, il me semble que nous y sommes.

Je mis les mains autour de la tasse pour me réchauffer et la rapprochai du bord de la table tandis que je me laissais aller contre le dossier de la chaise. Je lui racontai tout, notre amitié si singulière, sa disparition, les recherches que j'avais entreprises pour le retrouver et ma découverte des extraordinaires.

— Tu ne dis rien ? m'enquis-je ayant fini depuis plusieurs minutes.

— J'essaye de comprendre.

— Comprendre quoi ?

— Quels sont tes sentiments pour lui, s'il est un danger pour moi, pour nous, dit-il en passant une main dans ses cheveux.

— Qu'est-ce que tu racontes ?

— Tu me souffles le chaud et le froid depuis deux semaines, c'est dur de te suivre. Tu parles de lui comme s'il était l'homme le plus important au monde. Je me situe où dans tout ça maintenant qu'il a refait surface ?

Le sang me monta aux joues. Il avait vraiment osé dire ça ? Je me levai faisant tomber la chaise, récupérai mon sac à dos dans le salon et m'apprêtai à sortir quand il me retint.

— Lâche-moi Abriel ! Si c'est vraiment ce que tu penses, je ne resterai pas une minute de plus ici.

— Et je pense quoi d'après toi ?

— Si j'interprète bien ce que tu viens de dire, que tu aurais été une distraction en attendant que je le retrouve, hurlai-je n'y tenant plus.

— Et ?

Je le giflai violemment avant de reculer d'un pas, la main posée sur la bouche. Je ne revenais pas de ce que je venais de faire.

— Je… je ne voulais pas, bredouillai-je. Pardon.

Je tournai les talons et m'enfuis dans les escaliers. Je l'entendis m'appeler, une porte claqua, mais je n'avais qu'une chose en tête, être seule. J'avais besoin d'y voir plus clair, de faire le point. Je déboulai dans la rue et montai dans un taxi à l'arrêt.

— Démarrez, s'il vous plaît.

— Où allons-nous ?

— Roulez, je vous donne ça dans un moment, dis-je en voyant Abriel me chercher de toutes parts.

J'avais envie de disparaître, mais avoir vu Léo ce soir redistribuait les cartes. Il fallait que je sache qui était « *ils* » et que je mette Greg,

Andrew et Poly au parfum. Si je nous savais en sécurité et à l'abri des conversations à l'agence, je ne savais rien du nouvel environnement où évoluait mon amie. Je pris mon téléphone et l'appelai.

— Salut, alors ce rendez-vous ? Je te mentirais si je disais que je n'attendais pas ton appel, dit-elle excitée.

— Poly, où es-tu ?

Elle se racla la gorge.

— Pour te dire la vérité, dans la nouvelle villa, j'ai eu peur de retourner à la maison après ce qui est arrivé ce matin.

— Je comprends. Tu te rappelles ta cachette secrète ?

— Euh… oui, bien sûr.

— Tu crois qu'on pourrait y aller ?

— Quand ?

— Ce soir.

— Tu es où ?

— Dans un taxi.

— Je t'envoie une adresse par SMS, retrouves-y moi.

Mon téléphone sonna quasiment instantanément et je dictai l'information transmise au chauffeur. À vue de nez, j'estimai notre trajet à quinze minutes, mais je devais reconnaître que l'adresse ne me disait rien. Lorsque nous arrivâmes au niveau de la marina, nous la longeâmes, continuant jusqu'à la côte. J'étais arasée, le ronronnement de la voiture me berçait et je luttai pour ne pas m'endormir quand un brusque coup de frein me réveilla totalement.

— On y est, dit le conducteur avec un grand sourire qui laissait apparaître des dents blanches.

— Un peu plus et vous m'éjectiez, ironisai-je.

Il leva les épaules avant de tendre une main me demandant de régler la course. Je fouillai dans mon sac et sortis quelques billets que je lui remis, puis ouvris la porte et m'extirpai du véhicule.

Je me tenais devant un grand portail blanc, à côté duquel avait été installé un visiophone. J'enfonçai le bouton et attendis. L'un des battants s'ouvrit, me laissant à peine la place de me faufiler sur la propriété.

Elle était immense, une demeure luxueuse dont bon nombre de personnes rêveraient. Je remontai une allée pavée, destinée au passage des véhicules et vis sur ma droite une superbe piscine bordée de palmiers. Je secouai la tête avec un sourire, pensant à mon amie qui pourrait se baigner librement ici, quand je l'aperçus au loin.

Elle se tenait sous le porche d'une immense bâtisse, serrant son peignoir autour d'elle, comme si elle tentait de se protéger de quelque chose. J'accélérai le pas pour la rejoindre et me jetais dans ses bras quand elle les ouvrit à ma proximité.

— Viens, dit-elle me tirant à l'intérieur. Il n'y a quasiment rien, juste deux lits que j'ai achetés et fais livrer à la va-vite cet après-midi.

La pièce dans laquelle nous nous trouvions était immense, le sol beige avec des irisés mordorés réagissait à la lumière d'une telle manière qu'on aurait pu croire que le carrelage avait été travaillé par des joailliers. Les murs blancs augmentaient cette impression de grandeur, et le fait qu'il n'y ait aucun meuble devait probablement jouer également.

La propriétaire me laissa admirer les lieux puis me prit par la main pour m'entraîner. Nous déambulâmes dans la maison jusqu'à nous retrouver devant une porte de l'autre côté. Elle sortit une clé de sa poche et la tourna dans la serrure, laissant l'air marin, aussi frais que vivifiant, gonfler mes poumons. Poly prit une grande inspiration.

— Ça sent bon ! dit-elle humant l'air les yeux fermés.

Elle sortit, descendant une petite pente de sable et je dus accélérer l'allure pour la suivre. Nous débouchâmes sur une petite plage protégée des regards par de nombreux arbres, sûrement celle dont elle m'avait parlé avec autant d'envie ce matin même.

Son corps se mit à luire avant même de toucher l'océan. Elle laissa tomber son peignoir au sol et y entra rapidement tandis que je me retrouvais une fois de plus en sous-vêtements pour faire cette délicieuse expérience. Je m'avançai vers elle et fus saisi une fois encore de la douceur de l'eau à ses côtés. Nous nous immergeâmes et Poly recréa son système de filtration pour me permettre de respirer.

Contrairement à la première fois où elle m'avait laissée aller à mon rythme, elle me prit par le poignet et m'entraîna derrière elle, nageant à une vitesse vertigineuse. Nous ne mîmes guère plus de quelques minutes avant de nous retrouver dans la cabine du bateau sur lequel la néréide avait jeté son dévolu pour créer son havre de paix. Elle s'assit sur le bureau alors que je me laissai choir sur le sol, le temps de reprendre mes esprits.

— Je t'écoute.

— Tu te rappelles de Léo ?

— Ton Léo ? Ton ami d'enfance ?

J'acquiesçai.

— Je l'ai vu ce soir.

Les yeux de mon amie s'arrondirent de stupeur.

Chapitre 17

— Attends, tu veux dire que tu l'as retrouvé ?

— Pas tout à fait, ce serait même plutôt l'inverse, c'était lui ce matin.

— Quoi ? Mais pourquoi ne t'a-t-il rien dit ? C'est bizarre comme attitude de te faire flipper comme ça non ?

Je levai les épaules et me tournai pour observer les fonds marins.

— Il y a autre chose ? demanda Poly qui ne me connaissait que trop bien.

— Tellement, dis-je. Je crois que je vais tout te raconter depuis le début, ce sera plus compréhensible et reprendre tout ça à voix haute me permettra peut-être d'y mettre de l'ordre.

Je me tournai pour la regarder et commençai par lui parler du tête-à-tête que j'avais eu avec Abriel. Apprendre que je lui avais expliqué les raisons de mon éloignement lui fit pousser un soupir de soulagement. J'enchaînai ensuite avec l'examen chez le docteur Marc, dont je ne connaissais pas le nom, et mon amie me sauta au cou quand je lui annonçai que j'avais pris la décision de garder le bébé. Elle ne put s'empêcher de se mettre au niveau de mon ventre pour lui dire que sa tante était folle de joie. Devais-je attendre pour dire à mon enfant que sa tante était probablement folle tout court ?

Je repris mon histoire, lui expliquant que nous étions en train de dîner quand j'avais aperçu Léo de l'autre côté de la rue et que je l'avais rejoint dans l'instant.

— Comment Abriel a-t-il pris ça ?

Je fis une grimace qui voulait tout dire, mais mon amie attendit patiemment que j'explicite les choses.

— Mal, il pense que je ressens plus que de l'amitié pour Léo.

— Et c'est le cas ?

— Poly ! m'indignai-je.

— Écoute, je dois t'avouer que je me suis posé la question moi aussi. Il est rare d'entendre quelqu'un dire que son monde tourne autour de son ami.

— Pas si on a mon passé. À l'époque, je ne voyais pas à quel point Adam et Jodie étaient des rocs pour moi. Léo avait été le premier à m'accepter comme j'étais, bagarreuse, bourrue, révolutionnaire. J'étais comme j'étais et il s'en fichait, ça lui allait. Alors oui, peut-être qu'à l'époque je m'étais entichée de lui, mais quand il a disparu, c'est comme si on m'avait enlevé le seul membre de ma famille.

Poly avança vers moi et me prit dans ses bras. Je me lovai tout contre elle, sentant la tension que j'avais dans les épaules disparaître. Ce n'est qu'au bout de quelques minutes que je pris conscience qu'elle chantait à mon oreille. Je la repoussai non sans ressentir une réelle difficulté à m'arracher de sa complainte et la fixai hagarde.

— Tu chantes ?

— Oui, tu avais besoin de calmer ce flot d'émotions qui te submerge et te fais perdre pied.

— Mais je croyais que c'étaient les sirènes qui chantaient !

— Et qui leur apprend d'après toi, me révéla-t-elle d'un clin d'œil.

J'allais de découverte en découverte.

— Si tu vas mieux, peut-être faudrait-il remonter et te mettre à l'abri ?

— Attends, je ne t'ai pas tout dit.

La néréide leva un sourcil et attendit que je continue.

— Léo s'est esquivé rapidement, disant qu'il était surveillé. J'aurais tendance à dire pourchassé, et qu'il devait rester dans l'ombre.

— Est-ce que ça t'évoque quelque chose ? s'enquit-elle.

— Juste qu'il faut que je mette les bouchées doubles.

— Je comprends. N'oublie pas que tu n'as pas qu'un ami à sauver.

— Comment ça ? demandai-je sans comprendre.

— Il faut aussi que tu discutes avec Abriel de tout ça, que les choses soient claires pour vous, et quand je dis vous, je parle de tous les trois.

Je me mordis la lèvre et levai les yeux sur la jeune femme qui me fixait, attendant que je crache le morceau.

— Je l'ai giflé avant de partir en courant.

— Quoi ?

— J'ai giflé Abriel avant de prendre mes jambes à mon cou et de disparaître sans rien dire.

— Mais c'est pas possible ! T'as pas fait ça, c'est une blague !

— J'ai perdu les pédales, j'étais hors de moi qu'il puisse penser que je ne suis pas sincère avec lui ! Je ne savais plus ce que je faisais ! m'agitai-je. Il insinuait que j'éprouve autre chose que de l'amitié pour Léo, j'étais tellement en colère qu'il puisse penser que j'ai joué avec ses sentiments.

— Mais lui as-tu déjà dit ce que tu ressens pour lui au moins ?

Je fis une nouvelle grimace.

— Je pourrais peut-être tout miser sur les hormones ?

Poly éclata de rire. Je ne l'avais jamais vue dans cet état, elle se tenait les côtes, pliée en deux et des larmes s'échappaient de ses yeux fermés. Jamais nous n'avions eu une conversation aussi personnelle concernant mes amours, j'avais l'impression d'être une adolescente.

C'était surréaliste pour moi qui n'avais jamais voulu m'attacher à quiconque, et visiblement, très drôle pour elle. Quand elle réussit à se calmer, au bout d'un temps qui me parut inquantifiable, elle me regarda avec un sourire amusé.

— Tu peux toujours essayer, mais ça m'étonnerait beaucoup que ça marche.

Je m'accrochai au bureau et lui fis signe d'ouvrir la porte pour que nous remontions sans relever le fou rire qu'elle venait d'avoir. Je crois que je me sentais un peu idiote d'être aussi chamboulée par mes émotions alors que je gérai plutôt bien d'ordinaire.

Je chassai cette pensée et remontai en compagnie de la néréide. Quand nous fûmes à la surface, nous dûmes nager un peu pour regagner la plage. Poly m'arrêta et s'avança seule, puis m'appela.

— T'es sérieuse ? Tu passes devant pour me protéger en cas de danger ?

Elle acquiesça. Je ne savais pas comment lui dire ce que j'avais en tête sans la blesser. Elle était handicapée sur terre, contrairement à moi, être enceinte ne me rendait pas plus fragile.

— Je sais ce que tu penses.

— Tu lis aussi les pensées ? m'affolai-je.

— Non, mais je lis dans mon amie comme dans un livre ouvert. Tu me penses vulnérable à cause de ma jambe alors que tu pratiques la boxe depuis de nombreuses années.

— Oui, c'est vrai, avouai-je.

— Ne me crois pas si faible, dit-elle.

Fixant la mer qui était derrière moi, elle ouvrit sa main paume vers le haut puis agita son index comme pour faire signe à quelqu'un de la rejoindre. Je me retournai pour voir une immense vague se diriger à une allure vertigineuse vers nous. Instinctivement, je me mis à courir, l'attrapant au passage, mais celle-ci ne bougea pas d'un pouce et je tombai sur la plage, arrêtée dans mon élan. Quand je crus la vague sur le point de nous engloutir, Poly ferma le poing et elle mourut instantanément.

— OK, je suis une faible femme, abdiquai-je.

Elle secoua la tête. Impressionnée n'était pas le mot, j'étais subjuguée !

— Proche de l'Océan je peux me défendre, nous défendre, ici tu ne crains rien si je suis près de toi.

Je me relevai, du sable collé sur tout le corps.

— Allez viens, tu vas tester la douche, dit-elle en ramassant mes vêtements.

Je la suivis jusqu'à la villa où je pénétrai dans la plus grande salle de bain qu'il m'ait été donné de voir. On trouvait dans la même pièce une baignoire d'angle, une cabine de douche avec une colonne de massage, une double vasque et un immense miroir.

— Oui j'avoue, cette salle d'eau m'a bouleversée moi aussi, me coupa Poly qui m'apportait de quoi me changer et deux serviettes de bain.

Elle me fit un signe de la main en fermant derrière elle. J'ôtai mes sous-vêtements et me glissai dans la douche, déclenchant les têtes de massages qui m'arrachèrent un gémissement d'extase. Une demi-heure plus tard, je sortais de la pièce plus détendue que jamais.

De la lumière s'échappait de l'étage et je montai pour voir une unique pièce éclairée. Je frappai avant d'entrer et trouvai ma confidente assise sur un grand lit avec deux tasses.

— Je t'attendais.

Elle y glissa deux sachets de thé et enclencha la bouilloire qui siffla très rapidement. Je me hissai à ses côtés et pris mon mu, en repensant à celui que j'avais laissé sur la table d'Abriel. Il fallait que je l'appelle pour le rassurer, c'était le moins que je puisse faire.

— Dors ici ce soir, tu retourneras à l'agence demain, me proposa la propriétaire des lieux. Il est tard et je pense que tu prends plus de risque en partant qu'en restant.

— Tu as sûrement raison.

— À la vôtre, dit-elle venant entrechoquer son thé contre le mien.

Nous bûmes nos breuvages en bavardant. La majeure partie de notre tête-à-tête, pour ne pas dire sa totalité, m'avait été consacré, aussi était-il important pour moi de lui demander comment elle allait et si son travail avançait comme elle le souhaitait. D'ordinaire intarissable sur ce job qu'elle aimait tant, Poly ne m'en dit que quelques mots avant qu'exténuées, nous nous endormions.

Je me réveillai en pleine nuit en panique. Je ne savais pas pourquoi, mais je n'étais pas tranquille. Mon amie dormait sereinement à côté de moi, rien ne semblait l'avoir perturbée. Je me levai et entrepris de faire le tour de la maison.

Les pièces à l'étage étaient toutes silencieuses, il n'y avait rien d'alarmant, aussi décidai-je de descendre. Je n'avais rien pour me défendre si d'aventure quelqu'un s'était réellement introduit dans la maison, mais il était hors de question de rester planquée sous les draps. J'explorai chaque pièce, faisant le moins de bruit possible afin de ne pas éveiller les soupçons, mais ne trouvait personne.

Je m'assis sur une chaise qui avait été récupérée de notre ancien chez nous, et me redressai d'un bond ayant entendu un bruit derrière moi.

— C'est moi, tout va bien, chuchota-t-il.

— Tu m'as fichu la frousse imbécile ! répondis-je avant de me jeter dans ses bras. C'est vraiment toi, je ne rêve pas…

Je fis un pas en arrière et le regardai de la tête aux pieds. Il avait pris de l'âge, mais ces traits étaient identiques à ceux du jeune homme qui avait disparu des années auparavant.

— Oui, c'est bien moi.

— Tu as réussi à leur échapper !

— Toujours, je suis en fuite depuis de longues années maintenant. Et je commence à fatiguer de cette vie, dit-il, se laissant tomber sur la chaise que j'avais libérée.

— Qui sont-ils et qu'est-ce qu'ils te veulent bon sang ?

— Une organisation criminelle très puissante qui utilise les dons des extraordinaires les plus rares.

— Ils veulent que tu travailles pour eux, compris-je. De quelle capacité on parle ?

— Je manipule les flux.

— Euh... tu pourrais être plus précis ?

— Qu'importe le flux dont il s'agit, je peux l'accélérer, le ralentir ou l'arrêter.

— Tu parles de flux organiques, comme le sang par exemple ?

— Oui, mais pas seulement. Si je le voulais, je pourrais aussi empêcher la mer de se retirer de cette plage, ou au contraire, faire en sorte d'accélérer son va-et-vient. Pareil avec n'importe quel flux liquide ou psychique.

— Mais pourquoi est-ce que tu les intéresses tant ?

— Réfléchis Rose.

— Tu serais leur exécuteur, compris-je soudain. Tu pourrais te débarrasser de n'importe qui sans laisser de traces !

— Tu as tout compris.

— Bon, on va aller à l'agence parler de tout ça à mes amis et à mon boss, comment s'appelle le gars qui est à la tête de cette organisation ?

Léo pouffa de rire.

— À t'entendre, on croirait que c'est simple. Tu ne crois pas que j'ai déjà essayé ?

— Tu étais seul, tu ne l'es plus. Je peux avoir des hommes et des moyens.

— Et ce ne sera pas suffisant. Rose, si j'ai pris le risque de venir te trouver et de te dire tout ça, c'est pour que tu arrêtes et que tu vives ta vie. Ce gars à l'air de tenir à toi, c'est le père ?

Je me figeai.

— Comment j'ai su ? sourit-il, certains flux ne circulent pas à la même vitesse que les tiens, je peux le sentir. Il n'y a donc qu'une seule explication.

— Oui, Abriel est le père, c'est quelqu'un de bien.

— Alors construis la famille que tu n'as pas eue et oublie-moi.

— Jamais ! dis-je un peu trop fort.

— Rosy ? Avec qui parles-tu, entendis-je venir de l'étage.

Je regardai la cage d'escalier entendant que mon amie se dirigeait vers nous. Quand je tournai la tête, la chaise sur laquelle avait pris place Léo était vide.

Chapitre 18

J'avais expliqué à Poly que Léo était là quelques instants plus tôt et elle n'avait pas accueilli la nouvelle avec joie. Il est vrai qu'elle ne le connaissait pas comme moi, il n'était pour elle qu'un étranger qui s'était glissé dans sa maison sans y avoir été invité. Ne tenant pas compte de sa protestation sur les méthodes de mon ami d'enfance, je lui rapportai ses propos. Elle regarda sa montre.

— Il est trop tard ou trop tôt pour faire quoi que ce soit. Retournons nous coucher, nous aurons les idées plus claires demain matin, décida-t-elle.

Ne voulant pas la contrarier plus qu'elle ne l'était, j'obtempérai et la suivis dans la chambre, mais ne pus me rendormir. Je réfléchissais à toute allure. Léo m'avait demandé de ne plus m'occuper de lui, mais il me connaissait assez pour savoir que je n'en ferai rien. À la première heure demain, je retournerai au bureau exposer ces nouveaux faits à Greg et Andrew. J'étais persuadée qu'à nous trois, nous trouverions le début d'une piste. Sûre de cela, je finis par m'endormir au petit matin et fus réveillée par la bonne odeur du café.

Je me levai d'un bond et descendis les escaliers en courant, requinquée par l'envie de libérer Léo de tout ça le plus vite possible. Sur la chaise qui l'avait accueillie cette nuit se trouvait un gobelet en carton d'où émanait la délicieuse odeur qui m'avait tirée de mes songes. Je le pris et humai son parfum tandis que j'entendis le bruit caractéristique du pas de Poly derrière moi.

— Bien dormi ?

— Oui, super. Je vais me dépêcher de retourner à l'agence, enchaînai-je. Greg et Andrew ne vont sûrement pas tarder à voir que je ne suis pas là et ils risquent de s'inquiéter.

— Il y en a un autre qui s'inquiète, il m'a laissé trois messages. Va savoir pourquoi, il est persuadé que tu es avec moi, ironisa-t-elle.

— Quelle cruche je suis, il doit être totalement paniqué.

Poly opina du chef avalant une gorgée de son thé. Je posai mon breuvage trop chaud pour l'instant et fouillai dans mon sac à dos pour prendre mon téléphone. À ma grande surprise, il n'avait pas essayé de me joindre.

— Il ne m'a pas appelé, pas même une fois, dis-je à voix haute.

— Il te connaît bien Rosy, tu n'aurais pas décroché.

— Excuse-moi un moment.

Je m'éloignai et sortis sur la terrasse que j'avais vue en arrivant la veille au soir puis composai le numéro d'Abriel. Il décrocha avant même que je n'entende la première sonnerie retentir.

— Où es-tu ?

— Chez Poly.

— Tu n'as rien ? Le bébé va bien ?

— Oui, nous allons bien tous les deux. Abriel, je m'en veux d'avoir réagi de la sorte. Je me sens idiote !

— Je ne peux pas vraiment t'en vouloir, je ne sais pas ce que j'aurais fait si c'était toi qui avais remis en cause mes sentiments. J'ai eu peur de vous perdre Rosabeth, sans vous ma vie n'aurait plus de sens.

À nouveau Abriel s'ouvrait à moi et me livrait ses désirs et ses craintes. Je me sentais tellement idiote d'avoir réagi comme ça ! Si une femme avait tourné autour de lui, je pense que j'aurais pu lui coller mon poing dans la figure avant que mon cerveau n'ait eu le temps de me dire qu'il ne fallait surtout pas que je le fasse.

— Léo est mon ami d'enfance, je tiens à lui, c'est une évidence, commençai-je. Il a une place particulière dans ma vie, tout comme tu en as une. Tu es le premier homme à qui je laisse autant de place Abriel, je n'ai pas pour habitude de dire ce que je ressens, j'ai même tendance à faire en sorte de ne rien ressentir pour autrui, ça me facilite grandement la vie.

— Tu ne m'as jamais dit ce que tu éprouvais pour moi.

— Ce n'est pas évident ?

— Pour toi sûrement, mais pas pour moi.

— Je t'aime, dis-je rendant les armes.

J'entendis Poly crier derrière moi et ne pus m'empêcher de sourire. Finalement, j'aurais tout aussi bien pu rester dans la même pièce. Abriel, quant à lui, avait poussé un soupir de soulagement.

— Je suis sur le point de résoudre une énigme qui m'a animée durant des années, je ne peux pas renoncer maintenant, surtout quand j'apprends que Léo est en danger.

— Je comprends.

— C'est vrai ?

— Oui, mais ça ne signifie pas que je vais arrêter de m'inquiéter pour autant. On s'en est déjà pris à toi et il est fort probable que ça recommence puisque tu ne vas pas arrêter.

— Je sais un peu mieux où je mets les pieds maintenant. Je retourne à l'agence et je t'appelle plus tard.

— Entendu, je vais à l'hôpital prendre ma garde. Dis, tu ne voudrais pas le redire ?

— Quoi donc ?

— Ben, tu sais…

— Mais t'es un vrai gamin ! m'écriai-je comprenant de quoi il parlait. Je te laisse, j'ai une journée chargée, dis-je avant de raccrocher en l'entendant rire à l'autre bout du fil.

Abriel était un homme pragmatique, il gardait son sang-froid en toutes circonstances et on pouvait compter sur lui pour n'importe quoi. Je le découvrais sous un autre jour et il fallait avouer que j'adorais cette facette de sa personnalité. Mon téléphone vibra.

[Je t'aime. Bonne journée]
   [Moi aussi] tapai-je n'en revenant pas de la facilité avec laquelle j'avais réussi à le lui dire.

Je fourrai mon portable dans la poche arrière du pantalon que m'avait prêté Poly et la retrouvai dans le salon. Elle était habillée, coiffée et appliquait un rouge à lèvres rosé sur ses lèvres pulpeuses.
   — On y va ? demanda-t-elle tout en refermant le tube qu'elle glissa dans le sac qu'elle portait sur l'épaule.
   — C'est parti, répondis-je saisissant mon gobelet de café qui était à présent quasiment froid.

Nous sortîmes et priment la voiture en direction de la ville. La décoratrice me déposa dans le parking sous terrain de l'agence où nous nous dîmes au revoir. J'appelai l'ascenseur et appuyai sur l'étage souhaité quand Andrew arriva en courant.
   — Tu ne rentres que maintenant ? s'alarma-t-il.
   — Oui papa.

Mon collègue et maintenant ami, gêné, baissa la tête et se passa une main dans les cheveux.

— Écoute, je n'ai rien à dire sur tes allées et venues, je suis désolé de ma réaction, c'est juste que…

— Que tu t'inquiètes, je sais, c'était une boutade, rien de plus. Tout va bien, Andrew.

Il me regarda avec un sourire timide.

— J'étais en sécurité avec une amie et puis j'ai du nouveau pour notre affaire, il nous faut trouver Greg rapidement pour que je vous mette au courant.

Les portes s'ouvrirent justement sur l'homme dont je venais de parler. Il nous suivit alors que nous nous dirigions vers le petit appartement secret que j'occupais actuellement. Je laissai mes deux comparses entrer et claquai la porte derrière moi.

— On t'écoute, qu'as-tu découvert.

Je m'assis sur le petit canapé et me raclai la gorge.

— Toute cette affaire a à voir avec ma vie privée. D'ordinaire, je ne parle jamais de moi, ça me met assez mal à l'aise de me dévoiler.

Greg et Andrew s'échangèrent un regard.

— Si tu ne veux plus de notre aide, commença Greg.

— Non, bien au contraire. J'ai pleinement confiance en vous et je n'y arriverai pas seule, le coupai-je.

— Alors, vas-y, m'encouragea Andrew.

Je leur appris alors que j'étais orpheline, que j'avais été recueillie par des gens formidables et que mon voisin avait été un membre de cette famille que je m'étais construite. Ils comprirent par eux-mêmes que j'en étais arrivée à exercer mon métier parce que j'avais tout mis en œuvre pour retrouver Léo.

— Tu n'as pas eu une vie facile, compatit Andrew.

— Nous avons tous notre lot de malheurs, l'essentiel est de ne pas se laisser abattre, répondis-je connaissant un peu le vécu de mes amis que je ne jugeais pas plus heureux que le mien.

— Donc, reprit Greg, tu es en train de nous dire que ton agression a quelque chose à voir avec Léo.

— Hier soir, je l'ai revu, dis-je ne pouvant m'empêcher de sourire.

Les deux hommes qui me faisaient face restèrent silencieux, aussi continuai-je.

— Il m'a appris qu'il était continuellement en mouvement et se cachait.

— Tu sais pourquoi ?

— Il tente d'échapper à une organisation qui essaye de mettre la main sur des extraordinaires particuliers.

— Comment ça ?

— Ils ne s'en prennent qu'à ceux qui ont des dons rares qui peuvent leur apporter quelque chose.

— Jamais entendu parler de ça, et toi ? demanda Andrew à Greg.

— Pas plus que toi.

— Je suis certaine qu'on peut trouver des infos sur ce groupe sur le darknet. Le problème est de trouver quelqu'un qui puisse s'y infiltrer.

— On a ça sous la main, dit Greg.

Je me tournai vers lui et le fixai.

— Qui ?

— Ça ne va pas vraiment te faire plaisir, c'est Elie.

Je secouai la tête. J'avais vraiment une chance du tonnerre dans la vie.

— C'est quoi le problème avec lui ? s'enquit Andrew.

— Aucune idée, répondit Greg.

— Il est plutôt avenant, il ne lui avait pas offert un cadeau à son arrivée ?

— Si.

— Hey, les gars, je suis là ! les coupai-je. Le problème c'est qu'il est très familier avec moi et que ça me met terriblement mal à l'aise.

— Si c'est que ça… où il y a autre chose ?

— Non, rien d'autre.

— Je peux le calmer si tu veux, rit Andrew me montrant sa main.

J'étais stupéfaite, jamais je ne l'aurais pensé capable de rire de son don alors qu'il le vivait si mal.

— Ça devrait aller. Il faut qu'on soit raccord sur ce qu'on va lui dire, je n'ai pas envie de lui dévoiler mon passé.

— Nous sommes flattés, s'amusa Greg.

J'eus soudain un haut-le-cœur et me levai en courant pour déverser le contenu de mon estomac dans les toilettes.

— Tout va bien ?

— Oui, criai-je pour qu'ils m'entendent, sûrement un truc qui n'est pas passé. Ou un bébé en route, repris-je tout bas alors que j'avais la nausée pour la première fois.

Je me rinçai la bouche et me brossai les dents avant d'aller les retrouver au salon.

— Comment veux-tu qu'on procède ? On le fait venir ici ou on le rejoint dans les bureaux ?

— J'aimerais autant éviter qu'il apprenne que je loge ici pour le moment.

— Et on lui dit quoi ?

— Qu'on bosse sur l'affaire Stevens, qu'on pense qu'il a été recruté et qu'on cherche à savoir par qui.

Greg et Andrew acquiescèrent et se levèrent.

— Toi et moi on y va, dit Andrew, Greg reste en arrière.

— Pourquoi ?

— Parce que je travaille aux archives et pas sur les affaires courantes, il va trouver ça louche, répondit ce dernier. Vous me raconterez, moi je redescends et j'essaye de fouiller, voir si une affaire n'aurait pas mentionné quelque chose dans le genre.

— Ça marche, on se tient au courant. Rendez-vous à midi trente pour déjeuner, proposa Andrew.

La seule idée de manger me retourna une fois de plus l'estomac. N'ayant avalé qu'un café froid ce matin, je n'avais plus rien à rendre et m'en réjouis. Il ne me restait qu'à espérer que les nausées auraient cessé d'ici l'heure du repas.

Chapitre 19

Greg disparut de notre vision et Andrew et moi sortîmes mettre notre plan à exécution. Nous avions convenu que c'était lui qui parlerait et que j'entrerais en action si Elie se montrait réticent. Assis à son bureau, il était en train de discuter avec quelqu'un qui lui montrait quelque chose dans un dossier. Dès que nous franchîmes le pas de la porte, il leva les yeux et croisa les miens. Il sourit et pencha à nouveau la tête, continuant à parler avec le collègue. Ce bref échange fugace me mit d'ores et déjà mal à l'aise. Andrew avait remarqué le coup d'œil qu'il m'avait lancé et l'avait suivi pour voir ma réaction. Il s'était retourné pour étouffer un rire.

— En fait tu lui plais ! Pas de quoi se formaliser.

— Oui, bredouillai-je, peut-être, mais ce n'est pas réciproque.

— Mets les choses au point une fois pour toutes et tu seras débarrassée.

— Il ne m'a jamais fait d'avance ! Je serai bien prétentieuse d'aller le voir pour lui dire qu'il ne me plaît pas. Si d'aventure tu te trompais, j'aurais l'air fine.

— Bah, ce ne serait pas la première fois ! dit-il fendu d'un énorme sourire qui laissait voir ses dents blanches.

— Crétin, lançai-je me retenant de justesse de lui balancer un coup de coude dans les côtes.

Le collègue s'en alla, son dossier sous le bras et nous nous avançâmes vers lui. Il me sourit ouvertement cette fois-ci.

— Rosabeth, comment vas-tu ?

— Bien merci et toi ?

— Toujours quand tu es dans les parages.

Bon, si on tenait compte de cette petite phrase, on allait bien dans le sens d'Andrew.

— Arrête de flirter au bureau, lâcha ce dernier me faisant blêmir. On a un service à te demander.

— Je ne peux rien refuser à Rosy.

Un frisson me parcourut l'échine, il n'y avait que Poly et Abriel qui m'appelaient comme ça.

— Elle s'appelle Rosabeth. Quand t'es-tu intéressé au darknet pour la dernière fois ? enchaîna-t-il.

— Un bon mois, pourquoi ?

— On cherche des infos sur une organisation qui efface toute trace de son passage avec brio.

— Rien d'autre ?

— Non.

— Super, ça va être simple, ironisa-t-il avant de se souvenir de ma présence. Je dois finir quelque chose pour Henry, je vois ce que je peux faire après, proposa-t-il rapidement.

— C'est super merci !

— Rosabeth, je peux te parler ?

— On est pressés, tenta Andrew.

— Tu n'es pas son supérieur, elle n'a donc pas à suivre une cadence que tu lui imposerais, contrecarra-t-il.

Je levai une main pour que cette joute verbale cesse. Qui plus est, en fonction de ce qu'il avait à me dire, peut-être serait-ce le moment d'éclaircir les choses.

— Je peux t'accorder quelques minutes, guère plus.

— Ça me va, viens, on va sur le balcon.

Il se dirigea vers l'extérieur et ouvrit la baie vitrée avant de me tendre la main pour m'aider à enjamber la petite marche qu'il y avait. Je ne la pris pas.

— Je n'ai pas besoin d'aide pour si peu, tu sais.

— OK.

L'air frais du matin me fit un bien fou, je sentis la nausée refluer et une nouvelle énergie m'envahir.

— Tu te sens bien ?

— Oui, oui, m'empressai-je de dire. Tu voulais me parler ?

Il s'éclaircit la gorge et alluma une cigarette, ce qui me tira une grimace que je masquai du mieux que je pus.

— Oui. Écoute, depuis quelque temps, je sens comme un malaise entre nous et ça m'embête.

— Oh, oui, c'est bien possible.

— Qu'est-ce qui ne va pas ?

L'espace d'un instant, j'eus envie de rire. Je venais de me rendre compte que dans toutes mes relations actuelles je devais me justifier de mes comportements.

— C'est ta façon d'être qui me questionne, je me sens mal à l'aise, répondis-je ayant décidée d'être franche. Tu es trop tactile, trop prévenant, on ne se connaît pas et tu agis en protecteur.

— Et donc être attentionné est un problème ?

— Non ce n'est pas ça, tu me donnes l'impression d'attendre quelque chose en retour, quelque chose que je ne peux pas te donner.

— OK, dit-il fourrant ses mains dans ses poches et fixant ses chaussures.

— Tu restes un collègue que j'apprécie…

— Et que penses-tu que je cherche à t'extirper contre ta volonté ? me coupa-t-il.

Andrew s'était avancé, j'étais acculée contre la rambarde et Elie s'était rapproché de moi, une lueur inidentifiable dans les yeux. Peut-être qu'il était temps de dire la vérité.

— Je partage ma vie avec quelqu'un.

L'homme sembla choqué de ma révélation. Il fit un pas en arrière et éclata de rire. Décidément entre Poly hier et lui aujourd'hui, j'étais servie !

— Tu n'es pas du tout mon genre, réussit-il à articuler entre deux hoquets.

— Ho, hé bien tant mieux, lui assurai-je quelque peu décontenancée par sa réaction.

— Moi ce qui me fait fantasmer, ce sont les grands blonds musclés. Exactement comme le gars qui est venu te chercher hier. J'en aurais bien fait mon quatre heures, ponctua-t-il d'un clin d'œil.

— Quoi ?

— Je suis gay Rosy, si je suis si prévenant avec toi, c'est que tu provoques ça en moi, c'est tout. J'ai envie d'être là pour toi, de te protéger, un peu comme un grand frère. Je ne dis pas que tu n'es pas un canon en ton genre, mais tu ne m'intéresses pas sur ce plan.

Il tira sur sa cigarette et rejeta la fumée en faisant des cercles.

— Ça va mieux ? s'enquit-il.

— Oui, j'aurais dû venir te voir pour en parler plutôt que de te fuir comme ça. C'était ridicule.

— Si tu pouvais le garder pour toi, je n'aime pas trop parler de ma vie privée au bureau. Je te l'ai dit pour dissiper tout malentendu.

— Oui bien sûr, ne t'inquiète pas.

Andrew nous coupa en frappant sur la vitre.

— Je dois y aller, me repris-je bougeant pour le rejoindre.

— Tout va bien avec lui ? Ne te laisse pas marcher sur les pieds, s'il te pose soucis, parles-en !

— Je t'assure que ça roule, quand on apprend à le connaître, il est génial.

— Alors ça, si je m'attendais, personne n'a jamais utilisé ce terme en parlant de lui.

— Il faut un début à tout ! À plus tard, contente qu'on ait pu crever l'abcès.

— Moi aussi, et si jamais ton ami est intéressé, donne-lui mon numéro.

— Je ne crois pas non, ris-je, il préfère les grandes brunes.

— Ho ! J'ai compris ?! Quelle chance.

J'enjambai la marche pour me retrouver auprès d'Andrew et fis un signe de la main à Elie qui avait dégainé son portable et écrasait sa cigarette sur la balustrade.

— Ça s'est bien passé ?

— Nickel, je ne l'intéresse pas.

— T'es sûre ?

Certaine. Allons voir si Greg a trouvé quelque chose.

Andrew m'emboîta le pas et nous descendîmes aux archives. Nous arrivâmes au bureau qu'occupait notre collègue, mais ne le trouvâmes nulle part. nous nous apprêtions à remonter quand la baisse de température qui se faisait sentir en sa présence nous arrêta.

— J'ai trouvé quelque chose, mais la piste est froide et je ne suis pas sûr que ça nous aide.

— Je suis passé de l'espoir au désespoir en quelques secondes.

— Désolé, je n'ai pas bien présenté les choses, je crois.

— Tant pis, dis-nous ce que tu as dégoté, le pressa Andrew.

— Il y a dix ans, un gars du nom de Jarod enquêtait sur une affaire de disparus. C'étaient tous des extraordinaires aux dons impressionnants. Certains ont été retrouvés morts, les autres n'ont jamais reparu.

— Ça pourrait coller. Où est Jarod ?

— Mort lui aussi. Retrouvé dans son lit, sans vie. Son cœur s'est arrêté de battre selon le rapport.

— Donc on n'est pas plus avancés, soufflai-je.

— Il faut essayer de trouver d'autres affaires du même genre. Il y en a forcément. S'il y a eu une vague d'enlèvements, c'est qu'ils « *recrutent* » de manière massive, ça laisse supposer qu'ils localisent, surveillent et entrent en action quand ils sont sûrs de leur coup.

— Quand ton ami a-t-il disparu ?

— Il y a dix-huit ans, lâchai-je, j'avais quinze ans.

Les deux hommes qui m'accompagnaient me fixaient avec étonnement.

— Un problème ?

— Ça fait dix-huit ans que tu le cherches ?

— Oui.

— Tu n'as jamais renoncé ?

— Jamais. Je suis plutôt tenace.

— Une telle patience mérite d'être saluée, je t'invite ! lança Andrew dont l'estomac venait de se faire entendre.

— Je vais rester et voir si je trouve quelque chose sur la disparition d'autres personnes à cette période.

Andrew et moi saluâmes Greg et sortîmes. Nous nous dirigeâmes vers le centre-ville ou mon collègue me demanda de choisir où il me plairait de manger.

J'étais barbouillée aujourd'hui et n'avais pas grand appétit, mais je devais faire en sorte de mieux me nourrir, aussi optai-je pour un restaurant classique. Mon ami commanda un steak à la braise avec des frites et une salade et moi une blanquette de dinde servie avec du riz. L'appétit arriva d'un coup lorsqu'on posa mon assiette devant moi. L'odeur vint m'envahir et je me jetai sur mon plat que j'engloutis rapidement.

Il remonte à quand ton dernier repas s'étonna Andrew ?

— Hier soir, mais je n'ai pas pu le terminer et je n'ai pas eu le temps de prendre un petit déjeuner digne de ce nom.

— Du coup, tu veux un dessert ?

— Volontiers !

Andrew demanda un café et je commandai un coulant au chocolat accompagné d'une boule de glace que j'attendis avec impatience. Nous prîmes le temps de finir notre repas, lui savourant son café et moi me délectant des douceurs qu'on m'avait apportées. Andrew m'avait invitée comme promis et je lui assurai que la prochaine addition serait pour moi quand mon téléphone sonna.

L'hôpital essayait de me joindre, Poly avait donné mon nom à contacter en cas d'urgence. Ils ne voulurent pas me donner d'autres informations, hormis le fait qu'elle avait eu un accident. Andrew qui avait entendu la conversation me fit signe de le suivre. Nous courûmes jusqu'à sa voiture et il me conduisit aux urgences. Il me laissa devant la porte d'entrée et me demanda de lui donner des nouvelles, avant de regagner l'agence. Je me précipitai à l'accueil et poussai au passage un jeune homme sans prendre la peine de m'excuser tellement j'étais inquiète.

— Bonjour, on m'a téléphoné pour mon amie, elle s'appelle Poly.
Ou avait-elle donné son vrai nom, Polynoë ?
— Est-ce que le docteur Summers a été appelé ? Il est de garde.
— Je regarde mademoiselle.

Je sortis mon téléphone et appelai Abriel qui décrocha immédiatement.

— Rosy ? Où es-tu ?
— Aux urgences… Poly, réussis-je à dire avant de fondre en larmes.
— J'arrive.

Je raccrochai et m'adossai au mur pour ne pas m'effondrer. La secrétaire fit le tour du comptoir et vint me demander si j'avais besoin de quelque chose, mais je ne pouvais articuler aucun mot tant la peur me tordait les entrailles. Abriel arriva et je me jetai dans ses bras.

— Où est-elle ? Comment elle va ?

— Elle a eu un accident de voiture.

Chapitre 20

Abriel me soutenait tandis que nous déambulions dans les couloirs. Je sentais mes jambes flageolantes et me serait effondrée s'il ne m'avait pas retenue.

— On n'a eu aucun détail. Il y a eu un appel au secours passé par quelqu'un qui se trouvait sur les lieux. Selon son témoignage, un véhicule l'aurait percuté.

— Il ne s'est pas arrêté ?

Il secoua la tête en signe de dénégation.

— Enfoiré, fulminai-je. Dans quel état est-elle ?

— Sa jambe déjà abîmée est fracturée. Elle a une partie de la cage thoracique enfoncée avec plusieurs côtes cassées. Son épaule gauche a été déboîtée et elle a perdu beaucoup de sang.

— Ho mon dieu !

Je me retenais de hurler, Poly était la sœur que je n'avais jamais eue, elle avait été la première personne que j'avais laissée entrer dans ma vie après avoir perdu Léo, je ne voulais pas la perdre elle aussi.

— Dis-moi que sa vie n'est pas en danger.

Abriel ne dit rien. Il me fit pénétrer dans un couloir où tout était silencieux et nous arrêta derrière une vitre. Sur le lit en face de moi gisait un corps que je ne reconnaissais pas. Elle avait des bandages partout, un plâtre, sa chair était à vif à plusieurs endroits de son corps. Elle semblait si fragile, sur le point de se briser, mais en cet instant c'était mon cœur qui venait de le faire. Je m'accrochai à l'homme que j'aimais et pleurai à chaudes larmes sur le sort de mon amie.

— Dis-moi qu'elle va s'en sortir, je t'en supplie.

— Elle a de graves blessures, on ne peut rien dire à ce stade, il faut attendre de voir.

Ces mots me firent l'effet d'un uppercut, je m'effondrai pour de bon et Abriel me rattrapa avant que je ne m'écroule sur le sol. Il passa ses mains sous mes genoux et ouvrit la porte de la chambre où il me déposa dans un fauteuil puis quitta la pièce un instant et revint avec un gobelet à la main.

— Bois, il y a un peu de sucre, ça va t'aider.

J'attrapai le verre. Tremblante j'en renversai une partie sur le sol. Il alla chercher du papier, nettoya, puis vint s'asseoir sur l'accoudoir.

— Je l'ai prise en charge dès son arrivée, j'ai fait les premiers soins et j'ai assisté à l'opération.

— Quelle opération ? demandai-je complètement déconnectée.

— Sa jambe chérie, il a fallu opérer.

— Elle sera encore plus handicapée ?

— C'est possible, on n'en sait rien.

Il m'embrassa sur le crâne et caressa mes cheveux un moment. Un bip retentit, lui faisant plonger la main dans sa poche.

— Il faut que j'y aille, je reviens au plus vite. Ça va aller ?

Je fis oui de la tête, trop choquée pour répondre.

— Nous sommes aux soins intensifs, tu n'as pas le droit d'être là. Si on te pose la question, dis que c'est moi qui t'aie amenée et autorisée à rester.

J'acquiesçai encore une fois et le médecin urgentiste disparut dans l'instant. Tout ça n'était pas réel, c'était impossible. J'allais me réveiller d'un moment à l'autre de ce cauchemar ! Mais non, le temps continua à s'égrener et Poly était toujours étendue devant moi, se battant pour sa vie.

Je me levai et manquai de tomber, je n'étais toujours pas stable sur mes jambes. Je me cramponnai à ce qui se trouvait autour de moi pour arriver à bout de force au chevet de mon amie. Je grimpai sur le lit, faisant attention à ne pas la toucher et m'allongeai à ses côtés. Je caressai ses cheveux aussi délicatement que possible, je ne faisais que les effleurer de peur de lui faire mal, puis je me penchai à son oreille.

— Je suis là Poly, je ne te laisserai pas seule ici, on va se battre ensemble, toi, moi et Abriel. Mon bébé veut voir sa tante, ne nous laisse pas, je t'en supplie.

Je pleurai une fois encore, le désespoir m'étreignant. Je restai à ses côtés sans dire un mot de plus, ne pouvant me résigner à m'éloigner d'elle. Mon roc dans ces moments si durs finit par revenir, je n'avais aucune idée du temps qui s'était écoulé.

— Tu te sens mieux ?

— Non, Abriel j'ai tellement peur !

— Je sais, viens ici, dit-il m'attrapant pour me serrer contre lui.

Tandis que je sanglotais contre son torse, un son attira mon attention. Il était faible, mais je pouvais l'entendre. Je souris n'ayant jamais été aussi heureuse qu'à cet instant.

— Elle chante !

— Quoi ?

— Tu n'entends pas ? Elle chante je te dis ?

— Je ne comprends rien, explique-moi.

— La dernière fois que mes émotions étaient sens dessus dessous, Poly s'est mise à chanter.

Abriel réfléchissait, il avait du mal à comprendre ce que je lui disais et je ne pouvais pas lui en vouloir, il n'avait pas tous les éléments en main et avait du mal à raccrocher les wagons.

— Tu veux parler d'un chant similaire à ceux des sirènes ?

— C'est ça ! jubilai-je. Ce sont les néréides qui leur apprennent.

— Je suis désolé, je n'entends rien, dit-il après un moment de silence.

— Elle et moi, nous avons une sorte de connexion, je t'en supplie, crois-moi !

— Je te crois, s'empressa-t-il de me rassurer. Est-ce qu'elle dit quelque chose ?

Nous nous tûmes et je fermai les yeux pour me concentrer.

— « *Entends ma prière, entends ma voix, toi, ma sœur qui reste près de moi. Dans mon élément, porte-moi, il n'y a qu'elle qui pourra* », répétai-je.

— Autre chose ?

— Non, elle répète ça en boucle. On doit la faire sortir d'ici.

— Mais pour aller où ? Et qui est « *elle* » ?

Je me mis à faire les cent pas dans la chambre me frottant la tête pour aider mes idées à circuler.

— Si on la bouge, on peut provoquer des lésions encore plus graves. Elle est stable, mais si elle devait faire un arrêt cardiaque ou je ne sais quoi d'autre, je n'aurais pas le matériel pour intervenir, reprit-il.

La capacité de mon petit ami me revient en mémoire comme une gifle en plein visage.

— Bon sang ! Pourquoi n'as-tu pas laissé ton don agir ! Fais-le maintenant, l'enjoignis-je le tirant par la manche pour qu'il s'occupe d'elle.

— J'ai essayé Rosy, c'est comme ça que je l'ai stabilisée, mais je ne peux rien de plus. Je pense que c'est sa nature de néréide qui me bloque, son corps ne fonctionne pas totalement comme le nôtre.

— Alors on la sort d'ici, décidai-je.

— Mais pour aller où ?

— Son élément, c'est dans la mer qu'il faut qu'on l'emmène, elle a dit « *il n'y a qu'elle qui pourra* » tu n'as pas pu, mais son élément lui, oui.

— Tu es sûre de ça ?

— Non, mais je tenterai tout, hors de question de ne rien faire.

Abriel arpentait la chambre de long en large, hésitant sur la marche à suivre. Il n'avait pas le droit de la faire sortir, je le savais très bien. Il risquait sa place s'il m'aidait dans l'exécution de mon plan et s'il perdait son emploi à cause de ça, personne ne l'embaucherait plus.

— Je peux me débrouiller sans t'impliquer, le rassurai-je attrapant mon portable.

— Non, non, attends, range ça ! On réfléchit d'abord, on agit ensuite, quand on sera au point.

Certaine qu'il avait plus les idées en place que moi, j'obtempérai.

— Comment la sortir d'ici ne m'inquiète pas outre mesure, ça ne devrait pas être trop compliqué, c'est l'emmener qui est risqué. Il nous faut une ambulance pour pouvoir intervenir en cas de besoin. Il faut également qu'on sache où l'emmener précisément avant de partir.

— Ça, je sais, chez elle.

— Développe.

— La villa qu'elle a achetée à une plage privée à l'abri de tous les regards. On y sera tranquilles et il n'y aura personne pour nous déranger.

— Tu as les clefs ?

— Pas besoin de passer par la maison en elle-même, on peut contourner. Il y a un petit portail, mais je devrais réussir à le crocheter en moins de deux.

— Bien, reste la question de l'ambulance.

— Je dois passer un coup de fil.

Je pris mon téléphone et cherchai le numéro d'Andrew dans mon répertoire. Il décrocha immédiatement.

— J'attendais de tes nouvelles, comment va ton amie ?

— Mal, il faut qu'on la sorte d'ici.

— Euh… T'es sérieuse ? Tu veux l'emmener où ? Dans un autre hôpital ?

— Non, je veux la ramener chez elle, elle a besoin de quelque chose qu'il n'y a pas ici pour guérir et ça presse.

— Tu es sûre de ton coup ?

— Oui.

— OK, je te suis. Tu as besoin de quoi ?

— Une ambulance, avec tout le matériel médical.

— Même s'il y a tout le matos, on ne sait pas s'en servir.

— J'ai un médecin sous la main, il ne nous manque que l'ambulance, dis-moi que tu peux m'aider, je t'en supplie !

— Je vais faire tout ce qui est en mon pouvoir. Je te rappelle.

— Quand ?

— Je ne sais pas Rosabeth, laisse-moi contacter quelques personnes, je te tiens au courant le plus rapidement possible.

Je fourrai le téléphone dans ma poche et commençai à tourner en rond. Abriel fut à nouveau bipé et me laissa seule une fois encore au chevet de Poly.

Je lui assurai que nous allions la ramener, qu'elle devait tenir le coup le temps qu'on s'organise. Abriel entra dans la chambre au moment où mon téléphone vibra. Je décrochai et attendis fébrile ce qu'Andrew avait à me dire.

— Je suis désolé, rien à faire.

— C'est pas possible, on ne peut pas renoncer comme ça, il faut trouver une solution, me lamentai-je.

— À vrai dire, Greg a bien une proposition.

— Quoi ! m'impatientai-je.

— Si je viens à l'hôpital, je peux posséder un ambulancier le temps de faire le trajet aller-retour, entendis-je à l'autre bout du fil.

— L'idée de manipuler quelqu'un ne me plaît pas, dis-je, mais si on n'a pas d'autre option…

— On sera là dans une vingtaine de minutes.

La tonalité retentit, Andrew avait raccroché.

— Quand ta garde prend-elle fin ?

— Dans une demi-heure. On va devoir la mettre sur un brancard pour la déplacer, et toi, tu vas devoir te changer.

— Comment ça ?

Le médecin sortit et revint quelques minutes plus tard avec un uniforme d'infirmière.

— Enfile ça, et surtout, n'oublie pas le badge.

— Il n'y a rien d'écrit dessus.

— Oui, les stagiaires portent cet uniforme et inscrivent leur nom au marqueur, trouve un autre prénom, j'ai parlé de toi à quelques collègues, dit-il gêné.

— En bien ou en mal ?

— Très drôle.

Je disparus dans les toilettes de la chambre et enfilai la tenue qui me permettrait de passer inaperçue. Je lissai la jupe, pas très à l'aise en sortant de la pièce, et vis Abriel qui me regardait fixement.

— Je sais que c'est pas le moment de fantasmer, mais… bordel !

— D'ici quelques mois, je serai énorme et tu ne fantasmeras plus du tout, le refroidis-je.

— Ça reste à voir, jamais femme n'a eu une telle emprise sur moi.

— Abriel ! le rappelai-je à l'ordre alors qu'il s'avançait vers moi à pas lents.

— Oui tu as raison, concentrons-nous, se reprit-il. Le brancard est devant la porte. Je vais tirer les rideaux pour que personne ne voie qu'elle n'est plus là. Il faudra la faire circuler avec le drap relevé sur la tête.

— Attends, quoi ? Non ! Tu veux la faire passer pour morte ?

— On n'a pas le choix si on veut rester discrets.

— Tu vas y arriver ?

J'acquiesçai en avalant ma salive.

— Envoie un message à ton ami, dis-lui de nous attendre derrière avec l'ambulance. On descendra quand ils seront prêts.

Nous attendîmes en silence, nous jetant des regards inquiets de temps en temps jusqu'à ce que je reçoive l'appel tant attendu.

— On est là.

— C'est parti, dis-je à mon complice.

Il sortit de la chambre et me fit signe que je pouvais m'engager dans le couloir. Comme lorsque j'étais arrivée, il était vide. Nous atteignîmes les ascenseurs sans croiser personne. Rien de très étonnant à cet étage. Selon lui, c'est après que ce serait plus compliqué.

Nous avions convenu de nous séparer. Lui sortirait par la grande porte comme à son habitude, saluant ceux qu'il croiserait, afin de ne pas éveiller les soupçons. Moi, je prendrai la direction de la morgue et bifurquerai au dernier moment. Andrew, Greg et lui m'attendraient derrière l'hôpital.

Chapitre 21

Je poussais le brancard dans les couloirs évitant de regarder quiconque dans les yeux, sûre que l'on m'arrêterait si cela devait arriver. Lorsque je vis indiqué la direction de la morgue, mon cœur qui battait à toute allure accéléra encore, menaçant de sortir de ma poitrine. De ma vie, je n'avais jamais été aussi stressée.

Je m'efforçais de respirer calmement en m'y dirigeant quand un petit homme maigre et chauve qui se tenait au milieu du passage leva une main pour me stopper.

— Qui est-ce ? Où se trouve son dossier *I-so-bel,* dit-il en détachant chaque syllabe du prénom que j'avais inscrit sur le badge.

— Je… bredouillai-je cherchant une excuse. Je l'ai oublié dans la chambre, je suis désolée, monsieur, c'est mon premier jour et je suis un peu nerveuse.

— Demi-tour.

— Pardon ? demandai-je pensant avoir mal compris.

— Vous faites le chemin en sens inverse, sans jamais lâcher ce brancard, et vous récupérez le dossier. Toute personne circulant dans cet hôpital doit être identifiable, vivante comme décédée. Me suis-je bien fait comprendre ?

— Oui monsieur, ça ne se reproduira plus.

— Certainement, dit-il sortant une petite paire de lunettes rondes qu'il déposa sur son nez.

L'homme d'un certain âge me dépassa et tapota ma main au passage avant de disparaître. Je vis Andrew arriver à l'autre bout du couloir.

— Qu'est-ce que tu fais là ? lui murmurai-je alors qu'il me faisait signe de bouger pour prendre ma place.

— J'ai vu ton compagnon arriver, mais pas toi, on a commencé à s'inquiéter alors je suis venu.

— Comment sais-tu pour Abriel ? C'est lui qui vous l'a dit ? Il a parlé d'autre chose ? paniquai-je ne voulant pas que ma grossesse soit révélée maintenant.

— J'ai partagé ton cauchemar, je l'ai reconnu.

J'opinai du chef, soulagée que notre secret petit pépin le soit toujours. Je me précipitai vers la porte et vis un homme ouvrir celle d'une ambulance. Abriel était déjà installé à l'arrière et vérifiait qu'il y avait tout ce dont il pourrait avoir besoin. Il se leva à notre arrivée et aida Andrew et l'homme que je supposais être l'hôte de Greg, à entrer le brancard et à l'attacher solidement.

Je m'installai aux côtés du médecin, bien décidée à lui prêter main-forte si cela devait être nécessaire, tandis qu'Andrew se glissait derrière le volant et que son collègue prenait place côté passager.

— On peut y aller ? demanda Greg dont je crus reconnaître la voix.

— Oui, démarrez, confirma Abriel qui prenait la tension de Poly.

Elle avait cessé de chanter quand nous avions quitté la chambre. J'espérai que c'était parce qu'elle avait compris que nous faisions ce qu'elle voulait, mais une part de moi ne pouvait s'empêcher de se demander si la raison n'était pas qu'elle nous échappait un peu plus.

— Tout va bien ? s'enquit Abriel à voix basse.

— Oui, si elle tient le coup, je peux le faire aussi, dis-je laissant ma tête retomber sur son épaule.

Le moniteur cardiaque qu'il avait branché bipait doucement et régulièrement, sa poitrine se soulevait à une allure régulière. Nous roulions lentement pour ne pas risquer de provoquer une autre lésion.

Le trajet se fit sans encombre. Je descendis du véhicule pour ouvrir le portail de la propriété, espérant que Poly avait gardé le même code que celui de notre précédente habitation. Je refermai les épaisses portes en métal et courus rejoindre notre petite équipe.

— Est-ce que vous avez besoin de nous ? demanda Greg.

— Vous partez ? m'étonnai-je.

— Plus vite nous ramènerons l'ambulance, mieux ça sera, dit Andrew.

— Et plus vite je libérerai ce pauvre homme, moins il aura mal au crâne, renchérit Greg.

— Oui, je comprends. On prend la relève, ne vous inquiétez pas. Merci, les gars, je vous dois beaucoup.

Ils me saluèrent de la main alors qu'ils grimpaient dans le véhicule d'urgence qui repartait en direction de l'hôpital.

Abriel portait Poly et avait enfilé un sac à dos qui contenait du matériel. Je pris les devants et il me suivit sans poser de questions.

Lorsque nous arrivâmes devant le petit portillon qui donnait sur la plage privée, je me mis à genoux dans le sable et enlevai une des pinces qui se trouvait dans mes cheveux. Je n'avais plus crocheté de serrure de puis un petit moment aussi n'y arrivai-je pas du premier coup.

— Chérie, je ne veux pas te mettre la pression, mais il faut accélérer, je n'ai plus aucun moyen de savoir si son état se dégrade. Il faut tester ta théorie le plus rapidement possible et retourner à l'hôpital si nécessaire.

Alors que certaines personnes perdaient leurs moyens sous la pression, il en allait du contraire pour moi. Le temps pressait pour Poly, mes mains cessèrent de trembler et j'entendis le petit cliquetis qui m'indiqua que j'avais réussi. Je bondis sur mes pieds et ouvris la porte pour les laisser passer.

Abriel ouvrit des yeux ronds en voyant la superbe plage privée, mais ne s'arrêta pas pour autant. Il avança sur le sable et s'agenouilla là où il commençait à être humide.

— Comment on fait ? me demanda-t-il. Est-ce qu'elle dit quelque chose d'autre ?

— Non. Elle a dit qu'« *elle* » pourrait, il faut la mettre dans l'eau.

— OK, mais pas totalement.

— Petit à petit, proposai-je.

Il acquiesça.

— On y va.

Il la souleva avec précaution et s'arrêta au bout de la plage, puis déposa son corps fragilisé que l'eau salée vint lécher. Son apparence se modifia tandis que l'écume se formait instantanément aux endroits où la mer entrait en contact avec sa peau. Me penchant pour regarder par-dessus son épaule, je vis que les chairs abîmées se refermaient déjà. Je ne pus réprimer un cri de joie.

— Ce n'est pas suffisant, il lui en faut plus !

Je le sentais hésitant, mais il obtempéra et la déplaça de manière à ce que son corps soit en partie immergé. L'eau se mit alors à bouillonner et tourbillonner autour du corps de la néréide. Son soigneur se démenait pour la maintenir, mais le courant était plus fort, j'avançais pour l'aider, mais rien n'y fit, nous avions beau lutter, les flots finirent par emporter mon amie sous nos yeux médusés. Je voulus plonger, mais Abriel m'arrêta, me traînant de force sur la plage. Je hurlai de désespoir avant de me laisser tomber à genoux.

— On va attendre, me dit-il en s'asseyant près de moi.

— Attendre quoi ? m'époumonai-je, que la mer recrache son corps ?

— Rosy, c'est ta meilleure amie et c'est une néréide. Elle t'a demandé de l'amener ici, nous avons fait ce qu'elle souhaitait. Il n'y a rien de plus que nous ne puissions faire maintenant.

Il m'attrapa et me tira doucement contre lui. Je vins me blottir dans ses bras et cessai de trembler en fixant la surface de la mer.

Elle était d'un bleu presque turquoise, on voyait le sable blanc par transparence et quelques poissons qui nageaient. Elle était tellement calme que personne ne nous aurait crus si nous avions décrit ce que nous venions de vivre.

Le temps passa sans que rien ne se produise. Abriel se leva et se dirigea vers la maison quand le jour commença à décliner tandis que je restai à scruter les eaux. Il revint avec une couverture qu'il mit sur nos épaules et deux tasses fumantes.

— Il y avait une clé sous une fausse pierre, expliqua-t-il.

Il fit un petit trou dans le sable où il déposa le thé qu'il venait d'apporter. Je la saisis et bus une gorgée, me brûlant la langue. Abriel posa une main sur mon avant-bras et la douleur cessa instantanément. Pour la première fois, rien ne se produit.

Nous restâmes assis l'un près de l'autre un long moment. Il finit par se lever et faire les cent pas, marchant le long de la côte les mains dans les poches, les yeux rivés sur ses pieds, s'arrêtant par moment pour voir si rien ne se produisait au dernier endroit où nous l'avions vu.

— Peut-être qu'on devrait y aller, dis-je brisant mon silence.

— Où ?

Je me mordis la langue hésitant à faire cette révélation.

— Dans son refuge, lâchai-je.

— Où est ce que ça se trouve ? demanda-t-il revenant vers moi à grandes enjambées.

— En pleine mer. Un bateau qui a fait naufrage.

— Tu saurais le situer ?

Un nœud se forma dans mon estomac. Je fis non de la tête. Je me laissais aller sur le sable m'enroulant totalement dans la couverture.

— Rosy ! s'exclama Abriel.

Je me redressais et vis l'eau bouillonner à nouveau. J'avançais à quatre pattes m'approchant de l'eau et fus happée par les flots. Je l'entendis crier mon nom avant d'être à mon tour engloutie. Je sentis des bras m'entourer et ouvris les yeux pour les plonger dans ceux de Poly qui arborait un sourire magnifique sur de petites dents pointues que je n'avais encore jamais remarquées. Je l'attirai contre moi et lui rendis son étreinte alors que nous remontions à la surface. Je le vis alors au loin, qui me cherchait, complètement affolé. Nous étions très loin de la plage, je n'avais aucune idée de comment j'étais arrivée jusqu'ici. Je l'appelai, agitant la main pour qu'il me voit, mais il ne m'entendait pas. Poly laissa un cri aigu sortir de sa gorge, il fit volte-face puis plongea pour venir à notre rencontre. Nous fîmes de même, mais la néréide ne nageait pas aussi vite que d'habitude.

— Tu m'as fait une de ces peurs ! dit-il m'attirant à lui.

J'enroulai mes jambes autour de sa taille et l'embrassai.

— Je suis désolée, je n'avais pas l'intention de te faire paniquer, s'excusa Poly d'une voix que je ne reconnaissais pas.

Je la regardai inquiète.

— Comment te sens-tu ? demanda Abriel qui avait senti que je m'étais crispée.

— Je suis tirée d'affaire, ma vie n'est plus en danger, mais je ne suis pas remise. J'ai une forme plus primaire que d'habitude, il va me falloir rester dans l'océan quelque temps pour recevoir des soins, je ne pourrai pas reprendre forme humaine dans l'immédiat.

— Combien de temps ? demandai-je.

— Je n'en sais rien. Vous pouvez profiter de la maison, je vais rester dans les parages, je pourrai vous protéger d'ici s'il devait arriver quelque chose.

— Je vais finir le déménagement, promis-je, tout sera installé pour ton retour.

— Ne t'inquiète pas pour moi, j'ai tout ce dont j'ai besoin ici. Tiens Abriel pendant que j'y pense, c'est pour toi.

Elle lui tendit des algues qu'il prit, étonné. Elle rit.

— Elles sont médicinales, je me suis dit que tu aimerais les étudier. Avec elles tu pourrais soigner les créatures marines qui se cachent parmi les humains.

Je vis le regard du soigneur s'illuminer.

— Merci !

— Je t'en prie. Vous devriez rentrer, je vais retourner me reposer.

— Donne-moi de tes nouvelles ! l'implorai-je.

— Tu en auras, dit-elle avant de se laisser glisser dans les eaux devenues noires.

Nous regagnâmes la plage et remontâmes à la maison. Enroulés dans des serviettes et assis sur la terrasse à contempler la lune se refléter sur l'eau, je me sentais apaisée. Nous avions mené notre mission à bien, Poly allait se remettre et c'était tout ce qui m'importait en ce moment.

— Tu veux rentrer à la maison ?

— Non, je reste ici tant qu'elle ne sera pas de retour, l'informai-je.

— Je comprends. Je peux rester avec toi ?

Je me levai et m'assis sur ses genoux.

— Pour la première fois de ma vie, je n'ai pas envie d'être seule pour affronter tout ça.

— Le soleil va bientôt se lever, je ne suis pas de garde demain. J'irai nous chercher des affaires. On rentre ?

— Vas-y, je reste encore un peu ici.

Il acquiesça et se leva, prenant les algues que Poly lui avait remises. Je restai un moment dehors et fermai les yeux. J'avais l'impression d'entendre mon amie chanter, mais peut-être était-ce la fatigue, ou simplement un désir auquel mon imagination donnait vie.

Je m'étirai et pris la direction de la maison où le salon était éclairé. Un petit bruit attira mon attention. Je trouvai Abriel torse nu, assis au sol, un petit carnet posé à plat devant lui, les végétaux marins plaqués sur une feuille sur sa gauche, il reproduisait ce qu'il avait sous les yeux.

— Que fais-tu ? l'interrompis-je.

— Je la dessine.

— Pourquoi ?

— Les plantes périssent rapidement, j'ai besoin de les conserver en mémoire telle qu'elles sont.

— Abriel, je ne comprends rien à ce que tu me racontes, dis-je venant m'installer près de lui.

Il posa son crayon et me tendit le petit carnet. Je le saisis et le feuilletai. Il s'était constitué une sorte de répertoire où il avait croqué toutes sortes de plantes, sous lesquelles étaient écrites des propriétés médicinales.

— Impressionnant, je ne savais pas que tu dessinais. Mais en quoi cela t'aide de les garder sous cette forme. Tu ne peux pas les utiliser.

Il me gratifia d'un large sourire sans me répondre. Tournant les pages, je tombai sur un portrait de moi qui me laissa sans voix.

Dessiner une plante était quelque chose, faire le portrait d'une personne en était une autre.

Je me souvenais très bien de ce moment, nous étions partis en escapade un week-end en montagne, c'était une photo qu'il avait prise au cours d'une randonnée. Nous avions gravi un mont et profitions d'une vue à couper le souffle. Abriel n'avait pas pris la peine de dessiner le paysage, il n'y avait que moi, qui tenais mon chapeau d'une main de peur que le vent ne l'emporte.

— C'est magnifique.

— Le modèle y est pour beaucoup.

Il s'approcha de moi et m'attira à lui. Je plongeai mes yeux dans les siens et les fermai alors que ses lèvres se posaient sur les miennes.

Chapitre 22

Je me réveillai en pleine nuit et mis quelques instants à me rappeler où j'étais et pourquoi. Nous avions investi la chambre à côté de celle de Poly qui contenait le deuxième lit qu'elle avait acheté. Abriel dormait profondément, ses traits étaient totalement détendus. Je fus alertée par un bruit qui me semblait familier et me levai précipitamment pour descendre au salon. Je souris lorsque je vis Léo feuilleter le carnet.

— Il a un bon coup de crayon.

— Oui, j'ai découvert ça.

— Ça ne fait pas si longtemps que ça que vous êtes ensemble, je me trompe ?

— Non c'est vrai, mais jamais je n'ai été aussi bien avec quelqu'un.

Il le laissa tomber sur une chaise et me fixa.

— Ah bon ?

Je compris immédiatement qu'il parlait de nous.

— Ce n'est pas pareil, nous n'étions pas en couple toi et moi.

— Ça aurait pu, si…

Mon cœur s'était emballé à ces mots, il venait bien de dire ce que j'avais entendu ?

— Si quoi ? demandai-je.

— Si je n'avais pas été ce que je suis.

— Ça n'aurait pas marché de toute façon.

— Pourquoi ça ?

— Tous les deux, on était fusionnels, mais on fonctionnait plus comme des frères et sœurs.

— Je t'assure que certaines de mes pensées te contredisent.

Je n'en revenais pas de ce qu'il me révélait. Gênée, je décidai de changer de sujet.

— C'est comme ça qu'on va communiquer tous les deux ? En clandestinité, quand tout le monde sera couché ?

— Je n'ai rien de mieux à t'offrir pour le moment. C'est la seule solution que j'ai trouvée pour que nous soyons en sécurité tous les deux.

— Et s'il se réveillait ?

— Impossible.

— Comment ça ?

— J'ai ralenti ses flux.

— Quoi ? Mais c'est dangereux, tu ne peux pas faire ça ! Arrête tout de suite.

— Je maîtrise mon don, il ne craint rien ! s'agaça Léo. Je ne comprends pas ce que tu veux, continua-t-il sur le même ton. C'est toi qui as fait des pieds et des mains pour me retrouver et voilà que maintenant ça a l'air de te déranger de me voir.

— Tu dis n'importe quoi, m'emportai-je à mon tour. Ce qui me dérange c'est de ne pas pouvoir te voir en plein jour, ce qui me dérange c'est de ne pas savoir où tu vis, ce que sont devenus tes parents, ce qui me dérange, Léo, c'est de ne pas avoir une relation normale avec mon ami d'enfance que j'ai eu tant de mal à retrouver ! C'est de savoir qu'il est en danger à chaque instant. Voilà ce qui me dérange !

Il leva les mains en guise de reddition.

— Je peux répondre à certaines de tes questions, mais ce que je vais te révéler pourrait ne pas te plaire.

— Où sont tes parents ?

— Lorsqu'on a découvert mes capacités, ma mère a eu très peur, elle nous avait caché qu'il y avait des extraordinaires de son côté de la famille. Mon père est tombé des nues, ils ont failli se séparer, il l'a vécu comme une trahison.

Léo s'assit sur une chaise me faisant signe de m'installer sur l'autre.

— Quand le recruteur de l'organisation est venu sonner à notre porte la première fois, ils l'ont accueilli avec méfiance. Ils ont poliment écouté ce qu'il avait à dire et ont conclu sur le fait que j'étais trop jeune pour que je leur sois confié. Ils ne pensaient pas qu'il reviendrait à la charge si rapidement et si brusquement. Ils ont vite compris qu'ils étaient dangereux et ma mère a fait appel à une de ses connaissances. Nous avons fui en pleine nuit pour ne pas attirer l'attention et l'ami de maman a nettoyé derrière nous.

— Je ne comprends pas.

— Il nous a effacés. C'est ce qu'on appelle un archiviste. Ils ont une mémoire extraordinaire, ils se souviennent du moindre évènement de leur vie, mais s'ils n'oublient rien ils peuvent effacer les souvenirs des autres.

— Ce qui explique pourquoi personne ne semblait vous connaître, mais pas pourquoi moi, je n'ai rien oublié.

— Je n'ai pas la réponse à ça.

— Où sont-ils maintenant ?

— Ils sont morts Rosy. L'organisation les a localisés, ils ont été torturés, mais ne révélant pas où je me terrais, ils ont mis fin à leurs jours.

Léo fixait le sol, moi, je ne savais pas quoi dire tant la nouvelle me bouleversait. Je me rappelais de sa mère comme d'une femme douce, totalement dévouée à son fils unique. Elle chérissait chaque moment passé avec lui et veillait à être à son écoute chaque fois qu'il en avait besoin.

— Je t'avais prévenue, mon histoire n'est pas agréable à entendre.

— J'ai quand même besoin de savoir. Pour pouvoir t'aider, mais aussi parce que je t'aime.

— Ah ! Tu vois, tu avoues, dit-il sur le ton de l'humour.

Je ne pus m'empêcher de sourire.

— Je vais devoir y aller, ton blondinet ne remarquera rien.

Léo se leva et lissa son pantalon.

— Le groupe semble me lâcher un peu ces derniers temps, ils doivent être en plein recrutement, ça me laisse souffler. Je ne te dis pas à demain, je ne sais jamais de quoi il sera fait.

Je me levai et le rejoignis, me hissant sur les pieds pour déposer un baiser sur sa joue. Il passa une main autour de ma taille et me serra dans ses bras, murmurant à mon oreille.

— Notre vie aurait été tellement différente.

Sur ces mots il me lâcha et recula d'un pas pour me regarder une dernière fois avant de tourner les talons et de quitter la maison. Je m'approchai de la porte et essayai de le trouver dans la pénombre, mais il avait déjà disparu. Léo fuyait depuis de nombreuses années, il était devenu un maître dans ce domaine, et cela bien malgré lui.

Je montai les escaliers, le cœur lourd et retournai me coucher. Abriel respirait normalement, je ne voyais aucune différence. Je me collai contre lui, passai un bras autour de son torse et me rendormis rapidement.

Quand j'ouvris les yeux, le soleil filtrait déjà par la fenêtre et j'étais seule dans le lit. Une odeur de café embaumait la maison et me poussa à me lever. Je descendis et trouvai mon compagnon debout contre la porte vitrée qui regardait l'océan. Je m'approchai et déposai un baiser sur son épaule nue. Il se tourna vers moi et fit de même sur mon front.

— Des nouvelles ? demandai-je alors qu'il quittait son poste d'observation.

— Non, mais j'ai tendance à penser pas de nouvelle bonne nouvelle, dit-il en revenant avec une deuxième tasse à la main.

Je la saisis et en bus une gorgée. Le liquide brûlant réveilla mon âme puis mon cerveau.

— J'adore mon appartement, mais je dois reconnaître que vivre ici… cette vue ! s'émerveilla-t-il.

— Tu te rappelles que nous sommes chez Poly ?

— Bien sûr, mais on pourrait chercher une maison dans le coin, il y aurait un extérieur pour le petit et Poly serait à proximité.

— Et ton appartement ?

— Je pourrais le louer, ou le vendre. Qu'importe, le plus important c'est d'être avec vous. Je ferai un tour dans le lotissement pour voir s'il y a quelque chose dans la journée, dit-il en posant sa tasse dans l'évier de la cuisine. Je vais faire un brin de toilette, me rhabiller et organiser votre déménagement, je m'occupe de tout ne t'en fais pas.

— Je vais donc prendre le temps d'apprécier mon café et puis j'appellerai Andrew pour lui donner des nouvelles.

— Ça marche, on se retrouve tout à l'heure.

— Attends, il faut que je te dise quelque chose.

Il s'arrêta pour m'écouter. Je ne pouvais décemment pas lui cacher la venue de Léo hier soir, mais je n'avais aucune idée de comment il prendrait la chose.

— J'ai revu Léo.

Abriel ne l'aimait pas, je le savais, mais j'avais espoir que son amour pour moi lui permettrait de passer outre son aversion.

— Quand ?

— Hier soir, et avant-hier soir également.

— Mais nous étions ensemble ? s'étonna-t-il.

— Oui, il a tendance à venir très tard, il reste à l'abri des regards, pour sa sécurité, et la mienne, m'empressai-je d'ajouter espérant que cela aiderait à faire passer l'info.

— J'ai le sommeil léger, comment se fait-il que je n'aie rien entendu ? Je ne t'ai même pas senti te lever !

Je sentais bien qu'il était contrarié, mais je ne voulais rien lui cacher.

— Léo a utilisé son don.

Il serra les mâchoires, passa une main dans ses cheveux et souffla.

— Qui est ?

— Si j'ai bien compris, il a une certaine capacité à agir sur les flux.

Je pouvais voir les rouages s'animer dans la tête d'Abriel.

— En somme, il m'a « *anesthésié* » sans me toucher, il aurait même pu me plonger dans un coma, voir me tuer sans avoir bougé du salon et tout en papotant avec toi.

Je secouai la tête.

— Je lui ai dit que je n'étais pas d'accord avec ses méthodes.

— Et ? Ça a changé quelque chose ?

Je baissai la tête confuse. Léo n'avait effectivement pas tenu compte de mes sentiments.

— Tu te rends compte de ce qu'il peut faire ? Il est dangereux Rosy.

— Il maîtrise son don, tu n'en aurais jamais rien su si je ne te l'avais pas dit !

— Ce qui fait de lui une menace.

— Ce qui fait de lui une proie, c'est pour ça que l'organisation veut lui mettre la main dessus.

— La prochaine fois qu'il viendra, je veux participer à votre réunion nocturne. Je ne suis pas jaloux, ajouta-t-il, mais je n'ai pas confiance en lui. À moins que vous ayez des conversations dont je ne dois rien savoir ?

— Non ! bien sûr que non, dis-je repensant à ses confidences.

— Avec son don, il a un pouvoir de vie et de mort sur chacun d'entre nous, ça vaut aussi pour notre bébé. Tu dois garder ça en tête.

J'avalai ma salive secouée par ce qu'il venait de dire.

— On parle de Léo, j'ai grandi avec lui.

— Mais vous n'êtes plus des enfants Rosy, tu as changé et lui sûrement encore plus avec la vie qu'il mène.

Le visage crispé, Abriel quitta la pièce et j'attrapai mon sac à dos laissé dans l'entrée pour prendre mon téléphone. Surprise de le trouver sur le sol, je le ramassai et composai le numéro de mon collègue et ami qui décrocha à la première sonnerie.

— J'attendais ton appel, comment va ton amie ?

— Bien mieux, elle est hors de danger, mais il va lui falloir du temps pour récupérer totalement.

— Super ! Elie a demandé à te voir, je pense qu'il a quelque chose.

Je me mordis l'intérieur de la joue, je me sentais tiraillée entre aider Léo et veiller sur Poly. Je réfléchis à toute allure pesant le pour et le contre pour finir par abdiquer. Il m'était impossible de ne pas mêler le boulot et la vie privée, d'ailleurs pour être honnête, tout était imbriqué depuis le début de ma carrière.

Je secouai la tête, ne croyant pas moi-même les mots qui allaient sortir de ma bouche.

— Je dois rester ici, venez me rejoindre, on travaillera de la maison.

— Tu es sûre ?

— Oui, c'est le seul moyen d'aider mes deux amis sans n'en délaisser aucun.

— Très bien, je pense qu'on sera là d'ici une heure.

— Parfait, à plus tard.

Nous raccrochâmes et je bus ce qu'il restait de mon café maintenant froid. Ça devenait une habitude. Abriel fit irruption dans la cuisine dans ses vêtements de la veille complètement froissés. Je ne l'avais jamais vu dans un tel état et à sa tête, il y avait fort à parier qu'il ne se sentait pas à l'aise.

— Finalement je vais aller me changer avant de faire quoi que ce soit, dit-il tentant de lisser sa chemise sans aucune chance d'y parvenir.

Je ne pus réprimer un rire devant son air décontenancé.

— J'y vais, le taxi ne devrait pas tarder. Il vint m'enlacer et m'embrasser avant de partir.

— Ils ne seront pas là avant une bonne heure, je vais aller nager un peu, dis-je entendant Poly chanter.

Chapitre 23

Je gagnai la plage en sous-vêtement et entrai doucement dans l'eau. Son contact glacé sur ma peau nue me fit frissonner et m'arrêta dans mon élan. Aux côtés de Poly, elle était toujours agréable, mais sans elle, je devais à nouveau prendre sur moi. J'avançai à petits pas laissant mon corps s'habituer à la température, puis plongeai quand l'océan m'arriva au niveau de la taille. Je frictionnai mes bras et claquai des dents quelques instants avant d'entendre un son qui me fit penser à une clochette. Je regardai autour de moi sans rien voir et m'enfonçai dans l'eau pour me retrouver nez à nez avec mon amie.

Je pris le temps de l'observer plus attentivement qu'hier. Sa peau semblait plus bleue que d'ordinaire, ses cheveux formaient une masse dont la matière semblait visqueuse et retombaient sur ses yeux toujours aussi magnifiques, mais quelque peu reptiliens. La néréide souriait légèrement, laissant apparaître de petites dents aiguisées comme des couteaux. Elle agita une main devant mes yeux me ramenant à l'instant présent. Son sourire avait disparu et je compris qu'elle s'inquiétait de ma réaction devant cette forme qu'elle me dévoilait. Je remontai à la surface ne pouvant plus retenir ma respiration et avalai une grande bouffée d'air frais quand sa tête émergea à son tour. Je nageai vers elle et la pris dans mes bras sentant son corps se détendre contre le mien.

— Comment vas-tu ce matin ?

— Plutôt bien, je ne pense pas devoir rester plus de quelques jours. Elle fait des merveilles.

— L'eau de mer ?

Poly rit.

— Non, la sorcière des mers.

— Attends, quoi ? Une sorcière ? Ça existe ça ?

— Plus ou moins, c'est une vieille sirène qui a décidé de vivre recluse et d'étudier toutes les ressources de la mer. Elles sont aussi nombreuses, voire plus que celles qu'on trouve sur terre, tu sais ?!

— Je n'en doute pas une seconde. Mais attends, quand tu disais « *il n'y a qu'elle qui pourra* », tu parlais bien de la mer ?

— Nous sommes dans l'océan ici ma douce amie, je parlais de celle qu'on surnomme la sorcière des mers.

Je blêmis quand je compris que j'avais mal interprété ses paroles.

— Quelque chose ne va pas ? s'inquiéta Poly qui vint me soutenir.

— Non, c'est juste que je me rends compte que j'aurais pu faire une bêtise.

— Tu as compris qu'il fallait me ramener ici, c'est tout ce que je souhaitais, tu ne connaissais même pas l'existence de Cyrine, comment aurais-tu pu deviner ?

— Les sirènes ressemblent vraiment à ce qu'on voit dans les livres de contes ?

— Plus ou moins, cela dépend de leur âge et du temps qu'elles passent dans l'eau à vrai dire.

— Comment est la sorcière ?

— Elle ne pourrait plus revenir sur terre, son corps est presque entièrement recouvert d'écailles, ses membres inférieurs sont soudés depuis des décennies maintenant. Ses cheveux sont semblables aux miens, en l'état actuel, dit-elle en grimaçant.

— Ils redeviendront doux et soyeux, ne t'inquiète pas pour ça, tentai-je de la rassurer sans rien en savoir.

— Oui, c'est une question de temps.

— Poly, raconte-moi l'accident, que s'est-il passé ?

— J'étais à un feu rouge, j'attendais quand on m'est rentré dedans. J'ai tiré le frein à main et je suis sorti, prenant garde aux voitures qui démarraient, ce qui n'a servi à rien puisque le chauffard qui avait enfoncé l'arrière de mon véhicule avait visiblement décidé de se débarrasser de moi. Son moteur tournait encore alors je ne me suis pas méfiée, il a brusquement déboîté et m'a foncé dessus.

— À quoi ressemblait la voiture ?

— Un gros SUV noir, aux vitres teintées.

— Tu as noté la plaque ?

— Il n'y en avait pas.

— Quoi ?

— Pas de plaque.

Je me tus élaborant une hypothèse qui ne me plaisait pas du tout.

— Je vais dire tout haut ce que tu penses tout bas, trancha Poly. Mon accident était prémédité, tout est lié à cette fichue organisation qui en a après ton Léo.

— Ce n'est pas mon Léo, me défendis-je. Mon Abriel, pas mon Léo.

— Je suis bien contente de l'entendre. Mais pour en revenir à l'accident, c'est bien à ça que tu pensais ?

— Oui, c'est vrai. Je m'en veux tell…

— Stop ! Démantèle ce groupe c'est tout, le reste n'a pas d'importance. Tu ne pouvais pas savoir sur quoi tu tomberais en cherchant ton ami.

Je surnageais depuis un moment maintenant et je commençais à fatiguer. Je devais retourner à la maison, surtout que mon équipe de choc ne devrait plus tarder. J'allais prendre congé lorsqu'elle m'arrêta.

— Rosy, l'homme qui s'est introduit chez moi cette nuit était Léo ?

— Oui ! Comment l'as-tu su ? demandai-je étonnée.

— Je te l'ai dit, ici je peux garantir votre sécurité, ce qui implique que je surveille la maison.

— Ça te dérange qu'il soit passé ?

— Non, mais il se dégage quelque chose de lui qui ne me plaît pas.

— Toi aussi, tu vas me dire qu'il est dangereux c'est ça ? me renfrognai-je.

— Qui t'a mise en garde ? Abriel ?

Je fis oui de la tête.

— J'aime cet homme, lâcha-t-elle d'un air satisfait.

— Quoi ?

— Non ! Mais non ! Je veux dire que j'aime sa façon de prendre soin de toi !

En temps normal, j'aurais ri de l'avoir mise mal à l'aise, mais je n'en avais pas le cœur. Les deux personnes à qui je tenais le plus se méfiaient de mon ami d'enfance que j'avais eu tant de mal à retrouver. Je la regardai sérieusement, bien décidée à dire ce que j'avais sur le cœur.

— Vous le jugez sans le connaître. Je comprends que vous vous inquiétiez pour moi, mais pas ce besoin impérieux de me pousser à me méfier de lui.

— Écoute Rosy…

— Non, je t'arrête, si c'est pour me dire que je ne le connais pas ou que je dois aussi penser au bébé, Abriel s'en est déjà chargé et je n'ai plus envie d'entendre ça. Je dois y aller.

Je tournai le dos à mon amie et regagnai la rive agacée. Décidément, pas un pour rattraper l'autre sur ce coup.

J'entrai dans la maison en laissant du sable mouillé derrière moi et couru à la salle de bain prendre une douche rapide. J'avais décidé de laisser mes cheveux sécher à l'air. Je devais les laver tellement souvent ces derniers temps, que je pensais même à les couper. Mon portable sur le bar de la cuisine avait bougé, sûrement à cause du vibreur, ce qui voulait dire que j'avais manqué un appel ou reçu un SMS. Je le saisis et me rendis compte qu'il s'agissait des deux. Andrew m'avait envoyé un message pour me dire qu'ils seraient en retard et Abriel avait tenté de me joindre. Il avait laissé un message vocal disant que les déménageurs devraient arriver en fin de journée avec nos affaires et qu'il avait commandé une surprise qui devrait être livrée dans la matinée. Je n'avais pas prévu de bouger aujourd'hui de toute façon.

Je filai dans la chambre enfiler mes vêtements de la veille et finissais à peine d'attacher mes cheveux lorsqu'on sonna à la porte. J'ouvris à Andrew et Elie. Greg manquait à l'appel, mais nous suivions ce que nous avions décidé en le mettant de côté pour ne pas éveiller les soupçons de notre collègue. Au premier regard il me sembla que mon co-équipier était agacé. Je m'effaçai pour le laisser entrer tandis que son compagnon de route tardait à franchir le pas de la porte.

Contrairement à la fois où il était venu me chercher à la maison, il regardait tout autour de lui, comme ébahi par ce qui l'entourait.

— Magne-toi bon sang, t'es pas venu faire du tourisme ! s'énerva Andrew. Il aurait sorti un appareil photo s'il avait pu, lâcha-t-il.

— Quoi ?

— Tu l'aurais vu dans la voiture le nez collé à la vitre, on aurait dit qu'il n'avait jamais vu de villas.

— Pas d'aussi classes que celles du quartier en tout cas, répondit celui-ci admirant la vue sur la mer.

— Euh… oui, bredouillai-je ne sachant quoi répondre.

— Au boulot, proposa mon collègue.

— Comme vous pouvez le voir, la maison n'est pas encore meublée, il n'y a que deux chaises, mais prenez les, ça ne me dérange pas de m'asseoir par terre.

— Je suppose qu'il n'y a pas de connexion ici ?

— Je n'en sais rien à vrai dire, c'est la maison d'une amie que je garde le temps de son voyage, inventai-je rapidement. Les déménageurs doivent venir dans la journée donc j'ai préféré vous faire venir plutôt que de les rater.

— Je comprends, on peut s'installer ici ? demanda Elie qui s'était déjà assis dans les escaliers qui menaient à la piscine.

Andrew se frotta le visage, ses yeux étaient noirs et j'avais un peu peur qu'il ne perde le contrôle. Je me doutais qu'Elie lui tapait sur les nerfs, mais je ne pouvais m'empêcher de penser qu'il y avait autre chose qui lui posait problème. Il prit les deux chaises qui trônaient dans le salon et les tira à l'extérieur pour le rejoindre. Il avait allumé son ordinateur qu'il avait posé à côté de lui et avait son téléphone en main.

— Qu'est-ce que tu fais ?

— Je vais me connecter en partage de connexion, je cherche un réseau public.

Andrew et moi nous regardâmes et nous assîmes sans un mot, attendant que le geek de notre agence nous donne le coup d'envoi.

— J'y suis, dans cinq minutes je dois retrouver quelqu'un qui me donnera des infos, je souhaitais que nous soyons tous présents pour prendre les décisions s'il devait y en avoir.

— Bien, dis-je. Quelqu'un veut un café ? Ou de l'eau, je n'ai que ça à vous proposer en attendant.

Les deux hommes refusèrent mon offre et nous attendîmes dans le silence. Pendant qu'Elie avait les yeux fermés et qu'il profitait de la douceur des rayons du soleil, Andrew, lui se rongeait les ongles.

Il fallait que je trouve un moyen de discuter avec lui seul à seule. Une sonnerie discrète se fit entendre et Elie fondit sur son clavier comme un aigle qui aurait repéré une proie. Il tapait vite sans regarder ce qu'il faisait, les yeux rivés sur son écran.

— Le recrutement de votre organisation a commencé, toutefois il ne ressemble en rien à des entretiens d'embauches classiques.

— Ça aurait été étonnant, dis-je.

— Le gars me demande si je suis intéressé.

— Bien sûr, quelle question !

— Attend, intéressé par quoi ? m'arrêta Andrew.

— Un entretien.

— En quoi il consiste ? continua-t-il.

— Je n'en ai aucune idée, il ne lâchera l'info que quand je lui aurai répondu.

— Tu lui as donné ton nom ? demandai-je provoquant son hilarité.

— Bien sûr que non, personne ne sait qui est qui sur le darknet.

— Donc je pourrais m'y présenter, il ne sait pas que tu es un homme.

— Exact.

— Dis-lui que je suis partante.

— Attends ! s'exclama Andrew pour la deuxième fois. C'est dangereux, Rosabeth.

Il se leva et commença à faire les cent pas. Je me levai à mon tour pour le rejoindre et allai lui toucher le bras quand son regard m'immobilisa. Je compris alors ce qui l'inquiétait depuis le début. Il craignait que je me jette dans la gueule du loup sans réfléchir, car il ne pourrait pas me venir en aide.

— Je sais quels sont les risques, mais je suis trop près du but pour renoncer. Tu seras là pour m'épauler, vous serez là.

— Bien sûr, répondit Elie à qui je tournais le dos.

— On sera là, assura Andrew qui savait que je ne faisais pas référence à celui qui venait de répondre, mais à Greg et Abriel.

— OK alors j'y vais, dit Elie.

Je m'approchai de lui pour essayer de lire par-dessus son épaule et fus saisi par ce que je vis. Les lettres tapées ne se suivaient dans aucun ordre logique, ce qu'il écrivait n'avait ni queue ni tête.

— Qu'est-ce que…

— Langage codé, répondit-il sans cesser d'écrire.

Je regagnai ma chaise sur laquelle je me laissai tomber, frustrée de devoir attendre sans rien faire.

— Tu arrives à déchiffrer instantanément ? s'étonna Andrew.

— Aussi vite que je lis oui, c'est plutôt basique en fait. Voilà, j'ai l'info, enfin, si je puis dire.

— Comment ça ? demandai-je suspicieuse.

— Il y a une énigme à résoudre. Une fois que ce sera fait, nous aurons accès au lieu et à l'heure du rendez-vous. Vous êtes prêts ? Moi, je n'y comprends rien.

Andrew et moi nous regardâmes et acquiesçâmes. J'étais surprise de voir à quel point décrypter un langage codé lui semblait si facile alors qu'une simple énigme le mettait en échec.

— Nous avons jusqu'à minuit pour trouver la réponse, après, il sera trop tard.

Elie sortit une feuille de papier et griffonna quelque chose avant de me la tendre.

> *Tu n'as pas besoin de moi, elle non plus, mais ils en ont besoin et moi aussi.*

Chapitre 24

Nous avions eu beau tourner ça dans tous les sens, impossible de trouver à quoi cela faisait référence. Visiblement nous n'étions pas doués à ce petit jeu-là.

Elie avait proposé de laisser son ordinateur sur lequel un décompte était lancé, pour entrer la solution quand je l'aurai trouvée. Chacun de notre côté continuerions à chercher. Nous devions faire un point à dix-huit heures si personne ne se manifestait avant.

Un camion se garait alors que je les raccompagnais. Un homme gigantesque en descendit et vint vers moi à grandes foulées tandis que mes collègues me faisaient un dernier signe de la main.

— Mademoiselle Marks ?

— Oui.

— Livraison, signez ici.

J'attrapai le document qu'il me tendit et fis ce qu'il m'avait demandé avant de le lui rendre. Il fit volte-face et ouvrit la porte arrière du véhicule avant de s'y engouffrer. J'hésitai à y aller et m'abstins, attendant qu'il émerge pour voir de quoi il s'agissait. L'homme revint vers moi, plusieurs planches de bois posées sur l'épaule.

— Je pose ça où ?

— Euh... aucune idée, dis-je surprise.

— Je vois, lâcha-t-il. Je peux entrer ?

— Bien sûr, excusez-moi, dis-je me poussant pour laisser le passage libre.

Il fit le tour de la villa et déposa le matériel à proximité de l'accès à la plage privée de Poly.

— En le laissant dehors quelques semaines, il séchera encore un peu, ce sera mieux.

— Euh... oui, d'accord, je passerai le message.

Le livreur me salua et s'en alla sans dire un mot de plus. Je le suivis pour refermer et rentrai dans la maison prendre mon téléphone. Je ne réussis pas à joindre Abriel, aussi décidai-je de lui envoyer un message.

[La surprise a été livrée, et quelle surprise... je ne sais toujours pas ce que c'est.]

Je retournai devant l'écran de l'ordinateur. Ce compte à rebours était horrible, il me donnait l'impression que le temps s'écoulait encore plus vite. Je me sentais oppressée et complètement démunie face à cette énigme.

Je guettai une réponse d'Abriel qui ne venait pas et commençai à tourner en rond. Je ne voulais pas déranger Poly dans sa convalescence et sans nouvelles d'Andrew et d'Elie, nous n'avions pas avancé d'un pouce. Je tentai d'entrer l'énigme sur internet, mais je ne trouvai rien. J'essayai alors une réponse quelconque et l'accès me fut refusé sans surprise, toutefois une fenêtre apparue m'indiquant que je n'avais plus qu'une seule tentative. Je déglutis, me sentant coupable d'avoir gâché une chance.

Les déménageurs arrivèrent plus tôt que prévu et toujours pas de nouvelles de l'homme avec qui je partageais désormais ma vie.

Ils firent deux piles, la première avec des cartons sur lesquels était écrit mon nom de famille, la deuxième celui de Poly. Je me précipitai sur mes affaires dès qu'ils partirent pour trouver des vêtements propres et enfilai la première chose qui me passa sous la main. Une chemise noire et un jean bleu, ce qui me changeait de ma tenue habituelle. Fatiguée, je décidai de me reposer un peu. Le sommeil m'étreignait quand j'entendis la porte d'entrée s'ouvrir. En alerte je me redressai et vis Abriel.

— Tout va bien ? demandai-je.

— Oui, pourquoi cette question.

— Je n'ai pas eu de tes nouvelles aujourd'hui, tu n'as pas non plus répondu à mon message.

Il posa une valise dans l'entrée et vint s'asseoir près de moi.

— Je suis désolé, j'ai couru toute la journée, je n'ai pas eu un moment à moi et je repars dans… moins d'une heure, acheva-t-il en regardant sa montre.

— Ah bon ?

Il se pencha sur moi pour m'embrasser tendrement.

— Je suis de garde ce soir.

— J'avais oublié, dis-je, me mordant la lèvre.

— Tu as eu des nouvelles de Poly ?

— Oui je l'ai vue, elle se rétablit doucement, mais sûrement.

— Je vais voir ce que je peux faire ce soir pour son dossier, sa disparition a sans aucun doute été découverte.

— Je suis vraiment désolée, Abriel.

— De quoi ?

— De t'avoir embarqué dans toute cette histoire.

— Tu ne vas pas recommencer, j'espère.

— Non, mais je n'en suis pas moins mal à l'aise.

— Je vais gérer, j'ai même déjà un plan. Je dirai qu'elle a été transférée et que j'ai pris son dossier avec moi en partant sans faire attention.

— Ils ne vont pas vérifier ?

— Ça va aller, je t'assure. Et toi, ta journée ?

— Euh… stressante me paraît être le bon mot.

Je lui racontai comment Elie s'était mis en contact avec quelqu'un dont nous ne savions rien, mis à part qu'il aidait au recrutement de l'organisation, puis lui récitai l'énigme que je connaissais maintenant par cœur, qui ne lui parlait pas plus qu'à nous, et terminai par la livraison des planches.

— Où sont-elles ? demanda-t-il soudainement excité comme une puce.

— Dehors, près de l'accès à la plage.

Il bondit et alla vérifier sa commande tandis que je le suivais n'y comprenant toujours rien.

— Dis, on n'est pas censé être content quand on nous offre une surprise ?

— Elles sont parfaites !

— Si tu le dis.

Il se retourna et devant ma mine déconfite, éclata de rire

— Viens voir, dit-il attrapant ma main et m'entraînant derrière lui.

Il fouilla dans son sac et sortit son carnet à dessins qu'il me tendit à l'envers. Son attitude avait changé du tout au tout, enjoué une seconde plus tôt, il semblait à présent nerveux.

— Dans ce sens ?

Il me fit signe que oui et je commençais à tourner les pages. Abriel me surprenait une fois de plus, je ne pensais pas qu'il était possible d'aimer autant quelqu'un. Les larmes me montèrent aux yeux une fois encore.

— Ça te plaît ? s'enquit-il toujours inquiet.

— C'est magnifique, quand as-tu dessiné ça ?

— À vrai dire, après que tu t'es enfuie en pleine nuit de chez moi.

Il me rappelait combien j'avais été sotte. Je m'approchai de lui et posai ma main sur la joue que j'avais giflée.

— Pour ça aussi je suis désolée, dis-je en me hissant sur la pointe des pieds pour effleurer ses lèvres.

Abriel m'attrapa par les hanches et j'enroulai mes jambes autour de sa taille. Il prit rapidement la direction de la maison et grimpa les escaliers jusqu'à la chambre que nous avions occupée la nuit dernière où il m'allongea sur le lit. Sa langue remontait le long de mon cou tandis que de ses mains expertes, il déboutonnait ma chemise et mon jean. Lentement ses baisers suivirent le même chemin. Il libéra ma poitrine et saisit l'un de mes seins qu'il suça avec délice provoquant un gémissement qui le fit sourire. J'en voulais déjà plus, j'avais l'impression qu'il ne m'avait pas touché depuis une éternité et chaque caresse, chaque baiser s'imprimait sur ma peau. Je bougeai pour lui faire comprendre ce que j'attendais. Il glissa une main sous une de mes hanches et sans que je ne comprenne comment il avait fait, me fis basculer sur le ventre. Il fit descendre mon pantalon et ma culotte avant de remonter légèrement mes fesses qu'il embrassa me mettant encore un peu plus au supplice, puis se fit une place entre mes jambes. Je le sentais contre mon dos, je n'en pouvais plus. Une de ses mains remonta le long de mon échine et vint caresser ma nuque, de l'autre il attrapa ma cuisse et enfin, se glissa en moi. Il allait et venait avec douceur, lentement puis ses vas et viens se firent plus rapides. Abriel se cramponnait à moi, nous ne faisions plus qu'un, je le sentais contre mon dos, sa grande taille lui permettant de parler à mon oreille tout en me faisant l'amour.

— Je t'aime tellement, susurra-t-il.

Je sentis son don lécher ma peau. Mon corps s'embrasa de cette combinaison de désir, d'amour et de pouvoir. Un grognement s'échappa de la gorge de mon compagnon et je me laissais aller avant de m'écrouler mollement contre le matelas. Il embrassa mon épaule puis suivit la courbe de mon corps avant de m'attirer tout contre lui et de me serrer dans ses bras. Je me tournai pour lui faire face et l'embrassai à mon tour, étourdie du plaisir intense que j'avais ressenti.

— Je t'aime tellement, répétai-je tout contre ses lèvres.

Nous restâmes blottis l'un contre l'autre un moment, puis Abriel s'éclipsa dans la salle de bain.

— Tu vas contacter un artisan ?

— Pour quoi faire ?

— Le berceau que tu as dessiné.

— Non.

— Mais, qui ?

Il surgit d'un nuage de vapeur, le même sourire coquin que quelques instants plus tôt, réveillant en moi le désir de recommencer.

— Je le ferai moi-même.

Le désir s'évanouit pour laisser place à la stupeur.

— Tu sais travailler le bois ?

— J'ai pu m'y essayer dans mes jeunes années auprès de mon grand-père. J'ai hérité de ses outils et j'ai fabriqué quelques trucs, donc oui, je pense pouvoir faire quelque chose de bien.

— Médecin, dessinateur, musicien et maintenant ébéniste, y a-t-il quelque chose que tu ne saches pas faire ?

— Oui, les crêpes ! J'adore ça, mais je les brûle à chaque fois.

— Tu es sérieux ?

— Ouaip.

Il ferma le dernier bouton de sa chemise blanche sur son torse parfait et s'apprêtait à partir quand brusquement, il s'arrêta.

— Le i !

— Quoi ? demandai-je n'y comprenant rien.

— Ton énigme, c'est la lettre i la réponse.

— Développe, dis-je bondissant du lit.

— « *Tu n'as pas besoin de moi, elle non plus, mais ils en ont besoin et moi aussi,* » récita-t-il. Tu et elle, ne contiennent pas la lettre i, alors que les mots ils et moi, si.

— Tu es sûr de toi ? Je n'ai pas le droit à l'erreur.

— Quasiment.

— Ça n'est pas suffisant !

— Alors, disons que oui.

J'acquiesçai et sans avoir besoin de nous consulter, nous prîmes la direction de la cuisine dans laquelle j'avais laissé l'ordinateur. Le décompte indiquait qu'il ne me restait que deux heures. Je déglutis avec difficulté de peur de faire une nouvelle bêtise, mais Abriel vint se coller à moi. La proximité de son corps me procura un réconfort immédiat. Sa main se posa au creux de mes reins avant de remonter le long de ma colonne vertébrale.

— Vas-y chérie, tu auras tenté, personne ne te reprochera quoique ce soit, pas même Léo, j'en suis certain.

Rassurée par ses mots, j'appuyai sur la touche i du clavier et reculai pour observer ce qu'il se passait. L'ordinateur afficha une barre de chargement.

— Tu es… exceptionnel ! m'écriai-je folle de joie.

Nous attendîmes un moment, mais le chargement était d'une lenteur insupportable.

— Il faut vraiment que j'y aille, je vais être en retard.

Je me rapprochai de lui et l'enlaçai.

— Vas-y, je t'envoie un message.

— Ça marche.

Il sortit en trombes et claqua la porte derrière lui. Le téléchargement n'avait quasiment pas bougé lorsque la barre se remplit brusquement. L'écran devint noir ne laissant apparaître qu'un cercle. Je me demandai s'il s'agissait d'une nouvelle énigme quand un message s'afficha.

> *Amaryllis 575*
>
> *15 minutes*

Quinze minutes pour trouver où me rendre et faire le trajet ! C'était impossible. Je me désespérais de cet échec quand je fus frappée par un éclair de lucidité, il ne s'agissait pas d'une énigme, mais d'un emplacement, je devais me rendre sur les docks. J'enfilai mes baskets, attrapai mes clefs sur le comptoir et commençai ma course folle.

Chapitre 25

Je courrais aussi vite que je le pouvais, estimant que les docks devaient être à un peu plus de quinze minutes. Je ne faisais jamais de course de vitesse, mais j'étais endurante et je savais que je pouvais forcer l'allure, ce que je fis dès que j'en eu la possibilité.

Il faisait noir et j'avais filé tellement vite que je n'avais ni mon téléphone ni mon arme. Je me serinai intérieurement d'avoir foncé tête baissée, me déculpabilisant par l'urgence de la situation.

J'arrivai haletante devant des portes cadenassées sans avoir de quoi y remédier, et décidai d'escalader les grilles au sommet desquelles se dressaient des piques métalliques. Je m'agrippai aux barreaux pour me hisser à la force de mes bras, posai les pieds contre le petit espace en béton pour prendre appui et grimpai aussi vite que je le pouvais. J'entrepris d'enjamber les pointes qui menaçaient de m'embrocher avant de me retrouver de l'autre côté. Une douleur aiguë me parcourut le bras gauche. Déconcentrée, je me reçus mal de l'autre côté et me tordis la cheville. Je me relevai, ignorant au mieux la douleur, je ne pouvais pas me permettre de perdre du temps.

Les lieux étaient immenses, je n'y avais mis les pieds qu'une fois. L'année dernière, la ville avait entrepris de gros travaux de rénovation et Poly avait pu participer à quelques embellissements. Elle était très fière du travail qu'elle avait produit et c'était tout naturellement que je l'avais accompagnée à l'inauguration. Quelle chance quand j'y pense, jamais je n'aurais trouvé aussi vite où me rendre si mon amie ne m'avait pas raconté comment les noms avaient été trouvés.

La municipalité avait proposé aux élèves des écoles de renommer les quais. Après concertation, elles s'étaient mises d'accord pour utiliser des noms de fleurs. Chaque établissement avait ainsi fait ses propositions en se répartissant les lettres de l'alphabet. La première lettre de la fleur devait être la lettre sélectionnée, ainsi j'étais certaine que l'Amaryllis était le premier quai.

Je me dépêchai faisant aussi vite que me le permettait ma cheville et essuyai le sang qui coulait de mon bras avec ma chemise pour ne laisser aucune trace.

Tout était tellement silencieux que je fus prise d'un doute, ne m'étais-je pas trompée ? Comment était-il possible qu'un recrutement ait lieu dans un endroit aussi calme. C'était tellement paisible, que je finis par comprendre qu'il y avait quelque chose d'anormal.

Alors que je tournais à l'angle d'un container, je vis cinq personnes qui patientaient devant une pancarte qui indiquait ce que je cherchais. Elles étaient alignées, silencieuses et scrutaient l'horizon sans échanger ni regards ni paroles. Je m'avançai vers elles, tendue, et levai une main en guise de salut.

— Bonsoir, tentai-je, mais aucun son ne sortit de ma bouche.

L'homme qui me semblait être le plus âgé des personnes présentes leva les yeux au ciel et je suivis son regard. Sur une sorte de plateforme se tenait une femme qui tendait une main ouverte devant elle tandis que l'autre était posée sur son oreille. Revenant au monsieur, celui-ci me fit signe que nous ne pouvions pas parler. La petite blonde qui nous surplombait devait être une acousticienne, elle absorbait tous les sons qui émanaient de nous, pas étonnant qu'on puisse passer inaperçu.

Je me retournai et étouffai un cri en voyant Léo qui arrivait au loin. Il marqua un temps d'arrêt lorsqu'il me vit puis reprit sa progression m'ignorant. Je sus immédiatement qu'il comptait faire comme si nous ne nous connaissions pas et ça m'allait tout à fait. Autant les surprendre si nous en avions l'occasion.

Nous patientâmes jusqu'à ce que le container s'ouvre de l'intérieur. Un homme de taille moyenne, mais à la musculature surdéveloppée nous barrait le passage, prenant toute la place dans l'encadrement de la porte. Il fit un geste pour nous faire mettre en ligne, et nous nous exécutâmes immédiatement.

Léo se plaça derrière moi, sa présence m'était d'un grand réconfort, car personne ne savait où je me trouvais à l'instant. Je ne doutais pas qu'Abriel se ferait un sang d'encre en rentrant s'il ne me voyait pas et qu'il en serait de même pour Poly, Andrew et Greg. J'eus alors l'idée de laisser tomber mes clefs dans l'eau. La néréide en entendrait sûrement parler et cela leur donnerait un point de départ. J'avançai à petits pas derrière l'homme qui avait attiré mon regard vers l'acousticienne et profitai du temps de sa fouille au corps pour les laisser glisser le long de ma jambe. Elles pénétrèrent dans l'océan si discrètement, que j'étais prête à parier que même mon ami ne s'était rendu compte de rien.

Mon tour arriva, j'écartai les bras et les jambes machinalement. Je n'en étais pas à ma première inspection ni à la dernière. Il fit cela consciencieusement, commença par passer ses doigts dans mes cheveux, puis descendit sans oublier aucune partie de mon corps. Ses gestes étaient ceux d'un vrai professionnel. Lorsqu'il eut fini, il plongea son regard dans le mien et s'effaça au bout de quelques instants pour me laisser entrer.

À l'intérieur il faisait sombre, ce qui était normal vu l'endroit où nous nous trouvions. Il y avait tout au fond de grosses caisses en bois, mais impossible de savoir ce qu'il y avait à l'intérieur. Je sursautai lorsque Léo passa à mes côtés et qu'il frôla ma main. Personne n'avait pu voir son geste dans cette pénombre, mais ma surprise a dû être prise pour une peur quelconque, car un ricanement se fit entendre. Je m'avançai vers une lumière qui apparut subitement. Je le regardai ébahi par cette capacité, il luisait telle une luciole ! Je me plantai alors devant lui et exagérai ma prononciation pour qu'il lise sur mes lèvres.

— Rosabeth.

— Karl, crus-je comprendre.

Nous étions sept, six avec des capacités probablement extraordinaires, et moi. Comment l'organisation réagirait-elle en apprenant qu'une humaine avait réussi à contacter un recruteur, à résoudre l'énigme et à s'embarquer dans l'aventure avec les autres ? Je me rendis alors compte que tous ceux qui étaient présents ici avaient pour but d'intégrer un groupe de criminels et que je devais m'en méfier, y compris de Karl même s'il m'apparaissait sympathique aux premiers abords.

La porte se referma dans un grincement sinistre et la lumière qui émanait de l'homme était la seule chose qui nous permit de ne pas être dans le noir complet.

Aucune des personnes ne semblait s'inquiéter d'être cloîtrée ici. Léo avait pris appui contre une des parois de fer, un autre homme se tenait dans la même position en face de lui. Karl s'était assis, les jambes croisées devant lui. Deux jeunes femmes se tenaient par la main et semblaient ne pas vouloir être séparées. Peut-être faisaient-elles partie de la même famille, ou étaient-elles ensemble ? Je ne voyais personne d'autre avec nous, pourtant j'étais certaine d'avoir compté sept personnes. Je me dirigeai vers le fond de la cale pour m'asseoir sur une caisse quand je fus arrêtée par une voix.

— Pas celle-ci.

Il s'agissait sûrement du manquant à l'appel. Avait-il un don d'invisibilité ? J'étais excitée comme une puce à l'idée que ça puisse être vrai. Ne voulant froisser personne pour le moment, je fis ce qu'on me dit et me hissai sur celle d'à côté.

Je sentis un mouvement et fus confrontée à la réalité de la situation, le container bougeait. Je pensais qu'il ne servait qu'à nous garder dans un lieu le temps qu'on vienne nous chercher, mais il en était autrement. Personne ne semblait étonné. Je restai immobile contenant mes craintes et décidai de patienter comme tous les autres. Je m'endormis et me réveillai en sursaut, mon esprit me dictant de rester en alerte.

Le temps me parut long, mais nous finîmes par nous arrêter. Les gens se levèrent et se mirent en file indienne devant la porte, je suivis donc leur exemple et m'installai en dernière position en attendant qu'on nous ouvre.

Le soleil entra. Éblouie, je m'en protégeai d'une main réalisant que notre trajet avait duré toute une nuit. L'homme qui avait procédé à la fouille se tenait à nouveau dans l'encadrement de la porte.

— Karl, appela-t-il.

Celui-ci sortit de la file et le rejoignit avant qu'il ne referme la porte, nous plongeant à nouveau dans le noir complet. Je me rendis compte que je ne connaissais pas le pseudo qu'Elie avait utilisé dans ses échanges. Je devais rester sur le qui-vive et bouger lorsque je verrai que personne ne réagit. Il vint chercher quelqu'un d'autre très rapidement, puis ce fut au tour des jeunes femmes de sortir de là.

Je sentis à nouveau la présence de Léo derrière moi et je mesurai à quel point, il devait faire preuve de retenue pour qu'on ne nous remarque pas, car il en allait de même pour moi. Des sentiments contradictoires se battaient en moi, j'avais aussi peur qu'envie de sortir de là pour découvrir ce qu'il se passait de l'autre côté.

— Delta 3.

Personne ne se manifesta. Je fis un pas sur le côté, prête à me baisser pour faire semblant de nouer mes lacets si nécessaire, mais ce ne fut pas le cas. Je me dirigeai alors vers la lumière tel un papillon pris dans les phares d'une voiture et me protégeai de l'éblouissement du soleil avec mes mains.

— Entrez, me dit l'homme de main.

J'obtempérai et pris place à l'arrière d'un petit véhicule où j'étais seule. Je tentai de prendre des repères, mais ne distinguai pas ce qui se trouvait autour de moi. Les vitres avaient été teintées, ce n'était que peine perdue.

Je me fis surprendre par une silhouette encapuchonnée qui pénétra dans l'habitacle sans que je ne l'aie entendue arriver.

— Bouclez votre ceinture.

— Bonjour, répondis-je agacée.

— Bouclez votre ceinture, répéta cette voix inidentifiable.

— C'est pas la politesse qui vous étouffe, lâchai-je.

— Je ne suis pas là pour ça.

— Et pourquoi êtes-vous là ?

Il fit vrombir le moteur et démarra pour toute réponse.

— Je suis juste un transporteur.

— Ce qui veut dire ?

— Que vous allez la fermer et cessez de poser des questions où je vous dépose sur le champ.

Je n'aimais pas sa façon de s'adresser à moi, mais si je ne me laissais pas faire d'ordinaire, je n'étais présentement pas en position de jouer avec lui. Je devais à tout prix atteindre l'étape suivante. Aussi me tus-je et attendis-je d'arriver à destination.

La voiture se gara devant un entrepôt qui ne payait pas de mine. Le chauffeur laissa tourner le moteur et j'hésitai à sortir quand derrière ma portière surgit une longue et mince silhouette.

La jeune femme me guida jusqu'à la porte qui s'ouvrit sans que nous ayons à frapper. À l'intérieur, la luminosité me frappa de plein fouet. Il n'y avait aucune fenêtre, aucune ampoule aux plafonds, et pourtant, on y voyait comme en plein jour. Je suivais toujours mon guide qui me fit entrer dans une vaste salle avant de fermer derrière moi.

Les murs étaient d'un blanc immaculé, la pièce semblait comme aseptisée. En son centre se trouvait une sorte de fauteuil en forme d'œuf, blanc lui aussi, duquel partaient de nombreux câbles électriques. De part et d'autre, de grandes vitres laissaient entrevoir ce qu'il se passait dans les autres box.

— Que suis-je censée faire ? demandai-je me retournant pour voir la porte se refermer.

Les personnes qui avaient voyagé avec moi se trouvaient dans la même situation puisque je voyais Karl sur ma droite et les deux jeunes femmes sur ma gauche. L'homme s'était assis en tailleur, dos contre la porte tandis que les deux femmes qui ne s'étaient pas lâché la main une seule fois se tenaient face à face et se regardaient dans les yeux. J'étais fatiguée, mais m'installer dans le fauteuil ne me disait rien qui vaille. Je savais qu'il fallait attendre qu'on prenne contact avec nous, aussi décidai-je d'adopter la même idée que mon voisin de chambrée.

Je m'allongeai sur la moquette blanche qui recouvrait le sol et fermai les yeux un instant, terrassée par une fatigue soudaine. Je restai au calme quelques instants tandis qu'un sentiment de malaise grandissait en moi, j'avais la sensation d'être observée et cela ne me plaisait pas. J'ouvris les yeux pour me redresser et eus la désagréable surprise de voir qu'un œil flottait dans la pièce.

Je feignis de le voir et m'approchai de la pièce dans laquelle se trouvait Karl. Je m'adossai au mur nonchalamment et vis qu'il était également surveillé. Abriel m'avait dit qu'il était rare qu'on puisse les voir, aussi fis-je comme si je n'avais rien remarqué et souris-je à l'homme qui me salua d'un mouvement de tête. Un grésillement me fit sursauter.

— Veuillez prendre place dans le fauteuil, entendis-je.

J'observai mes comparses qui s'exécutaient et me dirigeai vers le mien pour m'asseoir.

— Le capteur doit être installé sur votre annulaire gauche, reprit la voix.

Je pris l'embout en plastique mou et glissai mon doigt à l'intérieur. Une lumière rouge s'alluma, avant qu'un signal sonore ne se fasse entendre. Les bips résonnant à intervalle régulier me permirent de réduire mon stress en calant ma respiration sur leur rythme. Je ne savais absolument pas à quoi cela rimait, mais encore une fois, j'étais obligée de me soumettre au même traitement que les autres pour ne pas éveiller les soupçons.

Chapitre 26

Les bips s'étaient arrêtés, la lumière rouge s'éteignit juste après. J'entendis un grincement et fis pivoter mon fauteuil pour voir l'armoire à glace qui nous avait servi de baby-sitter jusque-là dans l'encadrement de la porte. Il me fixa avec un sourire qui me fit frissonner avant de me faire signe de le suivre. Je me levai et m'exécutai bien que je commençais à en avoir assez d'être trimballée d'un endroit à un autre sans aucune explication.

Nous cheminâmes à pas lents à travers les couloirs de l'entrepôt que je n'aurais jamais imaginé aussi vaste. De l'extérieur, il semblait assez petit, mais la réalité était toute autre.

Il m'installa dans ce qui aurait pu être une salle d'attente et s'en alla. J'attendais en essayant de contenir mon agacement qui était encore monté d'un cran, quand un homme habillé d'un élégant costume trois-pièces surgit.

— Veuillez me suivre mademoiselle, dit-il s'inclinant légèrement devant moi.

— Pour aller où ? osai-je demander.

— Déjeuner.

Morte de faim et heureuse d'avoir enfin la réponse à une de mes questions, je ne me fis pas prier et lui emboîtai le pas. Nous arrivâmes après quelques minutes dans une grande salle où avait été dressé un buffet.

Sur une grande table recouverte d'une nappe blanche avaient été empilées des assiettes près desquelles se trouvaient des verres et des couverts. Les autres convives arrivèrent les uns après les autres. Je reconnus mes compagnons de voyage mêlés à d'autres personnes que je n'avais jamais vues.

Léo me fit un léger signe de tête et se dirigea vers la queue qui s'était formée. Il attrapa une assiette pour aller se servir et je l'imitai en me plaçant derrière lui. Les gens étaient de bonne humeur, ils souriaient et discutaient, comme dans une entreprise normale.

— Ça va ?

— Oui, lui répondis-je. Et toi.

— Tout est OK.

— Tu sais ce qu'on nous a fait dans le fauteuil ?

— On ne nous a rien fait, les capteurs enregistraient des fréquences.

— Pour quoi faire ?

— Détecter les dons.

J'eus un étourdissement et Léo m'attrapa par le coude de peur que je ne tombe.

— Tu ne te sens pas bien ? Tu as besoin de t'asseoir ?

— C'est bon, tout va bien, c'est juste que je suis grillée.

— Attends de voir, je suis sûr qu'il y a quelque chose à négocier, il y a toujours quelque chose à négocier.

Léo engagea la conversation avec l'homme qui s'était installé à sa droite tandis que j'entrepris de manger silencieusement. Ce qu'il venait de me dire m'avait coupé l'appétit, mais je devais avaler quelque chose pour le bien être de mon bébé. Je posai à peine ma fourchette quand l'homme qui m'avait accompagnée jusqu'ici se racla la gorge derrière moi.

Je n'avais pas besoin de poser la question, je savais d'ores et déjà ce qu'il voulait et obtempérai sous le regard de Léo qui ne dit mot. J'essayai de prendre des repères pour me diriger, mais le défi était de taille tant tout ici se ressemblait.

Mon guide finit par s'arrêter et frappa sur le mur qui se trouvait devant lui. L'espace d'un instant, je pensai qu'il était complètement dérangé, mais révisai mon jugement lorsqu'une porte dérobée s'ouvrit. Il s'effaça pour me laisser entrer dans une pièce sombre où se trouvaient plusieurs moniteurs de surveillance.

Sur ma gauche trônait un bouton-poussoir rouge, probablement destiné à déclencher une alarme. Dessous, une petite table avec un pot à crayons, six feuilles de papier disposées les unes à côté des autres, et un téléphone. Un fixe à l'ancienne avec un cadran numérique qui tournait. Je reportai mon attention sur les petits écrans télévisés. Chacun d'entre eux montrait l'une des personnes qui étaient avec moi hier soir, mais trois caméras filmaient des lieux vides. Celui où je devrais me trouver, pensai-je, celui de la personne que je soupçonnais d'avoir un don d'invisibilité, et… L'angoisse s'insinua en moi, alors que je fixai le troisième. Je ne comprenais pas pourquoi j'avais cette sensation jusqu'à ce que je me rende compte que je ne voyais Léo nulle part. Réprimant mon inquiétude, je m'avançai et m'arrêtai derrière le fauteuil qui trônait au centre de la salle.

— Delta 3, asseyez-vous.

Je regardai autour de moi, mais ne vis aucun siège sur lequel j'aurais pu le faire.

— Que font-ils ? demandai-je partagée entre inquiétude et curiosité.

— Je teste leurs dons.

Encore ? Il n'en avait donc pas fini ?

— Pourquoi m'avez-vous fait demander ?

— Vous avez bien des ressources, mademoiselle Marks.

Je fus frappée par l'utilisation de mon nom. Cette voix me disait quelque chose et je mis quelques secondes à l'identifier comme celle qui s'adressait à moi à travers l'œil qui m'avait suivie à plusieurs reprises.

— Vous vouliez me rencontrer sans vous présenter. Je vous l'ai dit, je préfère savoir à qui je m'adresse.

— Je suis curieux de savoir ce que vous savez de nous, dit-il se retournant brusquement.

L'homme qui me faisait face était étonnamment jeune. Habillé simplement d'un jean et d'une chemise à manches longues bleu canard qui allait parfaitement avec son teint de porcelaine et sa chevelure ébène, il me fixait un sourire au coin des lèvres. Ça ne collait pas, cet homme ne pouvait pas être celui qui m'avait contactée.

— Je sais à quoi vous pensez.

— Seriez-vous télépathe ?

Il rit.

— Absolument pas. Ma capacité n'a rien à voir avec ça.

— Quelle est-elle ?

— Je dirais qu'elle est tout aussi rare que la vôtre.

— La mienne ? Vous vous trompez. Je ne suis pas une extraordinaire.

— Qui êtes-vous alors, et que voulez-vous.

À foncer tête baissée, je n'avais pas réfléchi à ce que j'aurais pu répondre à une telle question. Les mots de Léo résonnèrent dans mon esprit, il était maintenant l'heure d'improviser.

— Je suis persuadée qu'une humaine peut vous apporter son aide.

— Tiens donc, il m'avait semblé que vous étiez plus contre nous qu'avec nous.

— Je ne vous connaissais pas lorsque vous m'avez approchée. J'ai fait des recherches depuis.

L'homme s'enfonça dans son fauteuil et joignit ses mains me faisant penser à un méchant de dessin animé. Je chassai cette idée gardant à l'esprit qu'il était haut placé dans l'organisation et sûrement bien plus dangereux qu'il n'y paraissait.

— Et ?

— Vous vous entourez de personnes prodigieuses pour arriver à vos fins. Votre « *entreprise* » existe depuis très longtemps et pourtant, personne ne semble vous connaître.

— C'est tout ?

— Vous êtes très secrets et vous savez vous protéger. Pour autant, je suis devant vous aujourd'hui.

— C'est vrai.

— Puis-je vous poser une question à mon tour ?

— Allez-y, mais je ne vous promets pas d'y répondre.

— Pourquoi avoir pris contact avec moi ?

— Je vous l'ai dit, votre capacité nous intéresse au plus haut point.

— Et je vous le répète, je n'en ai pas.

À nouveau il eut ce sourire aussi énigmatique que dérangeant.

— Vous ne soupçonnez vraiment rien ?

— Il n'y a rien à soupçonner, dis-je faisant mon possible pour rester calme. Je suis athlétique, et plutôt futée selon les dires de mon entourage, mais ça s'arrête là.

— N'êtes-vous pas étonnée de connaître notre existence alors que les humains n'en sont pas conscients ?

— Je suis rusée, je vous l'ai dit, et puis je ne suis pas la seule humaine à être au fait.

— Non c'est vrai, mais ça reste rare. Approchez, Rosabeth.

Le ton qu'il employa me fit frissonner. Hésitante, je fis un pas dans sa direction et attrapai la main qu'il me tendait. J'étouffai un cri voyant l'état dans lequel elle se trouvait. L'espace d'une seconde, une peau abîmée par les années avait recouvert ses os avant qu'elle ne reprenne son apparence normale.

— Prodigieux, murmura-t-il.

— Que s'est-il passé ?

— Votre don a rencontré le mien.

J'arrachai ma main de la sienne et reculai jusqu'à me cogner contre le mur qui se trouvait derrière moi.

— Je n'ai pas l'âge que je semble avoir, mais ça, vous l'avez compris dès le début. Je vieillis, mais reste jeune pour ceux qui m'entourent.

— Comme Dorian Grey ?

Il rit à nouveau.

— On ne m'avait encore jamais comparé à lui. Je n'ai aucun portrait qui vieillit à ma place si c'est la question que vous posez. Cependant, dit-il en se levant du fauteuil, je suis le seul à me voir tel que je suis réellement.

— Comment se fait-il que j'aie pu vous voir ?

— Votre capacité mademoiselle Marks, elle est si rare, si... fascinante !

Il vint se planter devant moi, les doigts joints devant lui et les jambes légèrement écartées, plantées dans le sol.

— Vous êtes aimant et bouclier à la fois.

— Bien que je connaisse tous les mots que vous venez d'employer, je n'en comprends pas le sens.

— Vous pensiez être une humaine et pourtant, vous vivez entourée d'extraordinaires, tout simplement parce que vous les attirez.

— D'accord, dis-je avalant ma salive, selon vous, c'est donc le côté aimant.

— C'est cela.

— Et le bouclier ?

— C'est ce qui vous a permis de voir ma main telle qu'elle est réellement. N'avez-vous jamais repoussé un autre don ?

Je réfléchis et pensai à Abriel. Il était dans un état pitoyable chaque fois qu'il me soignait. C'était donc ça ? Je repoussais sa capacité et me retournais contre lui sans même m'en rendre compte ?

— Je vois que la réponse est affirmative. Allez vous reposer, nous reprendrons notre discussion plus tard, il vous faut probablement un petit moment pour encaisser la nouvelle.

L'homme me salua et fit un pas de côté pour gagner la porte. Il s'en alla les mains croisées dans le dos, après s'être arrêté pour dire quelque chose à celui qui m'avait accompagnée.

Celui-ci attendit patiemment que je sorte et m'emmena dans une chambre spacieuse décorée avec goût. Je me dirigeai vers le lit dès qu'il m'eut quitté et m'allongeai.

J'étais sonnée d'avoir appris que j'avais des dons et entendais déjà Abriel me dire quelque chose du style « *je te l'avais bien dit !* ». Je souris en pensant à lui et me redressai pour regarder autour de moi. Les murs étaient peints dans une teinte crème très agréable. Derrière la tête de lit avait été posée une tapisserie marron foncé ornée de fleurs dorées. De part et d'autre, de petits luminaires reposaient sur de jolies tables de chevet très modernes. Un tapis de la même couleur que les murs achevait de délimiter le coin nuit. À l'autre bout de la pièce se trouvait un somptueux bureau en bois sombre complètement vide. Une porte lui faisait face. Je me levai et allai l'ouvrir pour découvrir une salle d'eau. Une douche à l'italienne entièrement carrelée en mosaïque mordorée et blanc nacré, des toilettes dans un renfoncement de la pièce et un petit lavabo. Tout était magnifique.

Un puits de lumière et une fenêtre permettaient de laisser entrer le jour. Je m'approchai des fenêtres. La vue était plutôt jolie de ce côté, mais gâchée par des barreaux. J'essayai de les ouvrir sans succès, elles étaient scellées. Si la cage était dorée, j'en étais pourtant bel et bien prisonnière.

Je retournai m'asseoir sur le lit et attendit patiemment que le jour décline.

Chapitre 27

La nuit était tombée et des volets roulants se déclenchèrent, me faisant sursauter. Seul le puits de lumière resta ouvert, projetant un rayon de lune dans ma chambre.

J'attendis de ne plus percevoir aucun bruit pour me pencher sur ma serrure. Je n'étais pas certaine d'être libre de mes mouvements, mais je me refusais à rester les bras ballants. Je pris une épingle dans mes cheveux, remisai la mèche qui s'était échappée, puis introduisis mon outil dans le barillet. Je travaillais à l'aveugle comme souvent et fermai les yeux pour me concentrer sur ce que j'entendais. Je ne mis pas longtemps à percevoir le cliquetis qui m'indiquait que j'avais réussi. Je tournai la poignée et jetai un œil dans le couloir. Personne. Je me glissai hors de la pièce et me plaquai contre le mur, remerciant le ciel de m'habiller toujours en noir. Mis à part s'il y avait des caméras thermiques, je devrais passer inaperçu.

Je fis le trajet en sens inverse m'efforçant de chercher les indices que j'avais repérés un peu plus tôt. Je tournai au carrefour où le mur avait été sali puis nettoyé, laissant une tâche peu étendue, mais néanmoins visible pour qui se donnait la peine d'y regarder de plus près.

Je me trouvais maintenant devant le mur qui dissimulait la porte du poste de contrôle. Il me fallait dans un premier temps la trouver et dans un second, l'ouvrir. Je passai ma main à plat, attentive à la moindre aspérité. Balayant le mur de haut en bas et de droite à gauche, je sentis rapidement quelque chose que je suivis, délimitant ainsi le contour de ce que je recherchais. Je me plaçai en face, essayant de déterminer comment entrer. Si on nous avait ouvert de l'intérieur plus tôt dans l'après-midi, il y avait forcément un mécanisme à l'extérieur. Je tapotai la paroi reproduisant le même schéma sans succès, et sentis une grande frustration m'envahir.

D'ordinaire patiente, mes nerfs étaient mis à rude épreuve depuis plusieurs heures maintenant. Je me plaquai contre le mur et me laissai glisser au sol pour réfléchir quand je remarquai que la base était sale. J'appuyai et la porte s'ouvrit. J'entrai rapidement, me faufilant à quatre pattes alors qu'elle se refermait déjà sur moi.

Les moniteurs enregistraient toujours, mes camarades de croisière se trouvaient encore dans la pièce où nous avions été conduits à notre arrivée. J'étais donc la seule à avoir bénéficié d'un traitement de faveur ? Trois salles étaient vides et l'angoisse de ne pas voir Léo surgit à nouveau. Où pouvait-il bien être ? Avait-il été logé dans une grande chambre comme moi ? Après tout c'était bien possible, ils lui couraient après depuis tellement longtemps ! Je tentai de me rassurer avec cette pensée, me disant qu'il était confortablement installé dans un lit douillet et commençai ma fouille.

Je me dirigeai naturellement vers les feuillets que j'avais aperçus plus tôt. En voyant le nom de Karl sur un en-tête, je compris que mon instinct ne m'avait pas trompé et qu'il s'agissait de fiches concernant chacune des personnes qui avaient réussi à arriver jusqu'ici. Je saisis les documents et m'assis dans le fauteuil. La luminosité des écrans était plutôt faible, mais je ne pris pas le risque d'allumer.

Karl avait cinquante-deux ans. Il venait d'une fratrie de six, dont il était le seul garçon. Il travaillait comme mécanicien, était réputé pour travailler vite et bien et surtout pour être honnête. Il habitait dans la banlieue sud et avait une femme et trois enfants. Il était le seul à posséder un don.

Plus je lisais, plus cela me confortait dans mon premier ressenti. Karl était quelqu'un de bien, pourquoi vouloir intégrer une telle organisation alors ?

Je repris ma lecture et appris qu'il était bioluminescent, ce qui voulait dire qu'il se produisait dans son corps une réaction qui transformait son énergie chimique en énergie lumineuse. Je me demandai s'il contrôlait son don, pensant en parallèle que je n'avais aucune idée de comment fonctionnaient les miens.

Les miens, je n'en revenais toujours pas. Non seulement, j'étais moi aussi une extraordinaire, mais je n'avais pas une, mais bien deux capacités !

Je revins à ce que je tenais entre les mains et poursuivis.

L'homme avait une vie bien rangée, sa famille avait été surveillée durant quelques semaines. Ses filles s'appelaient Lise, Emeline et Cathy. Elles avaient respectivement cinq, sept et neuf ans. Sa femme se prénommait Caroline et travaillait comme aide-soignante dans le même hôpital qu'Abriel. Leurs comptes avaient également été épluchés, je compris d'ailleurs pourquoi il s'était tourné vers le groupe lorsque je lus en lettres capitales le montant de ses dettes. Avait-il emprunté pour une maison ? Pour équiper son garage ? Rien n'était mentionné à part qu'il avait le couteau sous la gorge. Il était sûrement persuadé que c'était la seule façon de s'en sortir.

Je plaçai le papier derrière les autres et me penchait sur celui qui concernait les deux jeunes femmes qui ne se lâchaient pas. Quelle ne fut pas ma surprise en découvrant qu'elles étaient jumelles !

L'une était brune aux yeux verts, elle avait les cheveux longs et la peau mate. L'autre était blonde aux yeux marron, les cheveux courts avec une peau si blanche qu'on pouvait suivre le chemin de ses veines à l'œil nu. Elles étaient nées siamoises et avaient été séparées très rapidement. L'opération avait été une réussite pour elles, mais une catastrophe humaine puisque tous ceux qui avaient participé à cette chirurgie étaient décédés dans les heures qui avaient suivi. L'une d'entre elles avait un sang toxique que seule l'autre pouvait contrecarrer. J'étais abasourdie de lire une telle chose.

Sue et Suzy, âgées aujourd'hui de vingt-six ans, avaient très vite été abandonnées par leurs parents qui avaient peur d'elles. Elles avaient alors intégré un orphelinat qui n'accueillait que des extraordinaires et avaient grandi à l'abri des regards et du monde.

Ni l'une ni l'autre n'avait jamais prononcé un mot. En plus de cette particularité, l'organisation supposait qu'elles communiquaient par télépathie. Ces deux sœurs étaient redoutables par leur nature même, une seule égratignure pouvait engendrer un carnage. Une mention « *problème* » était notée en bas quant à leur relation fusionnelle. Ils devaient sûrement se demander comment faire pour les séparer en cas de recrutement définitif.

Je pris le troisième feuillet dont l'en-tête indiquait qu'il s'agissait d'une femme nommée Mirage. Le mot étant entre guillemets, je supposai qu'il s'agissait d'un pseudo. Il y avait très peu d'informations sur elle.

Trente ans, sa vie était retracée comme étant celle d'une effacée dont la capacité s'était manifestée à l'aube de ses quatorze ans. Elle était alors devenue insignifiante aux yeux des autres, à tel point qu'elle en était devenue physiquement transparente. Mirage n'avait donc jamais fait d'études, ni travaillé. Elle vivait de petits larcins qui lui permettaient de se nourrir et de se loger. Elle ne pouvait plus être visible, mais se rendait tangible selon son désir. Une parfaire recrue pour remplacer le pauvre Stevens, pensai-je.

Le papier suivant faisait mention d'un homme de vingt-trois ans, Dany. Il avait grandi dans un quartier huppé, auprès de parents aimants qui connaissaient sa capacité et l'avaient aidé jusqu'à présent. Aisés, ils dépensaient sans compter pour que leur fils ait le meilleur. Instruction à domicile, expériences sportives diverses, voyages à l'étranger réguliers. Sa vie bien rangée l'avait amenée à commettre quelques délits pour s'amuser.

Il s'était essayé aux drogues, au vol, ainsi qu'à la falsification de documents officiels. Des numéros de rapports de police étaient indiqués en note de bas de page.

Dany avait fini par fuguer et n'était pas très discret. Un recruteur de l'organisation l'avait suivi durant plusieurs jours le regardant opérer. Le jeune homme était ce qu'on appelait un multiplicateur. Il était en mesure de se démultiplier afin d'être à plusieurs endroits à la fois. C'était d'ailleurs comme ça qu'il avait donné le change et que les plaintes à son encontre avaient été jugées irrecevables, de nombreux témoignages le situant ailleurs chaque fois.

Le dernier écrit me concernait. Rosabeth Marks était-il écrit tout en haut de la feuille. Là encore, ma vie avait été passée au crible. Il y était mentionné mon abandon, ma vie avec Jodie et Adam, la mention des noms d'Abriel et Poly me provoqua des sueurs froides et réveilla une colère sourde. Mon descriptif se terminait par mon travail de détective et les mots bouclier et aimant écris en gros et surlignés.

Je reposai les notes sur la table, alignées comme je les avais trouvées puis me laissais choir dans le fauteuil.

L'organisation n'avait pas tellement besoin de recruter, ce que je venais de lire me faisait penser que c'était plutôt majoritairement les extraordinaires qui se tournaient vers eux. Désespérés, rejetés, ceux qui n'avaient plus foi en leurs semblables, qui se sentaient seuls, qui n'arrivaient pas ou plus à s'intégrer. Le groupe se contentait d'appâter les talents rarissimes.

Réfléchissant à tout ça, je me rendis compte qu'il n'y avait rien sur Léo. Je supposai que cela était dû au fait qu'il avait été repéré il y a bien longtemps et que son dossier devait être épais, ou pas, puisqu'il leur avait échappé de nombreuses années. Je me levai et fis le tour de la pièce, mais ne trouvait rien de plus qui pourrait m'aider.

J'entrepris alors de retourner dans ma chambre et m'éclipsai suivant le même trajet. Je filai dans la salle d'eau me laver rapidement et me mis au lit, m'endormant quasiment instantanément.

Un rayon de soleil me réveilla. Mes pensées allèrent immédiatement vers mes proches qui devaient être morts d'inquiétude. Je devais trouver un moyen de les contacter, de leur dire que j'étais saine et sauve et que j'avançais. Ragaillardie par cet objectif, je m'étirai et me levai.

Je ne savais pas quelle heure il était, mais un petit déjeuner avait été apporté et trônait sur le bureau. Le café fumait encore. Il y avait un petit pot de crème, du sucre, du pain frais avec du beurre et une coupelle de confiture. Je me jetai sur le breuvage noir et en appréciai chaque gorgée, puis me fis quelques tartines. Repue, je filai faire un brin de toilette et me rafraîchir. J'avais trouvé hier soir une brosse à dents, du dentifrice, du savon et une serviette propre dans le placard de la salle d'eau. Une fois lavée, je me rappelai ne pas avoir de vêtements et grimaçai à l'idée de remettre les mêmes.

Lorsque je revins dans la chambre, je vis qu'une enveloppe avait été glissée sous la porte. Je la décachetai et déchiffrai la belle écriture qui me donnait rendez-vous dans la salle de contrôle.

Mon cœur se mit à battre la chamade. Mon escapade d'hier soir avait-elle été découverte ? Risquai-je quelque chose ? Le grincement de la porte me fit me retourner. Une femme que je n'avais encore jamais vue, élégante dans une jupe crayon bleu marine et un superbe chemisier de soie ivoire se tenait dans l'encadrement.

— Hermès vous attend.

— Hermès ?! Sérieusement ?

La demoiselle sourit sans se cacher et planta son regard dans le mien.

— Vous aurez compris que c'est le nom que l'organisation lui a attribué.

— Évidemment, je ne suis pas aussi naïve, rajoutai-je pour moi-même.

Ce qu'elle venait de dire m'était précieux. En disant que son nom lui avait été donné par quelqu'un d'autre, j'apprenais qu'il n'en était pas à la tête et qu'il n'était qu'un homme de main, comme les autres. Enfin, un peu mieux placé que les autres tout de même.

J'emboîtai le pas de celle qui était venue me chercher et me replongeai dans mon périple de la veille au soir. Je m'arrêtai devant la porte et attendis qu'on m'ouvre tandis qu'elle s'éclipsait sans même avoir salué Hermès.

— Bonjour, comment allez-vous ? me questionna l'homme qui semblait de bonne humeur.

— Bien je vous remercie.

— La chambre vous convient-elle ?

— Euh... oui, hésitai-je me demandant pourquoi il était si avenant.

— Souhaitez-vous manger quelque chose ?

— Non, un petit déjeuner m'a été servi.

— Bien, dans ce cas, passons aux choses sérieuses, dit-il.

Il me désigna quelque chose derrière moi et je me retournai pour voir un fauteuil dont j'étais persuadée qu'il n'était pas là la veille. Je le poussai pour me rapprocher un peu et y prit place croisant les jambes et entremêlant mes doigts sur mon genou.

J'avais bien conscience que tout en moi indiquait que j'étais sur la défensive, mais je ne pouvais faire autrement pour garder une contenance. J'avais aperçu les documents sur la table et le souvenir des noms des personnes que j'aimais, noircis sur ces feuilles me faisait trembler de rage.

Hermès attrapa un dossier sur la console qui se trouvait derrière lui et me le tendit. Je le pris, surprise, et l'ouvris pour y découvrir un contrat. Établi entre mademoiselle Marks, moi-même donc, et l'organisation Olympe, représentée par Hermès. Il stipulait que j'étais embauchée pour la somme astronomique de vingt-cinq mille dollars par mois pour mettre mes dons au service de leur association. J'avalai ma salive de travers et le messager des dieux se leva pour m'apporter un verre d'eau, un sourire accroché aux lèvres.

— Que pensez-vous de notre offre ?

Je n'en pouvais plus, il était temps pour moi de dire ce que je pensais.

— Primo, que ce n'est pas assez précis.

Son sourire s'éteint instantanément. Il alla se rasseoir et s'enfonça dans les coussins attendant que je poursuive.

— Deuxio, que le mot association ne convient absolument pas aux activités que vous avez, dis-je en refermant le contrat et en le lui lançant.

Chapitre 28

— Dois-je comprendre que vous refusez ?

— Tout à fait.

— Peut-être devriez-vous y réfléchir plus sérieusement.

— Je ne crois pas non.

— Vous avez conscience, je suppose, que maintenant que vous êtes parmi nous, je ne peux pas vous laisser partir comme ça.

— Vous enfermez toux ceux qui ne veulent pas travailler pour vous ?

— Non, bien sûr. Nous procédons de différentes manières en fonction des « *cas* ». Nous effaçons la mémoire de certaines personnes, et il nous arrive aussi de devoir en éliminer.

Hermès m'expliquait comment il détruisait la vie des gens avec un détachement qui faisait froid dans le dos. Il ne semblait pas du tout concerné par le sort qui leur était réservé.

— Qu'est ce qui est prévu pour moi ? demandai-je priant pour qu'il ne me réponde pas la mort.

— Nous allons vous garder quelque temps, peut-être changerez-vous d'avis.

Il fit pivoter son fauteuil face à la console qui contrôlait les caméras de surveillance et appuya sur un bouton. Une sonnerie retentit, qu'il ignora. Il ne me dit plus rien et fit comme si je n'étais plus dans la pièce. La porte s'ouvrit et me laissa entrevoir que le gorille était de retour. Il me saisit par le bras et me tira, m'arrachant un cri de surprise et de douleur.

L'homme était plutôt de petite taille, mais sa carrure était impressionnante. J'avais beau essayer de me dégager, sa main s'était refermée tel un étau autour de mon poignet. Il me conduisit dans une petite pièce qui ne pouvait être plus éloignée du confort que j'avais eu jusqu'à présent.

Quelle ne fut pas ma surprise de constater que ce n'était pas là que j'allais être prisonnière. Il frappa le sol du pied et une grille s'ouvrit lentement. Il m'y jeta sans me ménager dans le trou, se fichant bien des blessures qu'il pourrait m'occasionner.

Je me retins de hurler lorsque mon corps s'écrasa contre le sol. Ma cheville était déjà abîmée, tout comme mon bras, mais il était fort possible que cette chute m'ait causée en plus des fractures. J'essayai de me relever sans succès et me traînai jusqu'au mur pour y prendre appui et m'asseoir. Je levai les yeux, mais ne vis que les barreaux qui avaient été remis en place. Il ne s'était même pas assuré que j'étais encore vivante et avait déjà fichu le camp.

Une faible lueur passait à travers les grilles, mais n'arrivait même pas jusqu'à moi. Malgré la souffrance je me hissai sur mes jambes et cherchai des prises qui me permettraient d'escalader ce mur. Les minces interstices que je trouvais ne me permettaient pas d'avoir une bonne prise. Je cassais mes ongles, m'arrachais la peau, m'infligeais des coupures. Je m'acharnai ne voulant pas abdiquer, j'étais maintenant trop près du but pour renoncer. Bientôt le liquide chaud et poisseux qui recouvrait mes mains m'empêcha de faire quoique ce soit. Je n'arrivais plus à plier les doigts, je tremblais, tous mes membres étaient engourdis et ma tête semblait peser une tonne. Je manquais de souffle et ma respiration déjà saccadée était de plus en plus difficile.

Je m'étais épuisée en vaines tentatives, j'avais envie de me laisser sombrer. Je savais qu'il ne fallait pas, mais je n'avais plus de force et aucun espoir qu'on vienne à mon secours puisque personne ne savait où je me trouvais.

Je me repliai sur moi-même et alors que j'allais céder à l'appel du sommeil, sentis quelque chose dans mon abdomen. Je savais qu'il était impossible que ce soit le bébé, mais cela suffit à me redonner du courage. Je n'avais pas le droit de baisser les bras, je voulais qu'il soit fier de sa mère, qu'il me voit comme quelqu'un de fort, sur qui il pourrait s'appuyer, quelles que soient les épreuves que la vie lui enverrait.

Je relevai la tête et m'assis, réfléchissant à comment je pourrais me sortir de ce guêpier. Il faisait une chaleur étouffante là-dedans, j'explorai le sol à la recherche d'un quelconque récipient qui contiendrait de l'eau, mais ne trouvai rien. Je soufflai lorsqu'une sensation de fraîcheur m'envahit.

— Rosabeth ? entendis-je.

L'espace d'une seconde, je crus avoir perdu la raison et entendre des voix.

— Tu es là ?

— Oui, oui ! En bas, m'écriai-je surexcitée.

Greg apparut devant moi l'instant d'après. J'aurais voulu lui sauter au cou et l'étreindre tant j'étais heureuse qu'il m'ait trouvée, mais cela était impossible.

— Bordel de merde, dans quel état tu es !

Je ris franchement. Jamais je n'avais entendu de tels propos sortir de la bouche de mon ami, je devais vraiment avoir une sale tête.

— Je suis bien content d'être mort.

— Pourquoi ? demandai-je sans comprendre.

— Parce que c'est moi qui vais devoir dire à Abriel où tu te trouves et tu sais quelle sera sa première question ?

J'opinai du chef.

— Il te demandera comment je vais.

— Andrew et Poly ne seront pas en reste, et à ce moment-là… dit-il sans terminer sa phrase.

— S'ils doivent s'en prendre à quelqu'un c'est à moi et personne d'autre.

— Ne te fais pas la morale, quelque chose me dit qu'ils s'en chargeront.

— Je n'en doute pas une seconde. Comment on sort d'ici ?

— Pour l'instant, aucune idée. Moi, je peux traverser les murs, mais ce n'est pas ton cas.

— Je n'ai pas eu le temps d'observer la pièce du dessus, décris-la-moi.

— Ça va être rapide, quatre murs et une lucarne. Plus la porte d'entrée.

— Deux possibilités donc. La lucarne me semble la plus sûre. On pourra filer sans se faire prendre contrairement à la porte. Qui plus est ce bâtiment est un vrai labyrinthe.

— OK. J'ai une idée pour te faire monter, je reviens.

Greg disparut instantanément. Son absence créa immédiatement un grand vide en moi, je me surpris à avoir peur pour moi pour la première fois de ma vie. J'entendis un bruit sourd, quelque chose venait de tomber devant moi.

— Ton amie Poly est prévoyante, elle nous a fait prendre tout un attirail. On ne peut plus rien mettre dans le fourgon. À part toi bien sûr.

— Comment va-t-elle ?

— Très bien, tu la retrouveras bientôt. Tiens-toi prête, je vais chercher où attacher la corde, noue-la autour de ta taille et attends mon signal.

J'acquiesçai.

— Ça va aller ? Tu vas pouvoir remonter seule ?

— Je ferai en sorte d'y arriver, vas-y.

Je m'exécutai alors qu'il s'en allait. Le silence se fit et le temps sembla se figer. J'avais du mal à faire le nœud avec mes mains blessées qui tremblaient, mais décidai que le mieux à faire était d'ignorer mes sensations.

— C'est bon de mon côté, entendis-je.

— J'y suis presque.

J'attrapai la corde des deux mains et tirai pour me mettre debout. J'attendis quelques instants le temps de me sentir plus stable, puis commençai mon ascension. Je posai un pied après l'autre, mes jambes étaient lourdes et tremblaient. J'avais l'impression de fournir un effort colossal.

— Je te vois, tu y es presque ! m'encouragea mon ami.

Je fis un dernier effort, bloquai la corde entre mes genoux et glissai une main entre les barreaux de la grille pour activer le mécanisme qui l'ouvrait. Il ne me fallut pas longtemps pour le trouver et me libérer. Tandis que je me hissais hors de ma première prison, je sentis un frisson me parcourir l'échine. J'avais le pressentiment que nous étions en danger et je n'aurais pas su dire pourquoi quand la porte s'ouvrit.

— Manquait plus que lui, siffla Greg entre ses dents.

Pas besoin d'être un génie pour comprendre. Le mécanisme devait être relié à un système d'alarme et puisque je ne voyais rien dans la pièce, mais que je me sentais oppressée, Franky devait avoir fait son entrée.

Je savais que nos routes se croiseraient à nouveau, mais j'aurais préféré que ce soit en d'autres circonstances. D'instinct, je me plaquai contre le mur qui se trouvait derrière moi pour ne pas être prise par surprise.

Mon ami le voyait et se chargeait de me dire ce qu'il faisait et où il se trouvait. Sa masse imposante l'empêchait de se mouvoir correctement dans cet espace si étriqué, ce qui était à mon avantage.

Pourtant, alors que j'étais presque arrivée à la lucarne, je me sentis basculer. Il avait donné un coup dans ma cheville blessée et j'avais une fois de plus lourdement chuté. Je n'avais rien pour me défendre contrairement à notre première rencontre et Greg ne pourrait vraisemblablement pas le posséder comme il l'avait déjà fait puisqu'il avait utilisé beaucoup d'énergie pour attacher la corde. Je rampai pour rester hors de sa portée et atteignis mon but pendant que le spectre faisait tout pour le détourner de moi.

La fenêtre était vieille, si bien qu'après trois coups de coude, elle se brisa laissant un air vivifiant pénétrer et me fouetter le visage. J'allais l'enjamber pour sortir lorsque la créature, qui manqua m'attraper, me fit trébucher. Je glissai à plat ventre sur le toit à une vitesse vertigineuse. Jamais je ne pourrai tomber de si haut et m'en sortir indemne. Je pensais déjà au pire lorsque je commençai ma chute dans le vide.

Je vis mes amis regroupés en bas de la bâtisse et pleurai en voyant la mine horrifiée d'Abriel. Poly ne paniquait pas, la peur devait la paralyser, nous étions au milieu des terres et elle était impuissante ici. Andrew regardait à droite et à gauche, cherchait un moyen, mais il n'y en avait pas. Tout cela prendrait fin ce soir.

Je fermai les yeux, anticipant l'impact qui ne tarderait plus maintenant. J'étais ébahie d'avoir vu toutes leurs émotions, à croire que le temps ralentissait quand on était sur le point de mourir.

— Poussez-vous ! entendis-je ne reconnaissant pas la voix qui avait surgi de nulle part.

Au lieu de m'écraser contre le sol, je butai contre un corps robuste. J'ouvris les yeux, sonnée, pour voir qu'un homme brun, d'apparence très ordinaire m'avait rattrapée.

— Mais, comment est-ce possible ?

— Rosabeth !

Abriel se précipita vers moi et l'homme me fit glisser dans ses bras.

— Tu es couverte de sang ! Je vais m'occuper de toi.

— Ça peut attendre, il faut d'abord se mettre à l'abri, nous sommes bien trop exposés, coupa Poly dont le sang-froid me subjuguait.

— Elle a raison, renchérit Andrew. On file au fourgon et on décampe illico.

Je voulus remercier mon sauveur, mais il avait déjà disparu. Je me demandai qui il était et pourquoi il était intervenu pendant que nous nous engouffrions dans le véhicule. Andrew démarra, Greg nous avait rejoints et avait pris place à ses côtés. Abriel et Poly étaient montés à l'arrière avec moi. Il me posa sur une couverture et plaqua ses mains dans mon dos, scannant mon corps meurtri.

— Je peux t'aider ? s'enquit Poly.

— Non ça ira, je peux la remettre sur pieds rapidement. Je vais commencer à te soigner, pas la peine de protester. Reste calme et détends-toi.

Abriel releva ses manches. Son corps d'Appolon n'avait plus de secret pour moi, aussi vis-je immédiatement qu'il y avait un tatouage supplémentaire qui ornait son bras. Il ressemblait à s'y méprendre à l'algue que Poly lui avait offerte. Je n'avais pas fini de l'observer que je crus à nouveau perdre la raison. Les tatouages semblaient s'être animés, certaines plantes paraissaient prendre vie sous mes yeux.

J'arrêtai de le fixer et me concentrai sur moi-même. Si j'arrivais à contenir mon bouclier, peut-être que l'homme que j'aimais n'aurait pas à subir les conséquences de son soin. Je me répétai tel un mantra que j'acceptai de le laisser faire jusqu'à ce qu'il termine. Il me sourit, visiblement satisfait de lui, ce qui me rassura.

Poly s'était agenouillée à mes côtés et avait sorti une bouteille d'eau et une serviette. Elle saisit une de mes mains qu'elle lava et essuya soigneusement, avant de faire de même avec l'autre. Il n'y avait plus aucune trace de coupure. Elle humidifia ensuite la serviette et nettoya mon visage.

— Tu voudrais bien me donner à boire avant de vider toute la bouteille ? m'enquis-je amusée.

La néréide approcha le goulot de ma bouche et je pus étancher ma soif à petites gorgées.

— Le bébé va bien ? demandai-je à Abriel soudainement.

— Oui, il n'a rien du tout, comme s'il avait été protégé par quelque chose.

— Et toi non plus, constatai-je.

— C'est vrai, c'est la première fois. Peut-être est-ce parce que tu étais consentante cette fois-ci ?

— Tu ne crois pas si bien dire.

— Comment ça ?

— Figure toi que j'ai appris beaucoup de choses en très peu de temps, notamment que Poly et toi aviez raison.

— À quel propos ?

— Je suis bien une extraordinaire.

Tous se turent. Je poursuivis donc et leur révélai ce que j'étais, les laissant abasourdis.

— C'est toi qui dois protéger le bébé. Il aurait dû être atteint avec toutes les blessures que tu as eues.

— Je ne sais pas comment maîtriser ça.

— Pourtant je n'ai eu aucun contrecoup cette fois-ci.

— J'ai tenté de laisser mon esprit ouvert au soin.

— Et ça a marché.

— Oui.

— C'est la première fois que j'entends parler de telles capacités. Ils vont vouloir te mettre la main dessus, il va falloir qu'on soit très vigilants, s'inquiéta Poly.

— Où allons-nous ? m'enquis-je certaine qu'il fallait qu'on se cache le temps d'avoir un plan.

— Chez moi, dit Greg. Enfin, mon ancien chez-moi. Personne ne viendra nous chercher là-bas.

Chapitre 29

Le trajet se poursuivit dans un silence religieux. Andrew suivait les indications de Greg, j'étais blottie dans les bras d'Abriel et Poly me tenait la main. Je me sentais bien, en sécurité et je ne pouvais m'empêcher de m'en vouloir. J'avais laissé là-bas des personnes qui pouvaient être sauvées de cette organisation, et parmi elles, mon ami d'enfance. Je soupirai.

— Ça va ? s'enquit mon compagnon en déposant un baiser sur le haut de ma tête.

— Oui, je réfléchis.

— Alors, arrête, on réfléchira à plusieurs demain. Pour l'instant tu as besoin de repos.

— Tu connais l'homme qui m'a rattrapée ?

— Pas du tout.

— Poly ?

— Non plus.

— Et vous les gars ? interpellai-je mes collègues.

— Pas plus.

— C'est impossible que ce soit quelqu'un qui passait par là par hasard !

— C'est certain, mais je te l'ai dit, on verra tout ça demain.

— J'ai compris, je me tais, abdiquai-je.

— On va arriver, nous informa Greg.

Je pris appui sur mon coude pour voir par la fenêtre. Un petit portail s'ouvrit sur une grande propriété qui me coupa le souffle. Jamais je n'aurais cru qu'un homme aussi simple puisse habiter dans un tel lieu. Le terrain était si vaste que nous ne voyions même pas la maison. Je compris pourquoi lorsque nous y arrivâmes. Contrastant avec le domaine, la demeure familiale était de taille moyenne. L'extérieur ne montrait aucun signe de richesse, on aurait même pu la qualifier de rustique.

— Elle ne paye pas de mine comme ça, mais elle est très confortable, voulut nous rassurer son propriétaire.

— On n'en doute pas un instant.

— Il y a assez de couchages pour vous tous, venez, nous invita-t-il.

Il ouvrit la porte et s'effaça, littéralement, pour nous laisser entrer. L'intérieur était vétuste comme on pouvait s'y attendre. Personne n'habitait plus ici depuis des années et je soupçonnais Greg d'y revenir en spectateur, tant sa façon de me raconter sa vie avait été teintée d'amertume et de regrets. Abriel et Andrew s'affairaient déjà à enlever les draps qui recouvraient les meubles.

— Ce n'est peut-être pas nécessaire de tout enlever ? tentai-je pensant que cela pourrait secouer notre hôte.

— Nous ne faisons que suivre ses directives, il veut qu'on se sente bien chez lui et comme on ne sait pas combien de temps on va rester là, autant s'installer le mieux possible, répondit mon collègue.

— Rosabeth ! m'interpella Poly.

La jeune femme était à l'étage et s'occupait des chambres. De grandes tentures que j'enjambai étaient entreposées en haut des escaliers.

— La salle de bain est là, tu peux y aller, je termine votre chambre.

— Je n'ai pas de quoi me changer, grimaçai-je.

— Ta valise t'y attend.

— Tu es formidable, quelle chance j'ai de t'avoir dans ma vie !

Poly m'attira à elle et me serra dans ses bras.

— J'ai eu tellement peur, ne t'avise plus jamais de me refaire ça, murmura-t-elle à mon oreille.

— J'ai agi dans l'urgence, je n'ai pas réfléchi.

— Comme à ton habitude, mais il y a des gens qui tiennent à toi, alors fais marcher un peu plus ta tête et un peu moins tes jambes bon sang !

— Je te promets d'essayer !

Je pris la direction qu'elle m'avait montrée et fermai la porte derrière moi. La pièce avait été nettoyée, un bain chaud m'attendait et je m'empressai de m'y plonger. Je fermai les yeux profitant de la sensation de chaleur qui se propageait dans mes membres et du bien-être que cela me procurait.

Je me sentais ici comme à la maison, ce qui était plutôt étonnant pour moi qui avais toujours du mal à dormir ailleurs que chez moi. Je profitai de chaque instant, de toutes les délicieuses odeurs qui émanaient de ce moment de détente que mon amie m'avait préparé, mais pensai au reste de mes compagnons qui voudraient sûrement prendre une douche et se reposer également.

Je ne m'attardai donc pas plus et libérai les lieux pour celui qui voudrait venir ensuite. Je pris ma valise et suivis Poly jusqu'à la chambre qui m'était destinée.

— Tout le monde a une chambre ? m'étonnai-je.

— Greg avait trois enfants, plus la sienne et la chambre d'ami, il y en a même plus qu'il n'en faut.

— Où est-il ?

— Je ne sais pas, il nous a dit de nous mettre à l'aise et nous ne l'avons plus vu depuis. Je n'ai pas préparé son ancienne chambre, j'ai trouvé…

— Que c'était déplacé ?

— C'est ça.

— Je ne l'aurais pas fait non plus.

— Et vous avez tort, c'est la plus grande pièce, nous coupa-t-il.

— Greg, je ne t'ai pas encore remercié !

— Tu n'as pas à le faire, j'ai porté secours à quelqu'un qui m'est cher, le fait que tu sois en sécurité et en bonne santé est plus que suffisant. Et puis, Abriel n'a pas essayé de m'étrangler quand je lui ai dit que tu avais une sale tête alors, tout va bien ! rit-il. Plus sérieusement, je retourne à l'agence prévenir le chef qu'on t'a retrouvée. Je reviendrai demain matin, faites comme chez vous, moi, je n'aime pas rester ici trop longtemps.

— Je comprends.

Le spectre disparut, nous laissant seules devant un lit double. Poly m'y entraîna en me tirant par la manche et s'allongea à mes côtés.

— Je sais que tu dois être fatiguée toi aussi, mais comment est-ce que vous m'avez retrouvée ?

— Un concours de circonstances qui est plutôt bien tombé. Ces derniers temps nous avons remarqué un va-et-vient important dans le port. Cet accroissement d'activité pollue bien plus que d'ordinaire alors j'ai décidé de m'y intéresser. Une sentinelle zélée, chargée de la surveillance me ramenait tout ce qu'elle trouvait pour me montrer à quel point la situation était catastrophique. J'ai tout de suite reconnu tes clefs quand je les ai vues. Je lui ai demandé de me montrer où elle les avait trouvées et j'ai compris que tu avais été embraquée dans un des containers. J'ai prévenu Abriel qui devenait déjà fou, il a pris ton téléphone pour prévenir tes acolytes et ils ont pris la relève. Ils sont doués, il n'y a pas à dire.

Entendre ce compliment me gonfla de fierté.

— Je peux ?

Abriel se tenait dans l'encadrement de la porte, les bras croisés sur la poitrine, la tête légèrement penchée sur le côté. Cet homme me rendait folle.

— Je vais vous laisser, dit Poly qui se laissa glisser en bas du lit. Je suis fatiguée. À demain Rosy, bonne nuit à tous les deux !

Elle quitta la pièce laissant derrière elle un parfum singulier de brise marine et nous laissa en tête à tête. Il vint se coucher près de moi et je me lovai au creux de ses bras.

— Ne me fais pas la morale s'il te plaît, Poly s'en est déjà chargée.

Je levai les yeux pour le voir arborer un grand sourire.

— Ça te fait plaisir, avoue.

— À un point que tu n'imagines même pas.

Il m'attira à lui et m'embrassa. Un baiser fougueux empreint de passion, mais aussi de soulagement. Je me relevai et passai mes bras autour de son cou. Ses mains se glissèrent sous mes vêtements caressant mon dos puis descendirent sur mes fesses. D'une main il me souleva, pour faire glisser mon sous-vêtement de l'autre.

— Ça va ? s'assura-t-il.

Le souffle court aucun son ne sortir de ma bouche. Je fis signe que oui, je savais que mon désir se lisait dans mes yeux. Je passai son tee-shirt par-dessus sa tête et embrassai son torse musclé, lui arrachant un soupir. À califourchon sur lui, je déboutonnai son pantalon que je fis glisser, libérant l'objet de ma convoitise.

— J'ai très envie de toi, susurrai-je.

Il était doux et prenait son temps, comme s'il me redécouvrait chaque fois. Je me mordis la lèvre pour ne pas faire de bruit. Aussi excités l'un que l'autre, il ne tarda pas à se glisser en moi. Je bougeais à un rythme lent, j'avais envie de tendresse, de retrouver l'homme que j'aimais et que j'avais eu si peur de ne plus revoir. Abriel me laissait gérer, nous nous explorions quasiment sans bouger, nous étions tellement fusionnels à ce moment que cela suffisait. Jamais je n'avais été autant en osmose avec un homme. Je ne sentais pas sa capacité ramper sur ma peau comme les fois précédentes, je la repoussai et étais heureuse de constater que je prenais autant de plaisir. Je ne pus retenir le cri de satisfaction qui arriva, mon amant se laissant lui aussi aller.

Après quelques baisers supplémentaires, nous nous séparâmes. Je m'allongeai près de lui alors qu'il continuait à me caresser avec douceur. J'observai son corps parfait quand je vis à nouveau cette plante. Je me relevai et le fixai.

— Quoi ?

— Tu as un nouveau tatouage. Tu es allé te faire tatouer plutôt que de me chercher ?

— J'ai fait les deux, ça ne pouvait plus attendre.

— Est-ce que ça a quelque chose à voir avec ce qu'il s'est passé pendant ton soin ?

— Il faut que tu m'en dises plus.

— Avant de fermer les yeux, j'ai cru voir certains des motifs floraux… s'animer.

— Lorsque j'étais en internat, j'ai rencontré une personne très particulière, elle absorbait les propriétés des plantes pour les réutiliser au besoin. Je lui ai demandé de m'apprendre, mais je n'ai jamais réussi. Un soir elle m'a proposé de tenter quelque chose et m'a tatoué ma première plante médicinale.

— Tu veux dire que tu peux utiliser toutes ses plantes ?

— C'est ça. Je ne peux pas les absorber, mais elles font ainsi partie de moi et je peux faire appel à ce dont j'ai besoin quand j'en ai besoin.

— Extraordinaire.

— C'est pour ça qu'on nous surnomme ainsi.

Abriel me raconta les circonstances où il avait utilisé cette capacité pour la première fois, mais bien que je sois subjuguée, je n'arrivais plus à tenir et me laissai emporter par Morphée.

Lorsque je me réveillai, une odeur de café flottait dans la maison. Je poussai la couette épaisse que je ne me rappelais pas avoir vue la veille au soir et enfilai ma paire de chaussons qui se trouvait en bas du lit. Une robe de chambre que je ne connaissais que trop bien pour être la mienne avait été déposée sur une chaise qui trônait, seule, dans un coin de la pièce.

L'étage semblait désert, j'entendais des éclats de voix en bas, mais ne pouvais distinguer distinctement qui avait pris part à la conversation. Je restai cependant un moment à les écouter, car si je ne connaissais pas le sujet de la discussion, j'entendais leurs rires fuser et ça me faisait un bien fou. Je descendis les marches discrètement, je ne voulais pas les interrompre, mais ce fut le cas bien malgré moi.

Abriel se leva et vint à ma rencontre, m'enlaçant et m'embrassant devant tout le monde. Gênée, je rougis, ce qui déclencha l'hilarité de Poly.

— Ce n'est qu'un petit baiser, nous savons tous ici que vous êtes ensemble.

— C'est vrai, mais c'est nouveau pour moi.

— C'est ton premier mec ?! s'exclama Greg.

— Mais non idiot, disons que c'est la première fois que j'officialise une relation, répondis-je en relevant le sourire éclatant qu'affichait mon compagnon. Je peux avoir un café ? m'enquis-je m'étirant le cou pour voir ce qu'il y avait à manger.

Des croissants attendaient dans un petit panier en osier où les rejoignirent très vite des pains au chocolat apportés par Andrew. Il retourna dans la cuisine déposer la plaque du four et vint nous retrouver.

— Poly et moi sommes allés faire des courses ce matin, on a pris de quoi ne plus sortir pour une bonne semaine.

— Voir plus, renchérit-elle.

— On va rester ici tranquillement quelques jours, le temps que tu nous racontes tout ce qu'il s'est passé, que tu te reposes et qu'on décide quoi faire, renchérit-il.

— Non, je dois y retourner le plus vite possible !

— Tu n'y penses pas ! s'alarma Abriel.

— Léo est là-bas, m'expliquai-je.

— Quoi ?

— Je vous dis que Léo s'est infiltré lui aussi, mais il y est encore et personne d'autre que moi n'ira le chercher.

— Tu as pris le temps de le prévenir, mais pas nous ? s'énerva Poly.

— Pas du tout, je l'ai retrouvé sur le quai juste avant qu'on nous embraque et j'ai été aussi surprise de l'y trouver que vous d'apprendre qu'il y est.

— Où se trouve-t-il ?

— Je n'en sais rien.

— Vous n'étiez pas ensemble ?

— Au début si, nous avons fait le voyage à plusieurs, mais une fois arrivé on a été séparés.

— Tu ne l'as pas revu depuis ? s'enquit Greg.

— Juste au déjeuner, mais nous étions trop exposés pour parler.

Mes amis s'échangèrent des regards qui ne me plaisaient pas.

— Qu'est-ce qu'il y a ?

— Je pense qu'on a tous la même idée qui nous a traversé l'esprit.

— Qui est ? demandai-je sûre de ne pas aimer ce que j'allais entendre.

— Qu'il a peut-être un lien avec cette organisation.

— Quoi ? Mais vous délirez ! Ils ont tué ses parents ! Ils ont foutu sa vie en l'air ! m'indignai-je.

— Ros…

— Non, coupai-je Greg. Il y a une multitude de raisons pour lesquelles il a pu se rendre, la première étant peut-être moi-même.

— Explique-toi, m'enjoignis Abriel.

— Il m'a avoué qu'il aurait voulu qu'on soit plus que des amis, avouai-je sentant que mon compagnon n'appréciait pas du tout ce qu'il apprenait. Il se peut qu'il ait voulu me protéger sachant que je m'étais mis en tête de démanteler cette organisation.

— Ou peut-être que tu veux y croire.

— Ou peut-être qu'il en a marre de fuir et qu'il veut les faire tomber autant que nous ! Vivre enfin une vraie vie, comme tout le monde ! Avoir une compagne, créer sa famille !

Tous se turent, je savais qu'ils n'en pensaient pas moins, mais qu'ils ne voulaient pas me contrarier. Ce n'était pas la première fois qu'ils me faisaient part de leurs doutes et pourtant, moi, je n'en avais aucun. Il ne pouvait en être autrement, c'était impossible.

J'allai quitter la table pour monter m'habiller quand on sonna à la porte. Poly m'attrapa par le bras et m'entraîna dans le salon qui jouxtait la pièce où nous nous trouvions, tandis qu'Andrew disparaissait dans la cuisine et que Greg se volatilisait dans les airs. Abriel se leva et alla ouvrir. J'allai me précipiter pour l'en empêcher, mais la néréide referma ses bras autour de mon corps m'immobilisant. Je me figeai. Dans l'encadrement de la porte se tenait l'homme qui m'avait rattrapée. Il toisait Abriel de la tête aux pieds.

Chapitre 30

Je me dégageai de l'emprise de Poly qui avait relâché son attention.

— Entrez, nous avons à parler, l'invitai-je.

Il attendit qu'Abriel se pousse et pénétra dans la pièce principale. L'homme était aussi grand que mon compagnon qui avoisinait les deux mètres. Brun, il avait les épaules larges, mais rien qui ne laisse paraître la force qu'il avait. La cinquantaine passée, il portait aujourd'hui des lunettes qui dissimulaient ses yeux gris que j'avais fixés intensément la veille. Il s'avança semblant ne voir que moi, ce qui me mit mal à l'aise. Mes amis se montrèrent, Andrew lui tira une chaise et nous prîmes place autour de la table.

— Je tiens à vous remercier pour votre aide, sans vous je ne serai plus de ce monde.

Il baissa la tête en signe d'assentiment, mais ne dit pas un mot.

— J'aimerais cependant savoir qui vous êtes et ce que vous faisiez là-bas.

— Et tant qu'à faire, rajoutez comment vous nous avez trouvés, renchérit Poly.

— Je m'appelle Aaron, je suis l'oncle d'Elie. C'est lui qui m'a dit de vous rejoindre pour vous aider. Il avait peur pour toi.

Son tutoiement m'étonna. Il y avait chez cet homme quelque chose qui m'interpellait, mais je n'aurais pas su dire quoi. Il me fixait toujours aussi vivement.

— Pourriez-vous arrêter de dévisager ma femme comme ça ?

Je sursautai, il venait bien de dire « *ma femme* » ? Aaron sembla irrité par ce qu'il venait de dire, ce qui accentua encore un peu plus mon malaise.

— Je suis désolé, je n'ai aucune intention de ce genre si cela peut vous rassurer.

Il se tourna à nouveau vers moi.

— Je ne savais pas que vous étiez mariés.

— Ce n'est pas le cas, dis-je lançant un regard noir à Abriel qui m'ignora royalement.

— Mais c'est tout comme, le soutient Poly.

— Quoi qu'il en soit, ce n'est pas le propos. Elie va nous rejoindre ? demandai-je, revenant au sujet qui nous préoccupait.

— Non, il ne pense pas vous être d'une quelconque utilité, contrairement à moi.

Nous nous regardâmes ne sachant pas vraiment ce que nous pouvions lui dire ou pas. Andrew trancha mettant fin au silence qui s'était installé.

— Il t'a sauvé la vie, il est donc des nôtres, et puis sa capacité peut nous être d'une grande aide.

J'acquiesçai.

— Je pense qu'il est temps de tout nous dire et de réfléchir à la suite, s'impatienta Aaron.

— Je veux faire tomber cette organisation et libérer tous les extraordinaires de leur joug. Si certains sont réellement des criminels, j'ai découvert que d'autres travaillent pour eux parce qu'ils n'ont pas le choix.

— C'est-à-dire ? s'enquit Greg.

— Karl est un homme qui faisait partie de notre groupe. C'est un homme honnête qui a le couteau sous la gorge, il ne les rejoint que parce qu'il ne s'en sort plus financièrement.

— Mais comment sais-tu tout ça ? Tu ne nous as pas dit que vous aviez été séparés ?

— Je vais reprendre depuis le début.

Je narrai à mes compagnons comment la deuxième énigme était apparue sur l'écran suite à la résolution de la première, puis leur expliquai pourquoi je n'avais pu les prévenir, pressée par le temps imposé pour rejoindre le lieu de rendez-vous. Je leur parlai de l'acousticienne, de nos trajets, en groupe dans le container, et en solo avec un chauffeur, jusqu'au bâtiment où je me trouvais encore la veille. Je poursuivis avec le test et mon entrevue avec Hermès dans la salle de vidéo surveillance, où il m'avait appris ce que j'étais.

Je sentis Aaron se tendre lorsque je dis ces mots et continuai faisant comme si je n'avais rien remarqué. Je leur décrivis la superbe chambre qui m'avait été octroyée, comme si j'avais été une invitée d'honneur, ma virée nocturne et les fiches qui avaient été faites sur chacun d'entre nous. Je finis par la proposition d'Hermès de les rejoindre et mon séjour dans l'endroit sordide où Greg m'avait trouvée suite à mon refus.

Abriel qui était resté debout depuis qu'Aaron était entré, était venu se poster derrière moi et avait placé ses mains sur mes épaules. Je levai la tête et lui adressai un sourire pour lui assurer que j'allai bien.

— Du coup qu'est-ce que tu veux faire ? demanda-t-il.

— En parler aux autorités ne servirait à rien, il n'y a que nous qui pouvons agir.

— Comment ? s'enquit Andrew.

— Mon interlocuteur se fait appeler Hermès, une jeune femme qui m'escortait m'a confirmé qu'il s'agissait d'un alias. Dans la mythologie grecque, Hermès était le dieu des voleurs, mais aussi un messager, ce qui me fait penser que ce n'est pas l'homme à abattre.

— Alors comment on le trouve ? demanda Abriel.

— Je ne pense pas qu'il siège là-bas, il doit se trouver ailleurs, mais mettre un coup de pied dans la fourmilière est sûrement un bon moyen pour le faire bouger.

— Tu proposes quoi ?

— On se sépare. Une équipe cherche Léo, l'autre Hermès, et on les sort de là. On les ramène ici et on interroge le messager des Dieux.

— Et s'il ne parle pas ? interrogea Aaron.

— J'en fais mon affaire, répondit Poly un sourire étrangement inquiétant sur les lèvres.

Je découvrais mon amie sous un autre jour, mais rien de ce qu'elle pourrait dire ou faire ne me ferait jamais douter d'elle, aussi acquiesçai-je.

— Le bâtiment est surveillé, reprit Aaron. J'ai eu le temps d'observer leur va-et-vient en attendant que ton ami te fasse sortir. Si on peut appeler ça comme ça.

— J'ai fait ce que j'ai pu ! s'offusqua Greg.

— Et c'était parfait ! Encore merci, le rassurai-je.

Aaron bredouilla quelque chose que personne ne semblait avoir compris. En cet instant, la tête légèrement baissée, j'eus l'impression que sa carrure était plus imposante.

— Quoiqu'il en soit, il y a trois entrées et elles sont sous surveillance en permanence. Il y a une relève toutes les heures, l'entrée sud en premier, puis l'ouest et l'est pour finir. Le garde en place ne bouge pas tant que l'autre n'est pas installé.

— Installé ? questionna Andrew.

— Dans une sorte de cabine de verre. Il y a en a une devant chaque porte. Quand celui qui fait la surveillance en sort, l'autre prend immédiatement sa place. Je pense qu'il y a un contrôle, car ils collent leur main droite contre la paroi, ce qui déverrouille la porte quelques secondes avant qu'elle ne se referme immédiatement.

— Ça se complique, remarqua Andrew.

— On peut faire ça en deux temps, proposa Greg.

— Que veux-tu dire par là ?

— J'y retourne ce soir avec Andrew, je prends possession du garde qui vient pour la relève et je retrouve Andrew à la camionnette. On procède à un relevé d'empreintes et je le ramène devant la porte avant de le libérer. Ni vu ni connu.

— Ça ne te dérange pas ? demandai-je sachant que la possession n'était pas une pratique qu'il affectionnait.

— Ce qui me dérange, c'est de savoir que tu es en danger.

La détermination dans son regard me fit comprendre qu'il ne changerait pas d'avis.

— Si ça va à Andrew, ça me va également.

Aaron fit crisser la chaise en se levant.

— Je vais y aller, faites-moi savoir quand vous aurez besoin de moi. À moins que vous vouliez que je vienne en renfort ce soir ?

Mes collègues firent non de la tête et l'homme prit congé. Abriel contourna la table, prit son portefeuille sur la petite étagère et sortit précipitamment en lançant un «*je vais le suivre*» sans attendre de réponse. Il semblait se méfier de lui, et une part de moi ne pouvait s'empêcher de l'être également.

Poly et moi passâmes la journée ensemble, je l'interrogeai sur sa convalescence et me réjouis de sa totale guérison. Sa chevelure avait retrouvé sa douceur, son apparence était de nouveau parfaite. Elle me fit remarquer que je m'étais un peu arrondie et cela m'inquiéta. Il ne serait bientôt plus possible de cacher ma grossesse et cela deviendrait officiel, avec tout ce que cela comporte. Notamment l'arrêt de travail, ce que je concevais difficilement.

Andrew et Greg s'étaient isolés pour préparer leur intervention. Greg semblait content d'être sur le terrain, peut-être cela lui donnerait-il envie de reprendre du service ! En fin d'après-midi, nous nous étions tous retrouvés dans la cuisine.

Abriel qui était rentré semblait ravi d'avoir fait une filature sans s'être fait prendre. Aaron avait fait quelques courses avant de rentrer chez lui. Il habitait seul, du moins n'avait-il vu personne d'autre avec lui. Aaron restait donc l'oncle mystérieux d'Elie. Andrew lui avait quand même envoyé un SMS pour s'assurer qu'il venait bien de sa part, ce qu'il avait confirmé.

De plus en plus tendus au fur et à mesure que le temps s'égrenait, nous attendions que le jour décline pour que nos collègues mettent leur plan à exécution.

— On va pas tarder à y aller, dit Andrew aussi calmement que possible.

— Le temps de faire la route, il fera nuit noire, renchérit Greg.

Ils se levèrent et nous les suivirent des yeux par la fenêtre, jusqu'à ce qu'ils disparaissent de notre champ de vision.

Poly se mit à tourner en rond, Abriel épluchait les annonces immobilières et moi, je me rongeai les sangs. Je savais Greg en sécurité, rien — à ma connaissance — ne pourrait lui arriver compte tenu du fait qu'il était déjà mort, mais ce n'était pas le cas de mon autre collègue. Je m'en voulais de ne pas les avoir accompagnés. Machinalement, je commençai à ranger tout ce que je trouvais pour m'occuper.

— On va cuisiner quelque chose ? Il faut bien manger après tout !

Poly me tira de mes sombres pensées. Elle me connaissait par cœur et savait qu'elle devait m'occuper pour que je ne retourne pas la maison. Je la suivis et nous mîmes au point le dîner du soir. Je ne pouvais m'empêcher de regarder les heures filer. La tension montait au fil du temps qui passait.

— Ils auraient déjà dû être rentrés, m'inquiétai-je.

— Ce sont deux détectives expérimentés et ils savent se défendre, tenta de me rassurer Abriel.

— Tout à fait, renchérit Poly.

— Mais que vous êtes agaçants tous les deux ! On dirait les Dupont et Dupond ! J'ai raté un truc pour que vous soyez toujours d'accord sur tout ? m'emportai-je alors que la porte derrière moi grinçait.

— Quelle ambiance, s'amusa Andrew.

Je bondis sur lui prenant garde à ne pas le toucher, j'allais m'enquérir de notre ami quand je le vis apparaître à mes côtés, la mine défaite.

— Tu vas bien ?

— Ça aurait pu aller mieux.

— Qu'est-ce qu'il s'est passé ? interrogea Poly.

— Impossible de prendre possession d'un corps. J'ai essayé avec tous les gardes, rien.

Chapitre 31

— Pendant que j'attendais, j'ai demandé à Elie de me trouver les plans de la bâtisse. Ça a pris trois plombes parce qu'évidemment, rien n'a été déclaré, mais il a quand même fini par mettre la main dessus. Regardez.

Andrew imprima le plan qu'il avait reçu par mail puis le reconstitua sur la table de la cuisine. Nous nous penchâmes au-dessus pour voir ce qu'il pointait du doigt.

— Il y a un conduit ici, destiné à l'évacuation des eaux usées, du moins, je pense.

Abriel et poly firent la grimace.

— Moi, je reste ici, je ne vous serai d'aucune aide là-bas. Je vais me préparer pour l'interrogatoire, dit-elle.

— Et moi, je vais partout où tu vas, déclara l'homme que j'aimais tant.

— On prévient Aaron et on y retourne. Ce soir, tous ensemble.

— Ce n'est pas trop risqué ? Peut-être qu'ils ont détecté ma présence, s'alarma Greg.

— Non, si ça avait été le cas, il y aurait eu des mouvements, dit Andrew. Et de toute façon, s'ils sont en alerte, ils ne doivent pas encore être bien préparés. Il faut battre le fer pendant qu'il est chaud. J'envoie un SMS à Elie, que son oncle nous rejoigne sur place.

Nous nous préparâmes chacun de notre côté et nous retrouvâmes à la camionnette. Le site n'était pas très loin, une vingtaine de minutes tout au plus. Je ne comprenais toujours pas comment un tel endroit avait pu passer inaperçu si longtemps.

Andrew se gara au même endroit que lorsqu'ils étaient venus me délivrer, à une centaine de mètres à l'abri des regards. Aaron nous y attendait.

— C'est quoi le plan ?

— Il n'y en a pas vraiment. On entre par le souterrain. Pour ça on suit Andrew. Une fois à l'intérieur, lui, Abriel et Greg tâcheront de trouver Léo et de le sortir de là pendant que nous irons à la rencontre d'Hermès.

— Il ne voudra sûrement pas nous suivre de son plein gré.

— Effectivement, c'est pourquoi vous venez avec moi.

— Je suis prêt.

La carte dépliée sur le capot du véhicule, je me repérais du mieux que je pouvais pour indiquer les directions à prendre une fois que nous serions à l'intérieur.

Nous nous tournâmes ensuite vers Andrew qui prit la tête de notre petit groupe d'intervention. Une fois la bouche d'égout enlevée avec une facilité déconcertante par notre monsieur muscle, nous marchâmes un bon quart d'heure. Le chemin était finalement plus simple que prévu, puisque le conduit était en ligne droite, sans aucune ramification. Nous débouchâmes dans une petite salle où des machines faisaient un vacarme de tous les diables.

Sans dire un mot de plus nous avançâmes vers la porte. Je l'ouvris avec une de mes épingles à cheveux que je remisai aussitôt. Une fois assurés que la voie était libre, nous nous y engouffrâmes. L'équipe de secours partit sur la droite vers la chambre que j'avais occupée. Je pensais en effet que Léo pouvait y avoir été convié comme invité, vu le temps qu'ils avaient passé à lui courir après. Aaron et moi prîmes sur la gauche en direction de la salle de surveillance.

Nous avancions le plus discrètement possible et j'étais réellement impressionnée par la discrétion dont ce colosse pouvait faire preuve. Nous entendîmes subitement des bruits de pas venant dans notre direction. Je regardai Aaron, paniquée. Il n'y avait nulle part où se cacher. Greg avait peut-être raison, la sécurité avait sans doute été renforcée, ne serait-ce qu'après ma fuite. Une troupe nous tomba dessus, Aaron se jeta sur eux sans attendre.

— Fiche le camp ! cria-t-il.

Il luttait contre six gardes qui n'hésitaient pas à utiliser des tasers électriques contre lui sans que cela ne semble lui faire grand-chose. Une vraie force de la nature.

Ne le voyant pas souffrir, je fis ce qu'il me demandait. Je décidai de laisser ma capacité vagabonder, si aimant j'étais, cela me mènerait sûrement à l'homme que je recherchais.

Dans ma course folle pour m'éloigner le plus possible du grabuge, je tombai cependant sur quelqu'un que j'avais espéré ne plus jamais revoir. Franky se tenait devant moi, et cette fois, je pouvais le voir comme n'importe qui d'autre. Répugnant était un mot trop faible pour décrire cette chose immonde. Il n'était ni humain ni animal. Greg avait beau dire que le nécromancien était un extraordinaire comme les autres, je ne pouvais m'empêcher de me dire que ce gars était sacrément tordu.

La créature avança vers moi et je reculai instinctivement. Sa tête bien trop petite par rapport à son corps était difforme. Il avait des cheveux roux et ce qui ressemblait à des poils. Son visage pour moitié humain avec une peau grisâtre et moitié animale recouvert de fourrure brune, laissait apparaître une petite gueule d'où dépassaient des crocs jaunis. Un œil vert à moitié ouvert et l'autre marron qui me fixait, il avait deux trous de chaque côté de la tête à la place des oreilles. Son corps était également disproportionné, avec un côté droit surdéveloppé par rapport à l'autre. Il se déplaçait en claudiquant, car sa jambe gauche était plus courte que la droite. Nu, on pouvait voir des coutures aux jointures de ses membres.

Horrifiée, je restai collée contre le mur que je longeai, cherchant un endroit où me cacher. Ma main rencontra une poignée que j'ouvris sans réfléchir. J'entrai dans la pièce et tentai de refermer la porte derrière moi, mais Franky était rapide, bien plus qu'il ne laissait paraître, et pénétra dans le local à ma suite.

Acculée dans un coin, je tremblais. Je n'avais plus de solution de repli et je voyais la main de la monstruosité s'approcher de moi de seconde en seconde. Il allait m'attraper.

— Arrête.

Je fus saisie par cette voix, mes émotions se bousculaient. J'étais tour à tour dévastée, aigrie, furieuse. Il se tenait tranquillement debout devant moi, les mains dans les poches, un sourire satisfait sur le visage.

— Quoi ? demanda-t-il me fixant.

N'en pouvant plus j'explosais.

— Tu es le nécromancien ! Tu me racontes des bobards depuis le début espèce d'enfoiré ! Tu n'as fait que dire ce que je voulais entendre, tu as profité de mes sentiments pour toi et tu t'es joué de moi ! Comment tu as pu sale ordure ! J'avais confiance en toi, hurlai-je.

Des larmes amères, mélange de tristesse et de colère roulaient sur mes joues sans que je ne puisse les contenir.

— Ils m'avaient dit de me méfier, mais je ne les ai pas écoutés ! Je t'ai suivi les yeux fermés, au nom de notre amitié. Tu étais le centre de mon monde, il tournait autour de toi. Je croyais t'avoir retrouvé, mais tout s'écroule une seconde fois, mon Léo est mort. Les détails ne collaient pas, mais je n'ai pas voulu voir.

— Tu ne peux t'en prendre qu'à toi-même, si tu n'avais pas mis autant d'énergie à me retrouver, jamais tu n'aurais attiré leur attention. J'ai essayé, au début, j'ai voulu lutter, les attirer vers une autre piste pour te préserver. Et puis j'ai réfléchi, tu es une véritable poule aux œufs d'or. Il faut t'y faire, ils m'ont élevé, je suis comme eux, pourri jusqu'à la moelle.

— Mais, ils ont tué tes parents ! À moins que ça aussi, ça ne soit un mensonge !?

— À moitié seulement.

Mon cœur battait à tout rompre, rien de ce qu'il m'avait dit n'était vrai. Il avait fallu que je sois au pied du mur, littéralement, pour ouvrir les yeux. Je m'en voulais d'avoir été aussi idiote !

— Ma mère est bien décédée, exécutée par l'organisation, car elle s'est opposée à elle. Ou plutôt à lui, Zeus, pour être précis.

— Qui est-ce ?

— Mon père.

Mes yeux s'arrondirent de stupeur.

— Celui qui est à la tête de tout ça est ton père !

Je n'arrivais pas à y croire, j'avais le souvenir d'un homme si doux et prévenant ! Il acquiesça puis s'adossa au mur contre lequel il posa un pied.

— Donc, tu n'as jamais été en fuite.

— Non, jamais. Je suis un recruteur, c'est pour ça que j'étais sur les quais, je les repère, leur fait savoir que nous avons du travail à leur proposer, tout ça sans me faire voir. Quand ils sont hameçonnés, je m'infiltre parmi les recrues et je les observe.

J'étais abasourdie par tout ce qu'il me disait. Visiblement il avait décidé de répondre aux questions que je lui posais.

— Pourquoi suis-je la seule à m'être rappelée vous ?

— Ce soir-là, mon père avait fait venir Hermès, ils ont tenté de convaincre ma mère de me laisser partir, mais comme à son habitude, elle s'y est opposé. Mon père l'a éliminée, elle n'a pas souffert. Ils m'ont ensuite emmené pendant qu'un effaceur s'occupait de faire disparaître toutes traces de notre présence. Tu étais tellement révoltée contre tout à l'époque, tu as sûrement repoussé sa capacité avec la tienne. C'est ma seule hypothèse.

Si j'avais été normale, rien de tout cela ne serait arrivé, pensai-je dévastée. Mes amis ne seraient pas en danger, mon bébé non plus. Je pleurai sans pouvoir arrêter mes larmes et me laissai glisser au sol.

— Rejoins-moi Rose, dit-il s'avançant vers moi.

Il s'accroupit devant moi et me tendit la main.

— Je t'ai toujours aimée, et toi aussi, sinon tu n'aurais pas continué à me chercher.

Je le giflai en réponse.

— Jamais je ne trahirais les miens. Je suis quelqu'un d'honnête et de parole, pas comme toi. Tu n'es plus celui que j'ai aimé, la place est prise, par un homme formidable, auquel tu n'arriveras jamais à la cheville.

Son visage se crispa, de colère et de douleur et je m'en réjouis.

— Comme tu voudras, dit-il se relevant.

Il me tourna le dos et sortit, Franky sur les talons.

— Ne laisse personne entrer, ni sortir ajouta-t-il un sourire mauvais sur le visage. Je dois m'occuper des autres. Peut-être que tu changeras d'avis quand tu seras à nouveau seule.

J'étais stupéfaite par cette réflexion. Il pensait vraiment qu'il me récupérerait en m'isolant !

Le monstre resta dans la pièce. Je n'avais plus aucun contrôle sur ma capacité, je n'arrivai pas à faire disparaître cette chose de mon champ de vision.

Un bruit sourd se fit entendre, il se répéta encore et encore à intervalle régulier, jusqu'à ce que la porte sorte de ses gonds. Aaron l'avait défoncée à coups de poing. Lorsqu'il me vit recroquevillée sur moi-même, j'eus alors l'impression qu'une fureur s'emparait de lui. Il sauta sur Franky, qui de surprise n'eut pas le temps de réagir et lui arracha un bras laissant sortir un cri bestial. La créature commençait à vouloir se défendre et essaya de l'attraper avec son seul membre restant. Le même liquide presque noir suinta et je compris qu'il s'agissait de sang coagulé, cette chose n'était pas vivante. L'homme lui asséna un tel coup à la tête que celle-ci fit un bruit qui résonna dans toute la pièce, me poussant à me couvrir les oreilles et à fermer les yeux. Lorsque je les rouvris, Aaron me tenait dans ses bras et courait, mettant le plus de distance possible entre le monstre et nous.

Nous avions échoué, Léo ne reviendrait pas avec nous et ne serait jamais de notre côté. J'espérais qu'Abriel, Andrew et Greg étaient sains et saufs. Alors que nous arrivâmes au souterrain, Aaron me remit sur mes pieds. Je chancelai et me rattrapai à son bras.

— Tu vas bien ? me demanda-t-il alors que je pouvais voir à quel point, il était inquiet. Tu n'as rien ?

Je secouai la tête.

— Vous avez vu les autres ?

— Non.

— Il faut aller les chercher, Léo sait qu'on est là, mais eux ne savent pas qu'il joue dans l'autre camp.

— M'est avis qu'ils n'ont pas été aussi dupes que toi.

Je fus saisie par ces mots. Même lui qui ne nous connaissait pas avait vu clair dans son jeu alors que j'avais tout fait pour l'ignorer. Je m'en voulais tellement d'avoir été aussi butée !

Nous entendîmes des bruits de pas et nous collâmes contre le mur pour passer inaperçus. Je soupirai de soulagement en apercevant ceux qui manquaient à l'appel. Hermès courait à leurs côtés et je compris instantanément que Greg habitait son corps.

— On doit partir au plus vite, il se bat pour reprendre le contrôle. Il est fort, je ne tiendrais pas longtemps.

— Léo ? s'enquit Abriel.

— Vous aviez raison, dis-je simplement. Allons-nous-en.

Nous fîmes le chemin en sens inverse, mais si j'étais emplie d'espoir en arrivant, je me sentais vide en repartant. Jamais je n'avais eu déception si grande qu'en ce moment. Je me demandais où il pouvait être quand la réponse s'imposa à moi.

Il se tenait devant nous et nous barrait le passage. Derrière lui, son armée de mots vivants aussi effrayants qu'écœurants nous empêchait d'avancer plus loin.

Aaron m'attrapa par l'épaule et me repoussa derrière lui. Encore une fois, je ne compris pas son geste si protecteur. Serait-ce Elie qui lui avait demandé de veiller sur moi comme ça ? Abriel se posta devant moi, tout comme Andrew et Greg qui tenait bon. Ils faisaient bloc pour me protéger. À ce moment, je compris que ma place n'était pas derrière les personnes que j'aimais, mais devant. Ce n'était pas à eux de me protéger, mais à moi. J'en avais la capacité et le devoir puisque c'était moi qui les avais embarqués dans toute cette histoire.

Je rassemblai mes forces et poussai les deux hommes qui me barraient le passage, me dégageant des mains qui tentaient de me retenir. Je pris une profonde inspiration et me concentrai.

— Qu'essayes-tu de faire ? s'étonna Léo.

— Tu as oublié qui je suis et pourquoi ton organisation tenait tant à m'avoir. Tu ne toucheras à aucun des membres de ma famille.

— Allez-y, dit-il commandant la mise en marche de ses troupes.

Du coin de l'œil, je vis les hommes qui se tenaient derrière moi se préparer à l'affrontement, mais aucun des animés ne réussit à avancer vers nous. Chaque fois que l'un d'eux s'approchait du bouclier mental que j'avais érigé autour de nous, il s'effondrait, retournant au repos qu'il méritait.

Le visage de Léo se transforma. Sa certitude et son arrogance s'évanouirent quand il comprit qu'il ne pouvait rien contre nous. Il recula puis fit demi-tour s'éloignant rapidement avant de se mettre à courir.

— On doit l'attraper, il peut nous mener au chef ! cria Andrew qui s'élança.

Je le regardai faire sans m'interposer, il avait raison, c'était le fils de Zeus après tout. Nous devions le traiter en ennemi.

Andrew réduisit rapidement la distance et réussit à toucher sa main, entraînant sa chute. Il se débattait sur le sol, poussant de petits cris tandis que mon ami se tenait la tête entre les mains. Je le rejoignis rapidement et sans même réfléchir, le pris dans mes bras.

— Ça va aller Andrew, ce cauchemar lui appartient, ce n'est pas le tien.

Il leva les yeux vers moi, paniqué, puis voyant que rien ne se passait m'enlaça.

— Sais-tu depuis combien de temps je n'avais pas senti la chaleur d'un autre corps ? me murmura-t-il à l'oreille en pleurant.

— Non, mais plus jamais je ne te laisserai oublié comme ça peut être réconfortant.

Alors que nous nous séparions, je vis qu'Aaron avait mis Léo sur son épaule et nous attendait. Nous regagnâmes la camionnette pour rentrer à la maison. Notre mission contre toute attente était finalement couronnée de succès. Dès qu'Hermès fut attaché, Greg se sépara de lui, lui laissant en souvenir un furieux mal de crâne qui le tint en respect le temps du trajet.

Poly nous attendait à la maison. Elle avait préparé le salon pour accueillir notre otage et s'empressa de ramener une deuxième corde du garage pour immobiliser notre deuxième invité.

— Vous pouvez nous laisser, ça ne sera pas long.

— Tu ne vas rien faire de dangereux au moins !

— Pour eux ou pour moi ?

— Euh… un peu des deux ? Je ne souhaite pas que mon amie devienne comme eux.

— Ça ne risque pas. Allez file, je ne veux pas que tu entendes ce chant.

La néréide ferma les portes du salon et s'isola avec les deux hommes. D'un coup, Abriel Andrew et Aaron s'avancèrent vers la pièce comme envoutés. Greg ne semblait pas être touché par le même mal.

— Je les aime comme un fou, déclara Abriel.

— Je ne me sentirai plus jamais seul, ajouta Andrew.

— Je l'ai enfin retrouvée, enchaîna Aaron.

— Je crois que le chant de Poly les atteints eux aussi, peut-être que tu devrais déployer ton bouclier, comme tout à l'heure, avant qu'il n'y ait d'autres révélations, dit Greg amusé.

Abasourdie je fis de mon mieux pour suivre cette recommandation et retrouvai mes amis qui ne se souvenaient absolument pas de ce qu'ils venaient de dire. Nous nous installâmes à la table et je servis à tous un verre d'eau.

— Ça aurait mérité plus fort, déclara Aaron.

Je ne cessai de lui jeter des regards, qui était donc cette personne qu'il avait enfin retrouvée ?

Une demi-heure plus tard, Poly sortit et nous rejoignit, me tendant un papier.

— Ils avaient beaucoup de choses à dire, voilà toutes les informations dont vous avez besoin pour mettre un point final à tout ça.

Je la regardai les yeux emplis de larmes.

— Jamais je n'y serai arrivé sans vous.

— Tu en as assez fait, tu as perdu de nombreuses années de ta vie, laisses Mitch prendre le relais maintenant, me dit Greg.

Je tendis la feuille à Andrew qui la prit en me souriant. Il sortit son téléphone et arpenta le jardin de long en large, transmettant tout ce que nous avions appris.

— Ils ne se rappelleront rien ? demandai-je à mon amie.

— Non, j'ai même effacé tout souvenir de l'organisation de leurs mémoires. Ils dorment pour le moment, que veux-tu qu'on fasse d'eux ?

— Laissons Mitch décider de ça également, j'ai atteint l'objectif que je m'étais fixé, il est temps pour moi de passer à autre chose.

Épilogue

Je regardai la table et la banquette, ébahie tandis qu'il riait. J'étais enceinte de sept mois et il était inconcevable que je puisse m'asseoir ici, je ne passais pas ! Je n'avais pas pris beaucoup de poids, mais ma silhouette filiforme était désormais un lointain souvenir, ce qui ne semblait pas inquiéter le père de mon enfant. J'étais énorme. Le gynécologue m'avait expliqué que ça arrivait, que la grossesse soit une telle joie, que l'enfant prenait toute la place, épanoui comme sa maman. Je caressai mon ventre arrondi pendant que l'amour de ma vie revenait avec une chaise. Je m'installai.

— Tu es sûre ?

— Oui, je veux que tout soit en ordre avant que notre fils n'arrive.

Aaron m'avait envoyé des dizaines de mails, il voulait qu'on s'explique, mais je ne voulais pas avoir à faire à lui. Il avait décidé de m'abandonner, revenir dans ma vie maintenant n'y changerait rien.

Elie m'avait suppliée, il avait invoqué notre lien familial, qui n'avait aucune valeur à mes yeux, mon sens du devoir, qui n'entrait pas en ligne de compte, ma bonté… là encore mauvaise pioche, puis mon enfant à naître. Cela m'avait fait réfléchir. Il avait un grand-père, un cousin, avais-je le droit de l'en priver ?

— Ils arrivent, me dit Abriel qui s'était installé face à la porte.

Ma respiration s'accéléra, jamais je n'aurais cru possible de rencontrer mon père.

— Si ça ne va pas, on arrête tout.

Sur le point de se lever, je posai ma main sur la sienne pour l'arrêter. Il se rassit alors qu'Aaron et Elie arrivaient à notre table.

— Bonjour, tu as l'air en pleine forme ! s'exclama Elie.

— Bonjour, ça va je te remercie.

Il prit place sur la banquette que j'étais incapable d'occuper, tandis que son oncle l'imitait.

— Merci d'avoir accepté de me voir. Je comprends tes réticences. Je veux juste que tu saches que je ne te demande rien en retour.

J'acquiesçai. Un silence s'installa, Aaron se racla la gorge avant de continuer.

— Ta mère était extraordinaire, dans tous les sens du terme. Jamais je n'ai vu femme si parfaite. Jusqu'à ta naissance.

Mon cœur se serra.

— C'était une liseuse phénoménale. Tellement douée qu'elle a été approchée par le groupe quand elle était enceinte de toi.

— Quoi ? m'exclamai-je.

— Elle était capable de dérouler la vie de quelqu'un de sa naissance jusqu'à sa mort, lisant le passé comme l'avenir avec une précision qui faisait froid dans le dos. La seule « *histoire* » à laquelle elle n'avait pas accès était la sienne et par répercussion, les nôtres. Nous avions refusé l'offre de l'organisation nous la mettant à dos immédiatement. Mais ta mère et moi avions aidé beaucoup de monde, aussi avons-nous pu fuir et nous mettre à l'abri le temps que tu naisses. Nous avions remarqué que nos capacités avaient des ratés. Elles disparaissaient pour réapparaître sans que nous n'en comprenions le pourquoi. C'est ta mère qui a mis le doigt dessus, elle a compris instantanément que jamais ils ne laisseraient tomber une chance d'avoir quelqu'un comme toi parmi eux. À contrecœur, nous t'avons confiée à l'adoption, puis nous avons fait courir le bruit que la grossesse n'était pas arrivée à terme. Il était inconcevable pour nous qu'ils te condamnent à devenir une criminelle.

Impossible de mettre des mots sur ce que je ressentais à ce moment-là. J'étais submergée par la volonté de mes parents de me protéger. J'allais devenir mère, je comprenais leur geste, mais pour autant, je n'arrivais pas à passer outre mon ressentiment.

— Nous avons fait ce que nous pensions être le mieux pour toi, nous voulions que tu aies la vie la plus normale possible.

Il se tut laissant le silence prendre toute la place.

— Où est ma mère ?

— Elle nous a quittés il y a huit ans maintenant, non sans m'avoir fait jurer de continuer à veiller sur toi.

— Continuer ?

Aaron sourit, pour la première fois depuis que je le connaissais. La nostalgie teintait ses yeux du même gris que les miens.

— Nous étions là quand tu as fait tes premiers pas dans le parc derrière la maison où tu as grandi. Nous t'avons vu souffler chacune de tes bougies, nous avons souffert avec toi lors de tes premières déceptions, fêté chacune de tes victoires, été fiers de chacun de tes succès. Le plus dur était de ne pas pouvoir te prendre dans nos bras, rester dans l'ombre pour ne pas se faire remarquer et attirer l'attention sur toi.

Il sortit un paquet de sa veste qu'il fit glisser dans ma direction. La main tremblante, je l'ouvris et trouvai des cartes d'anniversaire.

— Nous t'en avons écrit une chaque année.

Je découvris l'écriture de ma mère, celle de mon père, leurs mots qui avaient été couchés sur le papier sans jamais me parvenir. Mes larmes coulèrent quand je lus la signature en bas de chacune de ces déclarations d'amour « tes parents qui t'aiment à jamais ».

— J'ai été là, tout le temps. Je le serai encore si tu as besoin de moi. Tu sais comment me contacter.

Aaron se leva, suivi d'Elie.

— Tu sais tout maintenant, me dit ce dernier avant de s'en aller à son tour.

Je dodelinai de la tête étourdie par tout ce que je venais d'apprendre.

Nous rentrâmes à la maison, une belle villa qui se trouvait à une rue à peine de chez Poly. De la chambre du bébé, nous avions vue sur l'océan. La néréide pourrait ainsi veiller sur lui nuit et jour et le protéger du moindre danger. Nous aussi nous inquiétions déjà de la sécurité de notre enfant. Il était plus que probable qu'il ait un don lui aussi et Zeus n'avait pas été arrêté malgré les informations que nous avions récoltées.

Le temps passa, sans que je ne reprenne contact avec mon père et Elie.

Je perdis les eaux un matin, alors qu'Abriel était de garde. Poly lui téléphona et m'emmena à la clinique où il nous attendait déjà. Bien que l'accouchement fût long, tout se passa bien. Mon compagnon faisait en sorte que notre enfant et moi-même ayons tout ce dont nous avions besoin et nous prodiguait des soins en même temps que le travail avait lieu. Il était aussi épuisé que moi à la fin tant il avait contrecarré les douleurs des contractions. Le pédiatre ayant prodigué tous les actes nécessaires à un nouveau-né, nous remontâmes dans la chambre qui nous avait été donnée.

Poly qui nous y attendait sauta de joie à notre arrivée et nous félicita chaleureusement avant de tomber sous le charme de notre fils. Abriel s'écroula dans un fauteuil et dévora ce que notre amie, prévoyante, avait emporté, me donnant la becquée pour que je reprenne des forces.

— Comment l'avez-vous appelé finalement ?

— On s'est décidé pour Victor.

— J'adore ! applaudit-elle.

Quelques baisers de plus et elle nous laissa profiter de notre famille nouvellement composée. Abriel avait grimpé sur le lit et nous tenait dans ses bras.

— À quoi penses-tu ? me demanda-t-il.

— Je me disais que je n'avais jamais aimé avant.

Il m'embrassa et resserra son étreinte, puis se leva et prit notre enfant dans ses bras. Mon cœur fondit devant ce tableau si émouvant.

— Tu peux me passer mon sac s'il te plaît ?

D'une main il attrapa l'anse et le déposa sur le bord du lit. Je pris mon téléphone et fis le numéro que je connaissais par cœur sans jamais avoir osé le composer. Une voix hésitante décrocha.

— Rosabeth ?

— Oui, papa.

Chers lecteurs,

Comment allez-vous ? Moi, comme vous tous, plutôt bien, avec parfois des hauts et parfois des bas. La vie, quoi.

Je ne sais pas ce que vous avez pensé d'ExtraordinaireS, mais je peux vous dire que j'ai pris beaucoup de plaisir à l'écrire.

J'avais envie d'un style un peu différent de *Prophétie* (quoi ? Vous ne l'avez pas encore lu ? Ben go alors !) quelque chose d'un peu policier, car Agatha Christie a été ma première lecture, et pour ça, merci papa.

Je remercie également Anne-Laure, Cyrielle, Flo et Olé qui m'ont suivie les yeux fermés encore une fois. Enfin non, ouverts, c'était plus pratique pour faire la bêta lecture. Merci également à ma fille aînée de neuf ans pour ses idées farfelues…

Mais également à vous, les lecteurs, sans qui mes histoires ne prendraient jamais vie.

Je vais maintenant attendre vos retours en croisant les doigts pour que ça vous ait plu !

Je termine comme d'habitude par remercier la maison d'édition Encre de lune de m'accorder sa confiance, et la fabuleuse Léticia pour ses conseils avisés, sa bienveillance, sa patience… bref merci d'être une si belle personne.

Bien à vous,

Joe

Table des matières

Prologue 3
Chapitre 1 7
Chapitre 2 19
Chapitre 3 31
Chapitre 4 47
Chapitre 5 59
Chapitre 6 71
Chapitre 7 83
Chapitre 8 97
Chapitre 9 109
Chapitre 10 121
Chapitre 11 133
Chapitre 12 145
Chapitre 13 157
Chapitre 14 167
Chapitre 15 177
Chapitre 16 189
Chapitre 17 199

Chapitre 18	209
Chapitre 19	219
Chapitre 20	229
Chapitre 21	239
Chapitre 22	251
Chapitre 23	261
Chapitre 24	273
Chapitre 25	283
Chapitre 26	293
Chapitre 27	303
Chapitre 28	313
Chapitre 29	325
Chapitre 30	337
Chapitre 31	347
Épilogue	361
Remerciements	367